KB215309

조엽의

오월춘추

吳越春秋

조엽의
오월춘추
吳越春秋

신동준 역주

인간사랑

춘추시대 · 초나라식 검(劍)

이 검은 무사들이 차고 다녔던 무기이다. 이런 모양의 검은 중원 지역인 초나라·오나라·월나라 등에서 널리 사용되었으며, 파(巴)* 사람들이 사용했던 버드나무 잎 모양의 검과는 검날의 모양이 다르다.

* 사천성 동부에 있었던 춘추시대의 나라 이름 – 역주

춘추시대 · 오나라 왕 부차의 검(夫差劍)

이 검은 칼날이 예리하며 검 전체에 문양이 가득하다. 칼등 부분에는 터키석이 상감되어 있고 짐승의 얼굴 문양이 새겨져 있다. 칼등 부근의 바깥에는 오왕 부차가 사용했던 검이라는 내용의 글이 전서(篆書)로 10자 새겨져 있다. 부차는 오나라 왕 합려(闔閭)의 아들로, 기원전 496년에 즉위하였으며 그 이듬해에 월나라 왕 구천(勾踐)을 대패시킨 다음 군대를 돌려 북진하여 중원을 제패하였다.

춘추시대 · 오나라 왕 부차의 동감(銅鑑)

높이 44.8cm, 구경 76.5cm이다. 그릇 모양은 직선으로 내려오다 휘어지며 바닥 부분은 평평하다. 짐승 머리 모양의 손잡이가 두 개 있고, 또 다른 양쪽에 엎드린 모양의 짐승 두 마리가 장식되어 있다. 그릇이 크고 깊으며 장식이 정교하다. 오나라 왕 부차가 거울로 사용했다는 내용의 글이 12자로 새겨져 있다.

차 례

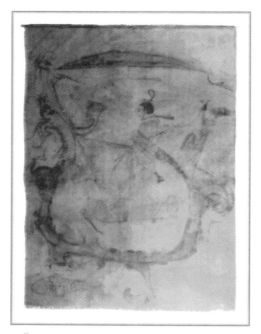

전국시대 · 인물어룡도(人物御龍圖)

호남성 장사 자탄고(子彈庫) 초나라 묘 유적지에서 출토된 전국시대의 백화(帛畵). 그림 속 인물의 비례는 상당히 정확하며 단선의 스케치와 평면 칠·선염을 겸용한 화법이다. 인물에는 약간 채색을 입혔으며, 용과 학은 백묘수법(白描手法)*을 사용하고 있다. 그림 속의 어떤 부분에는 금백분(金白紛) 채색을 사용하였는데, 지금까지 발견된 이러한 화법 중에서는 최초의 작품이다.

▪ 백묘수법이란 동양화 묘법의 하나로 엷고 흐릿한 곳 없이 먹으로 진하게 선만을 그리는 수법임 ─ 역주

전국시대 · 인물용봉도(人物龍鳳圖)

호남성 장사 진가대산(陳家大山)의 전국시대 초나라 묘지에서 출토되었다. 보존된 것 중에서는 중국 최초의 완전한 회화작품이다. 전체 그림의 주제는 힘차게 나는 용과 봉이 묘 주인의 영혼을 인도하여 하루빨리 하늘에 올라 신선이 되도록 해주기를 기도하는 것으로, 〈인물어룡도〉와 비교할 때 용봉도의 필법은 비교적 고졸(古拙)하고 간결하며 강인함이 드러난다.

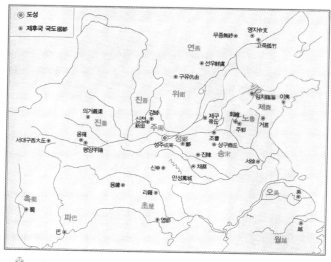

춘추시대 형세도

들어가는 글

　『오월춘추』는 춘추시대 말기 패권을 다퉜던 오월(吳越) 두 나라의 쟁패사(爭霸史)를 중점적으로 다룬 사서이다. 흔히 춘추시대를 '5패(五霸)의 시대'로 부른다. 5패에 관해서는 예로부터 논란이 많다. 그러나 춘추시대 후반기는 오왕 합려(闔閭)·부차(夫差)와 월왕 구천(句踐)이 천하의 우이(牛耳)를 놓고 치열한 각축전을 벌였던 시기였던 것만은 확실하다. 이같은 관점에서 볼 때 이 시기를 일응 '오월시대'로 불러도 좋을 것이다.

　　춘추시대 후반기를 특징짓는 '오월시대'는 춘추시대 전반기와 몇 가지 점에서 뚜렷한 차이점을 보이고 있다. 춘추시대 전반기에 활약한 대표적인 인물은 제환공(齊桓公)과 진문공(晉文公), 진목공(秦穆公), 초장왕(楚莊王) 등이다. 이들은 소위 '존왕양이(尊王攘夷)'를 기치로 내걸고 '왕도(王道)에 가까운 패도(霸道)'를 추구했다는 점에서 이후의 패자들과 차이를 보이고 있다.

　　물론 '오월시대'에도 '존왕양이'는 패업을 이루기 위한 중요한 명분이었다. 그러나 '오월시대'에는 구천의 '와신상담(臥薪嘗膽)'을 통한 일련의 복수전을 통해 알 수 있듯이 수단을 가리지 않고 패업을 이루는 것이 통용된 시기였다. '오월시대'에 활약한 핵심 모사인 오나라의 오자서(伍子胥)와 월나라의 문종(文種)과 범리(范蠡) 모두 춘추시대 전반기를 주름잡은 관중(管仲)과 백리해(百里奚), 조최(趙衰) 등과 뚜렷한 차이를 보이고 있다. 이들은 전국시대에 활약하는 법가(法家)와 병가(兵家), 종횡가(縱橫家)의 선구자에 해당하는 자들이었다.

　　'오월시대'는 춘추시대와 전국시대를 잇는 가교의 역할을 한 시기였다. 전국시대로 들어가면 춘추시대와 달리 패자(覇者)의 의미가 퇴색하고 제왕(帝王)의 의미가 강화되기 시작한다. 이는 천하 구도가 수많은 제후국들이 난립하는 구도에서 소위 '전국7웅(戰國七雄)'으로 불리는 소수의 강대국이 각축전을 벌이는 구도로 재편된 데 따른 것이기도 했다.

　　『오월춘추』는 비록 오월 두 나라만을 다루고 있으나 춘추시대 후반기에 관한 한 가장 풍부한 사실(史實)을 담고 있다고 할 수 있다. 『오월춘추』는 『춘추좌전』과 『국어』, 『사기』 등에서 대부분의 소재를 따왔다. 그러나 『오월춘추』는 비록 『춘추좌전』 등에서 많은 소재를 따오기는 했으나 결코 이에 얽매이지 않았다. 사서에 채록되지 않은 많은 일문(佚文)과 전설 등이 『오월춘추』에 담겨 있는 것이다.

『오월춘추』는 조엽(趙曄)의 저술이다. 조엽은 생전의 행적이 거의 알려지지 않은 인물이다. 다만 『후한서』「유림열전」에 3~4줄에 걸쳐 간략히 소개되어 있을 뿐이다. 이 기록에 따르면 그는 후한 초기에 회계군(會稽郡) 산음현(山陰縣 : 절강성 소흥시)에서 태어났다. 그는 자가 장군(長君)으로 젊었을 때 향리의 소리(小吏)로 지낸 적이 있었다. 그러던 중 마침 회계군의 독우(督郵)를 영접하는 일을 맡게 되자 아첨하기 싫어하는 성품을 지닌 그는 이내 관직을 버리고 건위군(犍爲郡) 자중현(資中縣 : 사천성 자중)으로 들어가 버렸다. 당시 그는 경학에 밝은 두무(杜撫)로부터 『한시(韓詩)』를 열심히 배웠다고 한다.

그러나 그는 스승을 모시고 학업에 열중한 나머지 20년이 지나도록 집안에 아무런 기별도 전하지 않았다. 이에 그의 집안에서는 그가 죽은 줄 알고 발상(發喪)까지 하는 일이 빚어졌다. 조엽은 스승인 두무가 죽은 뒤에야 비로소 귀향했다. 이때 주부(州府)에서 그를 불러 종사로 삼고자 했으나 이에 응하지 않았다. 그는 결국 벼슬을 마다한 채 집에서 책을 저술하며 생을 마쳤다.

　　사서의 기록에 따르면 조엽은『오월춘추』외
에도『시세력신연(詩細歷神淵)』등을 저술했다. 후한 말
기의 뛰어난 학자인 채옹(蔡雍 : 132~192)은 공무 차 회계
군에 왔다가 조엽의『시세력신연』을 읽고는 장탄식을
하며『시세력신원』이 왕충(王充)의『논형(論衡)』보다 뛰
어나다고 절찬한 바 있다. 당시 채옹이 경사로 돌아온 뒤
이 책을 보여주자 학자들이 모두 이를 암송하며 배웠다
고 한다. 사서에는 그의 생몰에 관해 아무런 기록도 남기
지 않고 있어 그가 언제 죽었는지 알 길이 없다.

　　대략 추단컨대 그가 향리의 소리를 그만두고
두무 밑에서 공부하게 될 때를 대략 20세 전후로 간주할
경우 두무 밑에서 20년 동안 있다가 귀가할 때는 40세 전
후였을 것으로 보인다.『후한서』「유림열전」에 따르면
두무는 건초(建初 : 76~83) 연간에 공거령(公車令)을 지내
다가 수개월 만에 그만둔 바 있다. 이를 토대로 추단하면
조엽은 대략 광무제 건무(建武) 16년(40) 전후에 태어났
다가 훗날 대략 후한의 순제 영건(永建) 5년(130) 전후에
죽었을 공산이 크다.

　　『수서』「경적지(經籍志)」에는 조엽이『오월춘
추』이외에도『한시보(韓詩譜)』2권과『시신천(詩神泉)』1
권을 저술했다고 기록해 놓았으나 이 책들은 수당대 때
이미 산실되었다. 현재 전해지는 조엽의『오월춘추』는

모두 10권으로 되어 있다. 그러나 『수서』「경적지」는 조엽의 『오월춘추』는 본래 12권으로 구성돼 있었다고 기록해 놓고 있다. 현재 전해지고 있는 조엽의 『오월춘추』는 남북조 때의 황보준(皇甫遵)이 주석을 가해 새로이 편제한 것이다.

원래 『오월춘추』는 조엽의 저술만 있었던 것은 아니었다. 『진서』는 조엽 이외에 남북조 때의 양방(楊方)도 『오월춘추』를 저술한 것으로 기록해 놓고 있다. 그러나 『수서』에 따르면 양방이 펴낸 『오월춘추』는 원제목이 『오월춘추삭번(吳越春秋削繁)』으로 5권이었다. 양방의 『오월춘추삭번』은 조엽의 『오월춘추』를 저본으로 하여 재편집한 것이었다. 따라서 조엽의 원저와 양방의 편저는 기본적인 편제에서 커다란 차이를 보이고 있는 만큼 하등 혼동할 이유가 없었다.

그럼에도 후세에는 『오월춘추』의 저자를 놓고 조엽과 양방을 지지하는 견해가 오랫동안 대립해 왔다. 이를 통해 알 수 있듯이 양방의 『오월춘추삭번』이 끼친 영향은 간단치 않았던 것이다. 이는 황보준이 조엽의 『오월춘추』와 양방의 『오월춘추삭번』을 토대로 하여 상세한 주석을 가한 『오월춘추』 10권을 펴낸 사실을 통해 쉽게 짐작할 수 있다. 당시 황보준이 두 책을 저본으로 삼았다는 것은 양방의 『오월춘추삭번』이 조엽의 『오월

춘추』와 그 편제뿐만 아니라 내용 면에서도 적잖은 차이
가 있었음을 시사하는 것이다.

    그렇다면 황보준이 교정한 현존의 『오월춘추』
10권도 조엽의 원저와 적잖은 차이가 있을 공산이 크다
고 보아야 한다. 이는 사실 수당대와 북송대까지만 하더
라도 3종류의 『오월춘추』가 병존한 사실을 통해 대략 짐
작할 수 있다. 당시 조엽의 원본은 12권, 양방의 산절본
(刪節本)은 5권, 황보준의 주석본은 10권으로 통용되었
다. 그러나 송대 말기와 원대 초기에 이르면서 조엽의 원
본과 양방의 산절본은 모두 망실되고 오직 황보준의 주
석본만이 남게 되었다.

    사실 엄밀히 말하면 현존하는 조엽의 『오월춘
추』는 황보준의 『오월춘추』라고 할 수 있다. 그럼에도 오
늘날 대부분의 학자들은 이를 조엽의 『오월춘추』로 단
정하고 있다. 이는 비록 황보준이 양방의 산절본까지 참
고해 새로운 판본을 만들었다 할지라도 양방의 산절본
과 황보준의 주석본 모두 기본적으로는 조엽의 원본을
토대로 한 것에 불과하다는 판단에 따른 것이다. 이같은
판단은 현존하는 『오월춘추』에 나오는 많은 사실(史實)
이 조엽이 활약했던 후한 초기 및 중기의 역사적 배경과
밀접한 관련이 있다는 점에서 매우 타당하다.

    현재 『오월춘추』의 성격과 관련해 크게 두 가

지 견해가 대립되고 있다. 문학서로 보는 견해와 역사서로 보는 견해가 그것이다. 『오월춘추』를 문학서의 일종으로 보는 사람들 중 상당수는 『오월춘추』를 『삼국연의』와 같은 연의(演義) 소설의 남상(濫觴)으로 간주하고 있다. 사실 『오월춘추』가 여타 사서와 달리 예로부터 많은 독자들의 사랑을 받아온 것도 이와 무관치 않을 것이다. 이는 『삼국연의』가 진수의 『삼국지』보다 널리 읽힌 것과 같은 맥락이라고 할 수 있다.

　　『오월춘추』는 이야기의 구성이 치밀한 데다가 등장 인물들 모두 독특한 개성을 지닌 인물로 나타나고 있다. 당대의 설창(說唱)문학인 『오자서변문(伍子胥變文)』, 송원대의 화본(話本) 소설인 『오월춘추연상평화(吳越春秋連像評話)』, 명청대 역사 소설인 풍몽룡(馮夢龍)의 『동주열국지(東周列國志)』, 근대의 『오월춘추설창고사(吳越春秋說唱鼓詞)』 등이 모두 『오월춘추』에서 그 소재를 따왔다.

　　조엽은 풍부한 사료와 전설 중에서 가장 생동적인 얘기만을 뽑아 체계적으로 배치하면서 상상력을 발휘해 『오월춘추』를 완성시켰다. 「왕료사공자광전」에 나오는 오자서의 생생한 모습은 사실(史實)의 측면에서 볼 때 적잖은 문제가 있다. 그러나 문학적인 관점에서 볼 때는 완전히 성공한 것이기도 하다. 후세에 수많은 문학

작품, 특히 오자서를 묘사하는 설창문학과 소설은 모두 『오월춘추』에 나오는 대목을 대부분 그대로 차용한 것이다.

　　이밖에도 월녀시검(越女試劍)과 원공변원(袁公變猿), 공손성3호3응(公孫聖三呼三應), 오자서흥풍작랑(伍子胥興風作浪), 공자진현월왕(孔子進見越王) 등의 대목 역시 역사적 사실과 동떨어져 있기는 마찬가지이다. 그러나 문학적인 관점에서 볼 때 이는 남북조시대에 유행하는 지괴(志怪)와 지인(志人), 일사(佚事) 소설의 권여(權輿)라 할 수 있다. 구성 및 내용 면에서 볼 때 '월녀시검'은 『수호지』, '원공변원'은 『서유기』, '오자서흥풍작랑'은 『삼국지』에 나오는 일부 내용과 유사한 느낌을 주고 있다.

　　『오월춘추』는 소설문학뿐만 아니라 시문학적인 측면에서도 그 가치가 매우 높다. 오나라 대부 문종의 축사(祝詞)에 나오는 4자 운문을 비롯해 어부와 월왕 구천의 부인이 읊는 초사(楚辭) 형식의 가음(歌吟) 등이 그것이다. 그러나 문학적으로 이보다 더욱 중시되는 것은 「구천음모외전」에 나오는 탄가(彈歌)와 「합려내전」의 '궁겁지곡(窮劫之曲)', 「구천귀국외전」의 '고지시(苦之詩)', 「구천벌오외전」의 '하량지시(河梁之詩)' 등의 7언시(七言詩)이다.

현재 많은 문학자들은 『오월춘추』에 나오는 일련의 시를 7언시의 남상으로 간주하고 있다. 그간 7언시는 조비(曹丕)가 지은 '연가행(燕歌行)'이 가장 먼저 완성된 것으로 간주하면서 조비 이전에는 오직 후한의 장형(張衡)이 지은 '사수시(四愁詩)'만 있는 것으로 해석하는 것이 정설이었다. 그러나 최근에는 『오월춘추』에 나오는 시를 7언시의 남상으로 보는 견해가 설득력을 얻고 있다. 물론 『오월춘추』에 나오는 7언시는 춘추시대의 작품이 아니다. 그러나 현재 『오월춘추』에 나오는 7언시가 최소한 장형의 '사수시'보다 먼저 나온 것이라는 데 별다른 이견이 없는 상황이다. 그렇다면 『오월춘추』에 나오는 7언시야말로 삼국시대에 성행하는 7언시의 남상이 되는 셈이다.

이상 간략히 살펴본 바와 같이 『오월춘추』의 문학적 가치는 대단한 것이다. 그러나 『오월춘추』의 기본적인 특징은 역시 사서인 점에서 찾아야 한다. 물론 『오월춘추』는 그 체제 면에서 『사기』와 같은 기전체(紀傳體)와 『춘추좌전』과 같은 편년체(編年體), 『국어』 및 『전국책』과 같은 국별체(國別體)와 일정한 차이를 보이고 있다. 그러나 큰 틀에서 보면 『오월춘추』는 편년체와 국별체, 기전체 형식을 하나로 용해시킨 '연의체(演義體)'의 효시라고 할 수 있다.

  많은 사람들이 흔히 '연의체 사서'를 역사소설로 알고 있다. 대표적인 예가 바로『삼국연의』이다. 그러나 '연의체 사서'를 사서가 아닌 '연의체 소설'로 이해하는 것은 큰 잘못이다. '연의체 사서'는 말 그대로 일반 독자들을 위해 '역사적 사실을 평이한 이야기체로 풀어놓은 사서'이다. 역자가『삼국지통치학』(2004, 인간사랑)을 펴내면서 종래 소설문학으로만 간주되어 온『삼국연의』를 진수의『삼국지』및 사마광의『자치통감－삼국지』와 더불어 삼국시대에 관한 '3대 기본 사서'로 강조했던 것도 바로 이 때문이었다.

  '연의체 사서'로서의『오월춘추』의 중요성은 최근『오월춘추』가 중국사 및 중국문학에서 높은 평가를 받게 된 것과 무관치 않다. 중국의 고대문화를 탐사하는 데 반드시『오월춘추』를 읽어야만 하는 이유도 바로 여기에 있다. 중국 고전은 대부분의 경사서(經史書)가 그렇듯이 치란흥폐(治亂興廢)와 세도인심(世道人心)에 그 초점을 맞추고 있다. '연의체 사서'인『오월춘추』역시 예외가 아니다.

  본래 춘추시대에 관해 가장 풍부한 사실을 담고 있는 사서는『춘추좌전』이다. 그러나『춘추좌전』은 '오월시대'에 대해 상대적으로 소략한 부분이 적지 않다.『국어』의「오어(吳語)」와「월어(越語)」에 나오는 내용 또한 『춘추좌전』보다는 많은 사실을 담고 있으나 『오월춘추』와 비교해 보면 이 또한 매우 소략하기 그지없다. 『사기』는 「세가(世家)」에서 오월 두 나라를 다루고 있으나 그 내용이 단편적인 사실의 나열에 그치고 있어 '오월시대' 뿐만 아니라 춘추시대 전시기를 고찰하는 데 적잖은 문제가 있다.

이를 통해 짐작할 수 있듯이 『오월춘추』는 오월 두 나라만을 다루고 있음에도 불구하고 춘추시대 후반기를 이해하는 데 필요한 사실(史實)을 가장 많이 담고 있는 사서인 것이다. 이는 춘추시대 후반기에 들어와 패권이 중원의 제후국을 떠나 남방의 오월 두 나라로 옮겨간 사실과 무관치 않다. 춘추시대 후반기가 '오월시대'로 규정되는 이유도 바로 여기에 있는 것이다.

『오월춘추』는 '연의체 사서'인 까닭에 통상적인 사서에서는 무시되거나 소홀히 다뤄진 많은 얘기가 많이 실려 있다. 『오월춘추』는 『춘추좌전』 등의 기록상 부족한 부분을 보완해 줄 수 있다는 점에서 그 사료적 가치가 매우 크다고 할 수 있다. 이는 『사기』의 주석가들이 『오월춘추』를 빈번히 인용한 사실을 통해 쉽게 확인할 수 있다.

『오월춘추』는 원래 '연의체 사서'인 까닭에 등장 인물 모두 뚜렷한 개성을 지닌 인물로 부각돼 있다.

각 인물의 행동과 대화, 표정, 심리 등이 사실적으로 그
려져 있는 것이다. 『오월춘추』가 가장 정성을 들여 묘사
한 인물은 단연 오자서이다. 오자서는 상황에 따라 매우
다양한 모습으로 나타나고 있다. 이는 그의 삶이 파란만
장한 데 따른 것이기도 하다. 그럼에도『오월춘추』는 궁
극적으로 그를 충절무비(忠節無比)의 전형으로 형상화하
는 데 성공했다. 이는 『삼국연의』가 제갈량과 관우를 지
혜와 의리의 전형으로 형상화하는 데 성공한 것에 비유
할 수 있다.

　　　　오자서 이외의 여타 인물들은 단일한 성격의
소유자로 묘사돼 있다. 심모원려(深謀遠慮)의 범리(范蠡),
적담충심(赤膽忠心)의 문종(文種), 아유참녕(阿諛讒佞)의
백비(白嚭), 인욕도원(忍辱圖遠)의 구천(句踐), 강퍅자용
(剛愎自用)의 부차(夫差), 심침온중(深沈穩重)의 합려(闔
閭), 조야고오(粗野高傲)의 수몽(壽夢), 덕고망중(德高望
重)의 태백, 담백무욕(淡白無欲)의 계찰(季札), 청일협의
(淸逸俠義)의 어부(漁父), 선량박실(善良樸實)의 격면녀(擊
綿女), 지용쌍전(智勇雙全)의 전제(專諸), 형약신강(形弱神
强)의 요리(要離), 엄명필승(嚴明必勝)의 손무(孫武), 일심
위국(一心爲國)의 신포서(申包胥), 다수선감(多愁善感)의
제녀(齊女), 흉회협착(胸懷狹窄)의 등왕(滕王), 성기능인
(盛氣凌人)의 초구흔(椒丘訢), 역행치수(力行治水)의 하우

(夏禹), 연소유위(年少有爲)의 계연(計硏), 통검지도(通劍知道)의 월녀(越女), 지식연박(知識淵博)의 진음(陳音), 정직불아(正直不阿)의 공손성(公孫聖) 등이 모두 생생하게 살아서 움직이고 있는 것이다.

특히 등장 인물들의 대립은 '연의체 사서'인 『오월춘추』의 특징이 약여하게 드러난 백미라고 할 수 있다. 대표적인 예로 오자서의 충성정직(忠誠正直)과 백비의 아유첨미(阿諛諂媚), 오상(伍尙)의 소효(小孝)와 오자서의 대효(大孝), 초구흔의 필부지용(匹夫之勇)과 요리의 의사지용(義士之勇), 문종의 토사구팽(兎死狗烹)과 범리의 명지자퇴(明智自退) 등을 들 수 있다. 그러나 통치사상사적으로 가장 대비되는 이념적 대립을 들라면 역시 부차와 구천의 대립이라고 할 수 있다.

부차의 천사불수(天賜不受) 행위와 구천의 천사즉수(天賜則受) 행위는 독자들에게 과연 '치도(治道)'란 무엇이고 '왕도'와 '패도'의 차이는 어떤 것인지에 대해 깊은 사색을 요구하고 있다. '강퍅자용(剛愎自用)'으로 인해 구천을 살려주었다가 끝내 자진하고 마는 부차와 '인욕도원(忍辱圖遠)'을 구사해 끝내 부차를 죽음으로 내모는 구천의 모습은 통치사상사적으로 다음과 같이 많은 논점을 내포하고 있다.

부차는 과연 어리석고 구천은 현명한 사람인

가. 수단방법을 가리지 않고 성취한 구천의 패업은 과연 따를 만한 것인가. 부차의 죽음은 과연 실패한 사람의 처참한 말로에 불과한 것인가. 오자서를 죽인 부차와 문종을 죽인 구천은 어떤 차이가 있는가. 부차는 과연 참녕(讒佞)을 좇고 구천은 충간(忠諫)을 좇았는가. 부차는 과연 사치음탕(奢侈淫蕩)하기만 하고 구천은 고심노신(苦心勞身)하기만 했는가. 부차는 과연 민원(民怨)을 사 패망하고 구천은 민신(民信)을 얻어 패업을 이뤘는가 하는 것 등이 바로 그것이다.

　　　　이 문제는 오랜 세월을 두고 논란의 대상이 되어 왔다. 대략 많은 사람들이 구천을 높이 평가해 온 것이 사실이다. 대표적인 인물이 바로 사마천이다. 사마천은 『사기』 「월왕구천세가」에서 이같이 주장한 바 있다.

　　　　"우임금의 공로는 매우 크다. 9천(九川)을 소통시켜 9주(九州)를 안정시켰다. 이에 오늘까지 중국이 평안한 것이다. 그의 후예 구천에 이르러 고신초사(苦身焦思 : 몸으로 고생하며 마음을 태움)하여 마침내 강대한 오나라를 물리치고 북쪽으로 중원까지 위세를 떨치면서 주 왕실을 받들어 패왕이라는 칭호를 얻게 되었다. 그러니 구천을 어찌 현명하다고 이르지 않을 수 있겠는가. 아마도 우임금이 남겨준 가르침이 있었던 듯하다."

　　　　현대에 들어와 구천을 가장 높이 평가한 인물

로는 리쭝우(李宗吾)를 들 수 있다. 그는 면후심흑(面厚心黑)의 달인으로 구천을 든 바 있다. 필자가 번역 출간한 『난세를 다스리는 중국통치학－후흑학(厚黑學)』(2003, 효형)에서 리쭝우는 이같이 주장한 바 있다.

"오늘날과 같은 상황에서 열강에 저항하려면 역량이 있어야 한다. 인민들이 후흑학을 열심히 연마하면 역량이 있다고 할 만하다. '후흑구국(厚黑救國)'을 예전에 이미 행한 자가 있다. 월왕 구천(勾踐)이 바로 그 사람이다. 그는 회계싸움에서 진 뒤 스스로 오왕 부차의 신하가 되었다. 그의 처는 부차의 첩이 되었다. 이것이 바로 '면후(面厚)'의 비결이다. 그는 후에 거병하여 오나라를 깨뜨렸다. 부차는 사람을 보내 통곡하며 자신은 신하가 되고 부인은 첩이 되겠다고 빌었으나 구천은 조금도 고삐를 늦추지 않았던 것이다. 당시 그의 입장에서는 후환을 없애기 위해서라도 부차를 죽음으로 몰아가지 않으면 안 되었다. 이것이 바로 '심흑(心黑)'의 비결이다."

사마천과 리쭝우는 각각 왕도(王道) 및 패도(霸道)의 관점에서 구천을 높이 평가한 것이라고 할 수 있다. 그렇다면 『오월춘추』는 과연 부차와 구천을 어떻게 평가하고 있을까. 『오월춘추』는 덕치(德治)와 법치(法治), 왕도와 패도의 대립을 극명하게 보여주고 있다. 『오월춘추』는 구천을 미화해 놓은 대목이 없는 것은 아니나 기

본적으로는 그 판단을 모두 독자들의 몫으로 남겨놓고
있다.

　　이상 간략한 검토를 통해 알 수 있듯이『오월
춘추』는 독자들로 하여금 치란(治亂)이 반복되는 상황에
서 덕법(德法)과 왕패(王霸)를 어떻게 구사해야 하는지
곰곰이 생각게 만드는 매우 중요한 '연의체 사서'이다.
덕치와 법치, 왕도와 패도는 통치의 키워드이기도 하다.
지난 1990년대부터 줄곧 '통치학'의 필요성을 주장해 온
역자가 본서를 펴내게 된 이유가 바로 여기에 있다.

　　21세기 동북아시대의 주도적 역할은 결코 구
호만으로 이뤄질 수 있는 것이 아니다. 통치술의 핵심인
'덕법상보(德法相輔)'와 '왕패병용(王霸並用)'의 묘리를
터득하지 않고는 불가능한 일이다. 이것이 바로 역자가
21세기 동북아시대를 열기 위해 각고면려하고 있는 각
계의 선구자들에게『오월춘추』의 일독을 권하는 이유이
기도 하다. 본서는『오월춘추』의 번역 필요성을 강조하
면서 세심한 지도를 아끼지 않은 은사 최명(崔明) 교수의
편달이 없었으면 나오지 못했을 것이다. 이석희(李奭熙)
광복회 부회장과 구창림(具昌林) 전 국회의장 비서실장,
오인환(吳仁煥) 전 공보처 장관, 이재명(李在明) 전 의원,
이도성(李度晟) 전 동아일보 논설위원, 강석진(姜錫珍) 대
한매일 논설위원의 독려 또한 역자의 번역작업에 커다

란 힘이 되었다. 본서의 출간에는 여국동(呂國東) 인간사
랑 사장의 흔쾌한 승낙과 홍성례(洪性禮) 편집장을 비롯
한 인간사랑 편집진의 헌신적인 교열·편집이 결정적인
배경이 되었다. 이들 모든 분에게 심심한 사의를 표하고
자 한다.

2004년 10월

정릉 수공재(隨空齋)에서 역자 識

1장 오사(吳史)

춘추시대 방진(方陣) 작전도

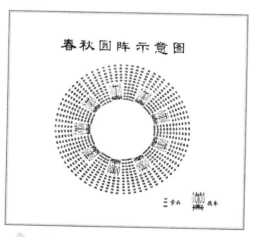

춘추시대 원진(圓陣) 작전도

1. 오태백전 吳太伯傳

오나라의 선조 태백(太伯)은 후직(后稷 : '후'는 부족장, '직'은 농사업무 관장을 의미)의 자손이다. 원래 후직의 모친은 태씨(邰氏) 부락의 딸인 강원(姜嫄)으로 제곡(帝嚳 : 黃帝의 증손)의 부인이었다. 그녀는 처녀 시절에 들로 구경을 나갔다가 거인의 발자국을 보게 되었다. 이때 가슴 속에서 일어나는 감흥을 참지 못해 곧 그 발자국을 밟으며 앞으로 나갔다. 이때 갑자기 온 몸에 진한 감동이 밀려오면서 마치 사람과 접촉하는 듯한 느낌을 받게 되었다. 이후 얼마 안 돼 곧 임신케 되었다.

강원은 방탕한 행동으로 인해 재앙이 내릴 것을 두려

위한 나머지 곧 상제(上帝)에게 제사를 올리며 기원했다.

"아기를 갖지 않게 해주기 바랍니다."

그러나 하늘은 그녀가 이미 상제의 발자국을 밟았기 때문에 그녀로 하여금 아기를 낳게 할 수밖에 없었다. 강원이 아이를 낳은 뒤 괴물로 생각해 여항(閭巷)의 좁은 골목길에 버렸다. 그러자 길을 가는 소와 말이 모두 이 아이를 비켜갔다. 강원이 또 이 아이를 숲속에 버리려 했으나 벌목하는 사람이 매우 많아 이번에는 호수의 얼음 위에 버렸다. 그러자 많은 새들이 몰려와 날개로 아이를 감쌌다. 후직은 이로 인해 죽지 않게 되었다.

강원은 이 아이가 하늘이 내린 자식이라 생각하고 곧 거두어 기르게 되었다. 그러나 당초 그를 버릴 생각을 했기 때문에 그의 이름을 '기(弃 : 버릴 棄의 古字)'라 지었다. 기는 어렸을 때 벼와 기장, 뽕나무, 삼 등의 각종 작물을 즐겨 심었다. 그는 5종류 땅의 적합성과 청적황흑(靑赤黃黑) 등의 땅의 색깔, 육지에 있는 호수의 높낮이 등을 자세히 관찰했다. 이에 메기장, 찰기장, 벼, 마, 보리, 콩, 메벼 등을 알맞은 땅을 골라 안배해 심었다.

요(堯)가 천하를 통치할 때 홍수가 났다. 이에 백성들이 모두 고지로 올라가 거주케 되었다. 요는 곧 기를 초빙해 백성들을 산 위로 올라가 살도록 권하게 하고 지형에 따라 집을 짓게 한 뒤 건물 영조(營造)와 곡물 재배의 기술을 연구케 했다. 3년여 뒤, 길을 가는 사람들의 얼굴에서 기아와 곤핍의 기색이 사라지게 되었다.

　이에 요가 기를 농사(農師)로 임명하고, 태(邰) 땅을 봉지로 내렸다. 이어 후직(后稷 : 후직의 후대까지 모두 후직으로 불렸음)이라 칭하면서 희성(姬姓)을 내렸다. 후직이 봉지로 가 제후가 되었다. 후직이 죽자 그의 아들 부줄(不窋)이 뒤를 이어 제후가 되었다. 이때 하(夏)왕조의 도가 쇠미해진 까닭에 그는 농사의 직책을 잃게 되었다. 이에 부줄은 융적(戎狄 : 중국 서북쪽의 이민족)의 땅으로 달아났다. 그의 손자가 공류(公劉)이다.

　공류는 자인(慈仁)했다. 길을 걸을 때는 살아 있는 풀을 밟지 않았고, 수레를 몰 때는 가위(葭葦 : 갈대)를 피했다. 공류가 하걸(夏桀 : 하나라 최후의 군주로 폭군임)을 피해 융적의 땅으로 피해 가 있는 동안 그곳의 습속을 바꿔놓았다. 이에 융적의 백성들이 모두 그의 정치적 감화를 받았다. 공류가 세상을 떠나자 아들 경절(慶節)이 그의 뒤를 이었다.

　경절의 8대손이 고공단보(古公亶甫 : 또는 古公亶父)이다. 그는 공류와 후직의 사업을 이어 덕을 쌓고 의를 행했다. 이에 융적의 백성들이 모두 그를 크게 받들었다. 훈육(薰鬻 : 흉노의 선조)과 융족(戎族)은 고공단보가 선행을 베풀어 민심을 얻는 것을 두려워하여 그를 공격했다.

이에 고공단보가 개와 말, 소, 양 등을 그들에게 뇌물로 주었으나 이들은 여전히 공격을 멈추지 않았다. 고공단보가 다시 피백(皮帛 : 모피와 견직)과 금옥(金玉 : 황금과 옥 제품), 중보(重寶 : 진기한 보물) 등을 바쳤다. 그러나 이들은 여전히 공격을 멈추지 않았다. 그러자 고공단보가 물었다.

"그대들이 원하는 것이 무엇인가."

"너의 땅을 얻고자 한다."

이에 고공단보가 말했다.

"군자는 땅으로 인해 백성을 해쳐서는 안 된다. 땅으로 인해 백성을 해치는 것은 나라가 멸망하는 근원이다. 백성들이 나를 위해 싸우고자 한다면 이는 그들의 아버지나 아들을 죽여가면서 그들의 군주가 되는 것이다. 나는 차마 그리 할 수는 없다."

그리고는 이내 채찍을 들고 말을 몰아 빈(邠 : 豳으로 섬서성 빈현) 땅을 떠났다. 양산(梁山 : 섬서성 간현 서북쪽)을 지나 기산(岐山 : 섬서성 기산현과 봉상현 일대) 남쪽의 주원(周原) 땅에 정착했다. 이때 고공단보가 빈 땅의 백성들에게 권했다.

"그들을 군주로 삼는 것이 나를 섬기는 것과 무슨 차이가 있겠소."

그러나 빈 땅의 사람들은 모두 부로휴유(負老携幼 : 노인을 업고 어린애를 손으로 이끌고 감)하여 솥과 시루를 등에 메고 고공단보에게 귀부했다. 고공단보가 주원에 거주한 지 3개월이 지나자 성곽(城郭)이 완성되었다. 1년이 되자 조그마한 성읍(城邑)이 형성되었다. 2년이 되자 하나의 커다란 도읍(都邑)이 형성되었다. 이때의 인구는 당초의 5배에 달하게 되었다.

고공단보는 아들 셋을 두었다. 장남은 태백(太白)이고, 차남이 중옹(仲雍)이었다. 중옹은 오중(吳仲)이라고도 했다. 막내는 계력(季歷)이었다. 계력은 태임씨(太任氏)를 부인으로 맞아들여 아들 희창(姬昌)을 낳았다. 태임이 희창을 낳을 때 붉은 새가 단서(丹書)를 물고 방으로 날아드는 상서로운 조짐이 있었다. 고공단보는 희창의 성덕(聖德)을 알고 장차 나라를 그에게 전할 생각으로 말했다.

"왕업(王業)을 일으킬 사람은 '창'이 아니겠는가."

이에 곧 희창의 부친인 계력의 이름을 개명했다. 태백과 중옹은 이같은 낌새를 눈치채고 곧 이같이 건의했다.

"계력이 후계자로 적당합니다."

이는 고공단보가 장차 나라를 희창에게 물려주려는 뜻을 갖고 있음을 알아챘기 때문이다. 고공단보가 병이 들자 태백과 중옹은 곧 횡산(橫山)에 약초를 캐러 간다는 핑계를 대고 형만(荊蠻 : 곧 초나라로 秦莊襄王의 이름이 子楚였기에 荊으로 지칭케 된 것임) 땅으로 들어갔다. 두 사람은 형만 땅의 풍속을 좇아 머리털을 짧게 자르고, 몸에 문신을 하고, 그들의 복장을 했다. 이로써 자신들은 결코 보위를 이을 수 없는 자들임을 널리 드러냈다.

고공단보가 죽자 태백과 중옹이 분상(奔喪)하여 귀가했다. 그러나 분상을 끝내자마자 곧바로 다시 형만 땅으로 돌아갔다. 형만 땅의 백성들이 그들을 군주로 받들었다. 태백은 자신이 머무는 곳을 구오(勾吳 : '勾'는 하나의 음절을 이루는 助詞로, 越도 원래는 於越임)라고 칭했다. 그러자 구오 땅의 한 사람이 태백에게 물었다.

"무슨 근거로 '구오'라 칭하는 것입니까."

이에 태백이 이같이 대답했다.

"나는 장자로서 마땅히 보위를 계승해야 했으나 뒤이어 보위를 승계할 만한 뛰어난 자식을 두지 못했소. 이 땅은 당연히 오중(吳仲 : 중옹)의 봉지가 되어야 하오. 그래서 '구오'라 칭한 것이오. 이것이 도의에 부합하는 일이 아니겠소."

형만의 백성들은 이를 의롭게 여겨 그에게 귀부했다. 이때 그에게 귀부한 자들이 대략 1천여 가(家)에 이르렀다. 이들은 공동으로 태백을 추대하여 오나라를 세우게 되었다. 몇 년이 지나자 사람들이 매우 은부(殷富 : 크게 부유함)해졌다.

이때는 은나라 말기로 세상의 도가 크게 쇠하게 되었다. 이에 중원의 제후들이 여러 차례 군사를 일으켜 교전하는 일이 일어났다. 태백은 이같은 화가 형만 땅에 미칠까 두려워한 나머지 곧 둘레가 3리(里 : '1리'는 3백 보) 2백 보(步 : '1보'는 23cm)에 달하는 내성과 3백여 리에 달하는 외성을 쌓았다. 이 성은 서북쪽 구석에 세워졌는데 '고오(故吳 : 옛 오나라)'라는 명칭으로 불렸다. 백성들은 모두 이 성 안에서 경작했다.

고공단보가 병이 들어 위중해진 나머지 죽게 되었을 때 임종 자리에서 계력에게 군위를 태백에게 물려주게 했다. 그러나 태백은 여러 차례 이를 사양했다. 그러자 사람들이 이를 두고 이같이 말했다.

"태백은 수차례 천하를 양보했다."

이에 계력이 보위를 이어 집정하면서 선군들의 사업을 잇게 되었다. 그는 선군들이 행한 인의지도(仁義之道)를 견지했다. 계력이 세상을 떠나자 그의 아들 희창이 보위에 올라 '서백(西伯)'을 칭하게 되었다. 그는 공류와 고공단보의 통치술을 좇아 노인을 부양(扶養)하는 데 온 힘을 기울였다. 이에 천하 사람들이 모두 그에게 귀부했다. 서백이 나라를 태평케 만들자 백이(伯夷)가 멀리 고죽국(孤竹國)에서 바다를 건너 그에게 귀부했다. 서백이 죽자

태자 희발(姬發 : 주무왕)이 뒤를 이었다. 희발은 주공(周
公) 단(旦)과 소공(召公) 석(奭)을 기용해 은나라를 토벌했
다. 천하가 평정된 후 곧 칭왕(稱王)했다. 이어 고공단보
를 태왕(太王)으로 추시(追諡 : 뒤늦게 시호를 올림)하고, 태
백을 오 땅에 추봉(追封 : 뒤늦게 봉지를 내림)했다.

　태백이 죽자 매리(梅里)의 평허(平墟 : 鴻山으로 '허'는
큰 언덕을 의미)에 장사지냈다. 이에 중옹이 뒤를 이었다.
그가 바로 오나라의 중옹이다. 중옹이 죽자 그의 아들 계
간(季簡)이 그 뒤를 이었다. 계간이 죽자 그의 아들 숙달
(叔達)이 보위를 이은 데 이어 이후 숙달의 아들 주장(周
章), 주장의 아들 웅(熊), 웅의 아들 수(遂), 수의 아들 가상
(柯相), 가상의 아들 강구이(彊鳩夷), 강구이의 아들 여교
의오(餘喬疑吾 :『사기』는 餘橋疑吾), 여교의오의 아들 가
로(柯盧), 가로의 아들 주요(周繇), 주요의 아들 굴우(屈
羽), 굴우의 아들 이오(夷吾), 이오의 아들 금처(禽處), 금
처의 아들 전(專 :『사기』는 轉), 전의 아들 파고(頗高), 파
고의 아들 구필(句畢 :『사기』는 句卑)이 차례로 계위(繼位)
했다.

　이때 진헌공(晉獻公)이 주왕실의 북쪽에 위치한 우공
(虞公)을 멸했다. 이는 우공이 진나라 군사로 하여금 자
국 땅을 지나 괵(虢)나라를 칠 수 있도록 길을 열어준 데
따른 것이었다. 구필이 죽자 그의 아들 거제(去齊)가 계

위했다. 이어 거제가 세상을 떠나자 그의 아들 수몽(壽
夢)이 보위에 올랐다. 수몽이 즉위한 후 오나라는 날로
강성해져 마침내 칭왕케 되었다.

태백으로부터 수몽까지는 모두 19대에 달한다. 수몽
때에 이르러 중원의 제후국들과 서로 교통하면서 드디
어 칭패(稱霸)하는 단계로까지 나아갔다.

2. 오왕수몽전 吳王壽夢傳

수몽 원년(기원전 585), 수몽이 주왕실의 천자를 조현(朝見)하러 가던 중 초나라에 도착해 여러 제후국들의 예악(禮樂)을 살펴보았다. 노성공(魯成公 :『좌전』은 수몽 10년에 수몽과 노성공의 회동이 있다고 기록)이 종리(鐘離 : 안휘성 봉양현 동북쪽)에서 수몽과 회동했다. 수몽이 주공 단이 만든 예악에 대해 심문(深問 : 깊숙이 자세히 물음)하자 노성공이 선왕들의 예악을 상세히 설명해 주었다. 노성공은 또 수몽에게 3대(三代 : 하 · 은 · 주)의 민요를 들려주었다. 그러자 수몽이 말했다.

"고(孤 : 군주의 스스로에 대한 겸칭)는 이만(夷蠻)의 땅에 살고 있는 까닭에 오직 추계(椎髻 : 뭉툭한 상투)만을 습속으로 삼아 왔소. 그러니 어찌 이같은 복장이 있는 줄 알았겠소."

그리고는 크게 탄식한 뒤 길을 떠나며 이같이 말했다.

"아, 이같은 예제(禮制)가 있었단 말인가."

수몽 2년(기원전 584), 초나라에서 망명한 대부 신공(申公 : '신'땅의 장관이라는 뜻임) 무신(巫臣)이 오나라에 왔다. 그는 자기 자식을 행인(行人 : 외교사절)으로 삼아 오나라에 머물게 한 뒤 오나라 사람에게 사어(射御 : 활 쏘는 법과 말을 몰아 군진을 펼치는 법)를 가르치게 했다. 이는 장차 오나라를 이용해 초나라를 치기 위한 것이었다.

초공왕(楚共王 : 熊審으로 원작은 초장왕으로 되어 있으나 이는 잘못임)이 이 얘기를 듣고 크게 화를 냈다. 이에 사마(司馬 : 군정장관)로 있는 공자 자반(子反 : 이름은 側)에게 명하여 군사를 이끌고 가 오나라를 치게 했다. 초나라 군사가 오나라 군사를 대파하자 이때부터 오·초 두 나라는 서로 결수(結讎 : 원수가 됨)케 되었다. 이때 오나라는 처음으로 중국(中國 : 중원)과 교통하기 시작하면서 제후들을 적으로 삼게 되었다.

수몽 5년(기원전 581), 초나라로 쳐들어가 자반이 이끄는 초나라 군사를 대파했다.

수몽 16년(기원전 570), 초공왕은 오나라가 무신을 위해 초나라를 친 것에 크게 원한을 품고 이내 군사를 일으켜 오나라를 치면서 형산(衡山 : 절강성 오흥현 남쪽)까지 갔다가 되돌아 갔다.

수몽 17년(기원전 569), 수몽이 무신의 아들 호용(狐庸)을 발탁해 재상으로 삼은 뒤 국정을 전담케 했다.

수몽 25년(기원전 561), 수몽이 병이 들어 위중해진 나머지 이내 죽음을 코앞에 두게 되었다. 당시 그에게는 4명의 아들이 있었다. 장남의 이름은 제번(諸樊), 차남은 여채(餘祭), 3남은 여말(餘眛 :『좌전』은 夷末), 막내는 계찰(季札)이었다. 계찰이 어질자 수몽은 그에게 보위를 물려주려 했다. 그러자 계찰이 이같이 사양했다.

"예제가 이미 엄중히 정해져 있습니다. 그런데 어찌하여 선왕의 예제를 폐하고 부자지간의 사정(私情)으로 일을 처리하려는 것입니까."

이에 수몽이 제번을 불러 당부했다.

"나는 나라를 계찰에게 주고자 한다. 그러니 너는 과인(寡人 : 군주의 스스로에 대한 겸칭)의 말을 잊지 말도록 해라."

"주나라의 태왕(太王 : 고공단보)은 손자인 서백(西伯 : 주문왕)이 현명한 것을 알고 폐장입소(廢長立少 : 장자를 폐하고 차자 이하의 자식을 후사로 세움)했습니다. 이에 주나라의 치국지도(治國之道)가 흥하게 되었습니다. 지금 계찰에게 나라를 넘기려 하니 저는 진심으로 들로 나가 농사를 짓고자 합니다."

그러자 수몽이 말했다.

"전에 주나라가 시행한 은덕이 사해(四海 : 온 천하)에 널리 베풀어졌다. 지금 너는 작은 나라에 살면서 형만(荊蠻)의 한가운데에 처해 있다. 그러니 어찌 천자지업(天子之業 : 통일천하의 대업)을 이룰 수 있겠는가. 만일 네가 내 말을 잊지 않는다면 반드시 나라의 대권을 형제의 순서 대로 대물림하여 반드시 계찰에 이르도록 하라."

"제가 어찌 감히 명을 좇지 않겠습니까."

수몽이 죽자 제번이 적장자의 신분으로 국사를 섭행(攝行 : 대리하여 처결함)하면서 대권을 장악했다.

오왕 제번 원년(기원전 560), 제상(除喪 : 상기를 마치고 상복을 벗음)케 되자 제번이 계찰에게 보위를 물려줄 생각으로 이같이 말했다.

"전에 부왕(父王)이 훙거(薨去 : 제후의 죽음으로 천자는 崩, 대부는 卒, 선비는 不祿, 서인은 死)하기 전에 일찍이 신매(晨昧 : 새벽부터 황혼까지로 곧 밤낮 쉼 없이라는 뜻임)로 앉으나 서나 불안해 하셨다. 이에 부왕의 안색을 살피고 는 이내 부왕의 의중이 계찰에게 있음을 알게 되었다. 또 다시 3조(三朝 : 조회 등을 하는 外朝, 治朝로도 불리며 매일

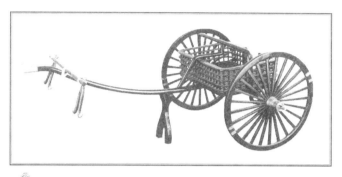

춘추시대 · 전차(모형)

상대 말기부터 흥기하여 춘추시대에 가장 왕성하게 사용하였으며, 많은 제후국들은 대량의 전차를 보유하고 있었다. 차전(車戰)은 춘추시대의 중요한 전쟁 형식이었다. 춘추 중기 이후로는 작전 지역이 중원 이외의 지역까지 확대되니 이러한 지역에서는 차전이 그다지 적당치 않았다. 그래서 대량의 보병을 갖춘 신형 군대조직으로 편성되기 시작하였다. 전국시대에 이르러서 전차는 더욱 쇠락하였으며, 보병과 기병으로 대체되었다.

오(吳) · 대익전선(大翼戰船)(모형)

춘추시대 오나라의 대익전선이다. 춘추시대에 중국 최초의 수상 전투가 출현하였다.

정무를 처리하는 內朝, 정무를 처리한 뒤 쉬거나 종실과 만나 사적인 일을 논의하는 燕朝를 통칭하나 여기서는 내조를 의미) 에서 만나자 비탄스런 어조로 나에게 말씀하길, '나는 계찰이 현명하다는 것을 안다'고 했다. 부왕은 폐장입소 코자 하는 마음이 있었으나 다만 이를 말하기가 어려웠 던 것이다. 설령 그렇다 할지라도 나는 이미 마음 속으로 이를 허락했다. 부왕은 차마 사계(私計 : 사적인 속셈)대로 일을 처리할 수 없어 잉연(仍然)히 나에게 나라를 맡긴 것이다. 그러니 내가 어찌 감히 명을 어길 수 있겠는가. 지금 이 나라는 그대의 나라이다. 나는 참으로 부왕의 뜻 이 실현되기를 바란다."

그러자 계찰이 이같이 사양했다.

"무릇 적장자가 국정을 맡는 것은 부왕의 사의(私意) 에 좇은 것이 아니라 나라의 제도에 의한 것입니다. 그러 니 이를 어찌 멋대로 바꿀 수 있겠습니까."

이에 제번이 말했다.

"만일 그같은 원칙을 국사에 그대로 실행해야 한다 고 하면 선왕들은 어떻게 대명(大命)을 이룰 수 있었겠는 가. 태왕이 후사를 계력으로 바꾸자 태백과 중옹이 형만 땅으로 들어와 마침내 이 나라를 세우게 된 것이다. 이로 써 주나라의 치국지도가 이뤄지게 되었다. 선인들은 이 를 크게 칭송했고, 지금까지도 칭송이 그치지 않고 있다.

이는 그대가 익히 알고 있는 바이기도 하다."

그러자 계찰이 이같이 사양했다.

"전에 조선공(曹宣公 : 기원전 578년 제나라 등과 합세해 秦나라를 치던 중 軍中에서 죽음)이 죽었을 때 공자 부추(負 芻 : 曹成公)가 적장자를 죽이고 스스로 보위에 올랐습니다. 이에 제후들과 조나라 백성들 모두 부추의 즉위를 도의에 어긋난 것으로 여겼습니다. 자장(子臧 : 부추의 庶兄인 欣時)이 이 얘기를 듣고 탄식하며 곧바로 걸음을 재촉해 조나라로 돌아왔습니다. 이에 조성공이 크게 두려워했습니다. 제후들이 조성공을 경사(京師 : 천자가 머무는 곳으로 낙양을 지칭)로 압송하면서 자장을 옹립하려 하자 자장은 조나라를 떠났습니다. 이로써 조나라의 치국지도를 온전히 할 수 있었던 것입니다. 저 계찰은 비록 부족하기는 하나 자장이 행한 바를 따르고자 합니다. 저는 실로 이를 받아들일 수 없습니다."

오나라 백성들이 견결히 계찰의 즉위를 요구했으나 계찰은 이를 받아들이지 않고 야외로 나가 농사를 지었다. 오나라 사람들도 더 이상 강권할 수가 없었다. 이에 제번은 교자(驕恣 : 교만방자)한 모습으로 신령 섬기는 것을 태만히 하며 앙천구사(仰天求死 : 머리를 하늘로 쳐들며 속히 죽음을 내릴 것을 기원함)했다. 제번은 임종할 때 동생 여채를 불러 당부했다.

"반드시 나라를 계찰에게 넘겨야 한다."

이에 곧 계찰을 연릉(延陵 : 강소송 무진현)에 봉한 뒤 '연릉계자(延陵季子)'로 칭했다.

여채 12년(기원전 536), 초영왕(楚靈王)이 제후들의 군사를 이끌고 오나라로 쳐들어와 주방(朱方 : 강소성 진강시 동쪽)을 포위하고는 경봉(慶封 : 제경공을 옹립한 뒤 권력을 오로지하다가 쫓겨난 제나라 대부로 당시 오나라에 망명해 있었음)을 주살했다.

당시 경봉은 여러 차례 오나라를 위해 적정(敵情)을 정찰한 적이 있었다. 이에 초나라 등이 그를 토벌코자 했다. 그러자 오왕 여채가 화를 내며 말했다.

"경봉은 도주할 곳이 없어 오나라로 왔기에 그를 주방에 봉한 것이다. 이는 오직 우리 오나라가 재사(才士)를 적대시하지 않는다는 것을 보여주기 위함이었다."

그리고는 이내 군사를 일으켜 초나라를 치고는 2개 성읍을 취한 뒤 회군했다.

여채 13년(기원전 535), 초나라는 오나라가 경봉 문제로 인해 초나라를 친 사실에 대해 크게 원망했다. 심중의 원한이 사그러들 길이 없자 이내 군사를 이끌고 오나라로 쳐들어가 간계(乾谿 : 안휘성 박현 동남쪽 70리)에 이르렀다. 오나라 군사가 영격에 나서자 초나라 군사가 패주(敗走)했다.

여채 17년(기원전 531), 여채가 세상을 떠나자 여말(餘妹)이 그 뒤를 이어 보위에 올랐다.

여말 4년(기원전 527), 여말이 세상을 떠나면서 군위를 계찰에게 넘기고자 했다. 그러나 계찰이 이를 사양한 채 밖으로 도주하면서 말했다.

"내가 보위를 받아들이지 않겠다는 것은 극히 명백하다. 전에 제번이 일찍이 분부했으나 나는 이미 자장의 길을 따르기로 결심한 바 있다. 결신청행(潔身淸行 : 몸을 깨끗이 하여 청렴하게 행동함)하고 앙고리상(仰高履尙 : 높은 기상을 숭앙하며 고상한 일을 행함)하는 것은 오직 인(仁)을 행하기 위한 것이다. 나에게 부귀는 한낱 추풍지과(秋風之過 : 가을 바람이 한번 스쳐 지나감)에 불과할 뿐이다."

그리고는 마침내 연릉으로 도피했다. 이에 오나라 사람들이 여말의 아들 주우(州于)를 옹립한 뒤 오왕 요(僚)라 호칭했다.

3. 왕료사공자광전 王僚使公子光傳

　　요 2년(기원전 525), 오왕 요가 공자 광(光 : 훗날의 闔閭
로 제번의 아들이나 『世本』과 惠棟의 『春秋左傳補注』 등은
餘昧의 아들로 봄)에게 명하여 군사를 이끌고 가 초나라
를 치게 했다. 이로써 전에 초나라가 경봉을 주살한 것을
보복코자 했다. 그러나 오나라 군사는 전패(戰敗)하여 선
왕이 탔던 함선 여황(餘皇)을 잃게 되었다. 공자 광이 이
를 크게 두려워하다가 마침내 복병을 깔아 기습작전으
로 이를 되찾은 뒤 철군했다.

　　이때 공자 광은 오왕 요를 죽일 생각을 품었으나 자
신과 뜻을 같이 할 사람을 얻지 못했다. 이에 은밀히 유

능한 자를 구하다가 이내 관상을 잘 보는 자를 찾아낸 뒤 그를 시리(市吏 : 시장을 관리하는 관원)로 삼았다.

요 5년(기원전 522), 초나라를 도망나온 오자서(伍子胥)가 오나라에 투항했다. 오자서는 초나라 사람으로 이름은 원(員)이었다. 오원의 부친은 오사(伍奢), 형은 오상(伍尙)이었다. 그의 조부는 오거(伍擧)로 일찍이 직언으로 쟁간(諍諫)하며 초장왕(楚莊王)을 시봉한 인물이었다.

당초 초장왕은 즉위한 지 3년이 지났으나 국가대사를 처리하지 않고 연일 주연(酒宴)에 빠져 있었다. 그는 방종되이 성색(聲色 : 음악과 미색)에 취해 왼손에 진희(秦姬 : 진나라에서 시집온 희첩), 오른손에 월녀(越女 : 월나라가 바친 소녀)를 끼고 종고(鐘鼓) 사이에 앉은 채 하령했다.

"감히 간하는 자는 죽을 것이다."

이때 오거가 나서 물었다.

"한 마리 큰 새가 초나라 조정 위에 머물고 있는데 3년 동안 날지도 않고 울지도 않고 있습니다. 이 새는 과연 무슨 새이겠습니까."

"이 새는 지금 날지 않고 있으나 한번 날면 창공을 차고 치솟아 오를 것이고, 지금 울지 않고 있으나 한번 울면 사람들을 크게 놀라게 할 것이오."

그러자 오거가 반박했다.

"새가 날지도, 울지도 않고 있으니 장차 사수의 표적이 될 것입니다. 시위에 매겨진 화살은 곧바로 날아오게 되어 있는데 어느 여가에 충천경인(沖天驚人 : 하늘 위로 치솟아 오르고 사람을 놀라게 함)할 수 있겠습니까."

이에 초장왕이 곧 진희와 월녀를 물리치고 종고지악(鐘鼓之樂)을 거두었다. 그리고는 손숙오(孫叔敖)를 영윤(令尹 : 초나라의 재상)으로 발탁해 국정을 전담케 했다. 초장왕이 마침내 패천하(覇天下)를 이루고 제후들을 위복(威服 : 위세로써 제압함)케 되었다.

초장왕이 세상을 떠나자 초영왕이 보위에 올라 장화대(章華臺 : 호북성 감리현 서북쪽에 위치했던 臺로 높이가 10장에 달했음)를 지었다. 하루는 오거와 함께 장화대에 오른 뒤 말했다.

"이 장화대는 참으로 아름답다."

그러자 오거가 간했다.

"신이 듣건대 '군주는 총복(寵服 : 총애를 받는 자도 법의 제재에 순종함)을 아름다운 일로 여기고, 안민(安民 : 백성을 평안케 함)을 즐거움으로 삼고, 극청(克聽 : 두루 의견을 청취함)을 귀를 밝게 하는 것으로 생각하고, 치원(致遠 : 먼 곳의 사정까지 두루 헤아림)을 눈을 밝게 하는 것으로 간주한다'고 했습니다. 신은 결코 장대한 대사(臺榭)를 세우고, 기둥에 그림을 그리거나 새기고, 금석(金石 : 鐘磬

등류의 악기)의 맑은 소리와 사죽(絲竹 : 琴瑟과 簫管 등류의 악기)의 처량한 소리를 듣는 것을 미사(美事)로 여긴다는 얘기를 들은 적이 없습니다. 선왕인 초장왕은 포거지대(抱居之臺 : 대의 이름으로『국어』는 匏居臺)를 지었으나 높이는 국가 길흉을 관측키에 충분한 수준을 넘지 않았고, 넓이 또한 연회를 베푸는 정도를 넘지 않았고, 사용된 목재 또한 무너진 성곽을 보수하는 것을 방해치 않았고, 비용 또한 관부(官府)를 헐 정도로 쓰지 않았고, 백성 또한 농사철을 어기며 동원된 적이 없었고, 관원 역시 이 일로 인해 통상업무를 바꾼 적도 없었습니다. 지금 대왕은 7년에 걸쳐 이같이 높은 대를 만드니 백성들의 원성이 길을 메우고, 재용(財用)은 고갈되고, 농사는 이로 인해 모두 망치고, 백관들은 모두 분주히 쏘다니고, 제후들 모두 크게 분노하고, 경사(卿士)들 모두 욕을 하며 이를 비방하고 있습니다. 이것이 어찌 선왕인 초장왕이 칭송하고 대왕이 찬미할 일이겠습니까. 신은 실로 우매하기는 하나 대왕이 말하고자 하는 바를 도무지 알 길이 없습니다."

이에 초영왕이 곧 공장(工匠)을 해산시켜 장식 조각 등을 중지케 한 뒤 다시는 장화대로 놀러가지 않았다. 이에 오씨(伍氏) 가문은 오거 이래 3대에 걸쳐 초나라의 충신으로 활약했다.

　초평왕(楚平王 : 이름은 기질)에게는 태자 건(建)이 있었다. 초평왕은 오사(伍奢 : 오거의 아들)를 태자 건의 스승, 비무기(費無忌 : 『좌전』의 費無極)를 소사(少師)로 삼았다. 초평왕은 비무기에게 명하여 태자를 위해 진나라에서 여인을 맞아오도록 했다. 진나라 여인은 미모가 매우 출중했다. 비무기가 초평왕에게 이같이 보고했다.

　"진나라 여인은 천하 무쌍의 절색입니다. 대왕이 가히 직접 취할 만합니다."

　초평왕이 마침내 진나라 여인을 취해 부인으로 삼은 뒤 크게 총애하여 아들 진(珍)을 낳았다. 그리고는 태자 건을 위해 제나라 여인을 맞아들였다. 이때 비무기는 태자를 떠나 초평왕을 섬겼다. 비무기는 초평왕이 세상을 떠나 태자 건이 보위에 오르면 자신에게 화가 미칠 것을 염려한 나머지 초평왕 앞에서 태자 건을 줄곧 무함했다. 태자 건의 모친인 채씨(蔡氏)가 실총(失寵)케 되자 초평왕은 태자 건을 시켜 성보(城父 : 하남성 보풍현 동쪽 40리)를 보위하면서 적들의 변경 침입을 방비케 했다.

　얼마 되지 않아 비무기가 또 다시 밤낮으로 초평왕 앞에서 태자 건을 이같이 헐뜯었다.

　"태자는 진나라 여인 문제로 인해 대왕을 원망하는 마음이 없을 리 없습니다. 원컨대 대왕은 이에 대비키 바랍니다. 태자가 성보에 머물며 군사를 지휘하고 있습니다. 장차 밖으로 제후들과 결탁한 뒤 난을 일으켜 군사를 이끌고 쳐들어올까 걱정입니다.”

이에 초평왕이 곧 오사를 불러 이를 물어보았다. 오사는 이 모든 것이 비무기의 참훼(讒毁)로 인한 것임을 알고 곧 이같이 간했다.

“대왕은 어찌하여 무함으로 남을 해치는 소인배의 말을 듣고 골육(骨肉 : 부모자식과 같이 가까운 사람)을 멀리하려는 것입니까.”

그러자 비무기가 초평왕이 휴식을 취할 때를 틈타 오사를 무함하고 나섰다.

“만일 대왕이 지금 그들을 제재하지 않아 그들의 모사가 성사케 되면 대왕은 곧바로 사로잡히고 말 것입니다.”

초평왕이 이 말을 듣자 크게 노한 나머지 곧바로 오사를 수금(囚禁)케 했다. 이어 사마 분양(奮揚)을 성보로 보내 태자 건을 주살케 했다. 그러자 분양이 사람을 태자에게 보내 이같이 전하게 했다.

“서둘러 떠나기 바랍니다. 그렇지 않으면 주살되고 말 것입니다.”

3월, 태자 건이 송나라로 도주했다.

비무기가 다시 초평왕에게 이같이 건의했다.

“오사에게는 두 아들이 있습니다. 지금 주살치 않으

면 장차 초나라의 우환이 될 것입니다. 가히 그 아비를 인질로 삼아 그들을 소환할 수 있을 것입니다.”

그러자 초평왕이 사람을 오사에게 보내 이같이 전하게 했다.

“두 아들이 오면 살 수 있으나 그렇지 않으면 곧바로 죽게 될 것이다.”

이에 오사가 이같이 회답했다.

“신에게 두 아들이 있는데 큰 아들은 상(尙), 작은 아들은 서(胥)라고 합니다. 상은 사람이 자온인신(慈溫仁信 : 자애롭고, 온화하고, 어질고, 성실함)하여 내가 보고자 한다는 얘기를 들으면 곧바로 달려올 것입니다. 그러나 둘째 서는 어렸을 때부터 경전을 깊이 공부한 데다가 커서는 무예까지 정통할 정도록 익혔습니다. 그는 장차 문(文)으로는 나라를 다스리고, 무(武)로는 천하를 평정할 것입니다. 그는 능히 핵심을 파악해 화를 억제할 줄도 알고, 구치(垢恥 : 더러움과 치욕)를 능히 견딜 줄도 압니다. 설령 억울하고 원망스런 일이 있어도 곧바로 이를 따지려 하지 않으니 능히 대사를 이룰 만합니다. 그는 앞일을 아는 현사입니다. 그러니 어찌 그를 부를 수 있겠습니까.”

그러자 초평왕이 오사에게 말했다.

“네가 이토록 두 아들을 칭찬할 것인가.”

그리고는 사자를 시켜 네 마리 말이 끄는 수레에 인

수(印綬)를 넣은 함을 싣고 가 오사의 두 아들을 유인키 위해 이같이 말하게 했다.

"두 분에게 경하의 말씀을 올리오. 그대들의 부친 오사가 충신자인(忠信慈仁)하여 거난취면(去難就免 : 난을 피해 난이 없는 곳으로 온다는 뜻으로 태자 건을 떠나 초평왕에게 귀의했다는 뜻임)했소. 이에 초평왕은 대내적으로 충신을 수금하고 대외적으로 제후들의 웃음거리가 된 점을 심히 부끄럽게 생각한 나머지 곧 오사를 국상(國相)으로 삼고 그대들을 제후로 봉했소. 오상은 홍도후(鴻都侯), 오자서는 개후(蓋侯)로 봉해졌소. 두 땅은 거리가 서로 멀지 않으니 겨우 3백 리에 불과하오. 오사는 수금된 지 오래 되었으나 늘 그대들의 안위만 걱정했소. 이에 신을 보내 인수를 봉진(奉進)케 한 것이오."

이에 오상이 이같이 회답했다.

"부친이 수금된 지 이미 3년이 되었습니다. 나는 마음 속으로 도달(忉怛 : 걱정하고 슬퍼함)하여 음식을 먹어도 맛을 느끼지 못했습니다. 느껴지는 맛이 온통 쓴 맛뿐인지라 늘 기갈(飢渴)을 참고 밤낮으로 부친만을 생각하며 혹여 부친이 세상을 떠나지나 않을까 걱정했습니다. 오직 부친이 석방될 수만 있다면 어찌 감히 관작(官爵)을 바라겠습니까."

그러자 사자가 말했다.

"그대들의 부친이 수금된 지 3년이 되었소. 다행히 대왕이 지금 사면하면서 상으로 내릴 것이 없어 그대 두 사람을 제후에 봉한 것이오. 전할 얘기는 이미 다 했으니 그대들이 더 하고 싶은 얘기가 있으면 말해주기 바라오."

이에 오상이 안으로 들어가 오자서에게 말했다.

"부친이 다행히 죽음을 면하고 두 자식이 모두 제후에 봉해지게 되었다. 사자가 지금 제후의 인수를 들고 대문 앞에 와 있으니 네가 가서 사자를 만나보도록 해라."

그러자 오자서가 말했다.

"형님은 잠시 여기 앉기 바랍니다. 내가 형님을 위해 괘(卦)를 뽑아보도록 하겠습니다. 오늘은 갑자일(甲子日)이고, 지금 시진(時辰 : 사실 四柱에서 시진을 넣기 시작한 것은 漢代 이후임)은 사시(巳時)입니다. 시진의 지지(地支) 사(巳 : 火를 상징)가 날짜의 간지(干支)인 자(子 : 水를 상징) 밑에 있으니 두 기운이 상호 용납되지 않고 있습니다. 이는 군주가 그의 신하를 속이고 부친이 자식을 속이는 것을 상징합니다. 만일 지금 가게 되면 살해되고 말 것입니다. 그러니 어찌 봉후(封侯)와 같은 일이 있을 리 있겠습니까."

"내가 어찌 봉후를 탐내겠는가. 오직 부친 생각뿐이다. 한 번이라도 뵐 수만 있다면 설령 죽더라도 살아 있는 것과 같다."

이에 오자서가 이같이 만류했다.

"형님은 잠시만 지체하며 가지 말기 바랍니다. 부친은 제가 구출해내도록 하겠습니다. 초나라는 나의 무용(武勇)을 두려워하여 사세상 감히 부친을 죽이지는 못할 것입니다. 만일 형님이 잘못하여 가게 되면 틀림없이 빠져나오지 못한 채 죽음을 맞고야 말 것입니다."

"부자지간에 친애(親愛)가 있어야 정의(情義 : 인정과 의리)도 이같은 친애 속에서 나오는 것이다. 요행히 부친을 뵙게 되면 이로써 나의 심정후의(深情厚意)를 전달할 생각이다."

그러자 오자서가 이같이 탄식했다.

"부친과 함께 죽으면 무엇으로 천하에 이 사실을 알릴 수 있겠습니까. 원수를 제거하지 못하면 그 치욕이 날마다 더욱 커질 것입니다. 형님이 굳이 그곳으로 가겠다면 저는 여기에서 형님과 작별코자 합니다."

이에 오상이 울며 말했다.

"부친과 함께 죽지 않으면 나의 삶은 세인들의 웃음거리가 될 것이다. 수명대로 산들 무슨 경지에 이를 수 있겠는가. 원수를 갚지 못하는 한 필경 폐물이 되고 말 것이다. 그러나 너는 흉중에 문무(文武)를 감추고 있으니 좋은 계책을 낼 수 있을 것이다. 너는 능히 부형의 원수

에게 복수할 능력이 있다. 만일 내가 능히 돌아오게 되면
이는 하늘이 나를 돕는 것이다. 그러나 설령 내가 이같이
하여 침매(沈埋 : 물에 빠지거나 땅 속에 묻힌다는 뜻으로 죽
음을 상징)할지라도 나는 기꺼이 받아들일 것이다."

그러자 오자서가 말했다.

"형님은 곧 가도록 하십시오. 나 또한 곧 이곳을 떠날
것이니, 그리 되면 다시는 볼 수 없게 될 것입니다. 다만
형님이 화를 당하지 않기를 바랄 뿐입니다. 그러나 화가
미친 뒤 설령 후회한들 무엇을 어찌할 수 있겠습니까."

오상이 울면서 작별한 뒤 사자와 함께 길을 떠났다.
초평왕은 오상이 도착하자 곧바로 그를 수금케 한 뒤 사
자를 보내 오자서를 추포(追捕 : 추적하여 포획함)케 했다.
이때 오자서는 활을 팽팽히 하여 화살을 집어든 채 초나
라를 떠났다. 초나라 사자가 오자서를 뒤쫓다가 마침 자
신의 처를 만나게 되었다. 그러자 그의 처가 말했다.

"오자서가 도주했는데 벌써 3백 리는 갔을 것입니
다."

사자가 급히 황무지를 가로질러 지름길로 오자서를
추격했다. 오자서가 화살을 매긴 뒤 활을 힘껏 당겨 사자
를 적중시키고자 했다. 이에 사자가 급히 고개를 숙이고
몸을 굽힌 뒤 도주하자 오자서가 큰 소리로 말했다.

"돌아가서 초왕에게 이르기를, '나라를 멸망시키고

싣지 않으면 나의 부형을 모두 석방토록 하라'고 전하
라. 만일 이같이 하지 않으면 초나라는 장차 폐허가 되고
말 것이다."

사자가 돌아가 이를 보고했다. 초평왕은 이 말을 듣
자마자 곧 대군을 풀어 오자서를 추격케 했다. 초나라 군
사가 강변까지 갔으나 오자서의 종적을 알 길이 없어 그
대로 철수할 수밖에 없었다.

오자서는 대강(大江)에 이른 뒤 하늘을 올려다 보고
통곡하며 숲속의 소택지(沼澤地)로 들어갔다. 이때 오자
서가 말했다.

"초왕이 혼용무도(昏庸無道)하여 나의 부형을 죽이고
말았다. 내가 제후들을 끌어들여 원수를 갚고야 말리
라."

오자서는 태자 건이 송나라에 있다는 얘기를 듣고 송
나라로 가고자 했다.

당초 오사는 오자서가 도망갔다는 얘기를 듣고 이같
이 말했다.

"초나라 군신(君臣)이 장차 전쟁으로 인해 커다란 고
통을 당하고야 말 것이다."

오상은 수금된 후 부친이 있는 곳으로 옮겨져 부친과
함께 거리에서 처형당하고 말았다.

오원이 송나라로 달아나던 중 길에서 친구인 신포서

(申包胥 : 『전국책』의 棼冒勃蘇)를 만나게 되었다. 이에 그에게 물었다.

"초왕이 나의 부형을 죽였다. 이를 어찌해야 좋은가."

그러자 신포서가 이같이 대답했다.

"오호(於乎 : 슬프다는 뜻으로 嗚呼와 같음), 내가 그대에게 초나라에 보복하라고 가르치면 이는 불충이다. 만일 보복치 말라고 하면 이는 심중에 친한 벗을 두지 않은 것이다. 그대는 가도록 하라. 나는 더 이상 해줄 말이 없다."

이에 오자서가 말했다.

"내가 듣건대, '부모를 죽인 원수와는 불여대천이지(不與戴天履地 : 더불어 하늘을 이거나 땅을 밟을 수 없음)하고, 형제를 죽인 원수와는 불여동역접양(不與同域接壤 : 더불어 이웃집이나 연접된 구역에 거주할 수 없음)하고, 붕우를 죽인 원수와는 불여인향공리(不與隣鄕共里 : 더불어 이웃 마을이나 같은 마을에 살 수 없음)한다'고 했다. 지금 나는 장차 초나라가 범한 죄업을 보복함으로써 부형이 받은 치욕을 씻고자 한다."

그러자 신포서가 이같이 응답했다.

"네가 능히 초나라를 멸하고자 하면 나는 능히 초나라를 보존할 것이다. 네가 능히 초나라를 위태롭게 만들고자 하면 나는 능히 초나라를 평안케 만들 것이다."

오자서는 드디어 송나라로 망명했다.

이때 송원공(宋元公 : 기원전 531~517)은 백성들로부터 신임을 받지 못했다. 송나라 백성들이 그를 크게 원망하자 대부 화씨(華氏 : 華定과 華亥를 지칭)가 송원공을 살해코자 했다. 송나라 사람들은 화씨를 지지했다. 이에 송나라에 대란이 일어나게 되었다.

이에 오자서는 곧 태자 건과 함께 정나라로 도주했다. 그러자 정나라가 이들을 예로써 후대했다. 얼마 후 태자 건이 진(晉)나라로 가자 진경공(晉頃公 : 이름은 去疾)이 이같이 말했다.

"태자는 정나라에 있고 정나라 또한 태자를 신임하고 있소. 태자가 만일 능히 내응하여 나의 정나라 토벌을 도와주면 내가 정나라를 태자에게 봉지로 내리도록 하겠소."

태자 건이 정나라로 돌아온 뒤 일이 성사되기도 전에 마침 사사로운 일로 자신의 종자(從者)를 죽이려 했다. 이에 종자는 태자 건이 진경경과 모의한 사실을 알고 있었기에 이를 곧바로 정나라에 고했다. 그러자 정정공(鄭定公 : 기원전 529~514)이 집정인 자산(子産 : 公孫僑)과 모의한 뒤 태자 건을 주살했다.

당시 태자 건에게는 승(勝)이라 불리는 아들이 있었다. 이에 오자서가 승을 데리고 오나라로 도주했다. 소관

(昭關 : 안휘성 함산현 북쪽에 위치한 관문)에 이르렀을 때 관리(關吏)가 이들을 잡으려 했다. 그러자 오자서가 거짓으로 말했다.

"위에서 나를 잡으려는 것은 나에게 미주(美珠)가 있기 때문이다. 지금 내가 이를 잃어버렸는데 장차 그대가 이를 빼앗아 삼켜버렸다고 말할 것이다. 그러면 아마도 그대의 배를 가르고야 말 것이다."

관리가 두려운 나머지 그를 놓아주었다.

오자서가 승과 함께 도주할 때 정나라의 추병(追兵)들이 쫓아와 거의 빠져나가기 어려운 상황이 되었다. 오자서가 장강(長江)에 이르렀을 때 어부(漁父 : 고기잡이 노인) 한 사람이 배를 몰아 물을 거슬러 위쪽으로 올라가고 있었다. 이에 오자서가 큰 소리로 불렀다.

"어부는 나 좀 저쪽으로 건너게 해주시오."

이같이 두 번 소리치자 어부는 오자서를 태워주고 싶은 생각이 들었다. 그러나 다만 옆에 있는 사람들이 자신을 쳐다보고 있는 것을 의식해 이같이 노래를 불러 속마음을 전했다.

일월이 밝네 점점 앞으로 달려오니	日月昭昭乎寢已馳
그대와 기약했네 갈대의 강변에서	與子期乎蘆之漪

이에 오자서가 갈대가 있는 강변으로 달려가 기다리
자 어부가 또 다시 이같이 노래했다.

해가 이미 기우네 내 마음 비통해라	日已夕兮予心憂悲
달이 이미 떠오르네 왜 배를 타지 않나	月已馳兮何不渡爲
일이 더욱 급해지면 어찌할 생각인가	事寖急兮當奈何

오자서가 배에 올라타자 어부는 이내 오자서의 속마
음을 알아보고 1천 심(尋 : '1심'은 8척)이나 떨어진 나루
터에 내려주었다. 오자서가 강을 다 건넜을 때 어부가 오
자서의 얼굴을 자세히 살폈다. 오자서의 얼굴에 굶은 기
색이 완연하자 어부가 말했다.

"그대는 이 나무 아래에서 나를 기다려 주기 바라오.
내가 그대에게 먹을 것을 약간 가져다 주리다."

어부가 떠난 후 오자서는 의심이 든 나머지 곧 몸을
갈대 숲속에 숨겼다. 잠시 후 어부가 보리밥과 절인 생선
으로 만든 국, 반찬 한 주발을 들고 와 나무 아래에 와 오
자서를 찾았다. 오자서의 모습이 보이지 않자 이같이 노
래하여 불렀다.

"갈대 속의 사람아, 갈대 속의 사람아, 그대가 어찌
궁사(窮士 : 궁지에 몰린 현사)가 아니겠는가."

이같이 두 번 노래 부르자 오자서가 갈대 숲속에서

응답했다. 그러자 어부가 말했다.

"나는 그대 얼굴에 굶주린 기색이 있어 먹을 것을 가져온 것이오. 그런데도 그대는 왜 이를 의심하는 것이오."

이에 오자서가 대답했다.

"운명은 본래 하늘에 달린 것입니다. 그러나 오늘 나의 운명이 모두 노인장에게 달려 있는데 내가 어찌 감히 의심할 리 있겠습니까."

두 사람은 식사를 마친 뒤 손을 마주잡고 작별인사를 했다. 오자서가 1백 금이나 나가는 보검을 풀어 어부에게 건네면서 말했다.

"이는 나의 선친이 남겨준 보검입니다. 윗면에는 북두칠성을 새겼고 값은 1백 금이나 나갑니다. 이것으로 베풀어 준 후은에 보답코자 합니다."

그러자 어부가 이같이 사양했다.

"내가 듣건대 초왕이 하령키를, '오자서를 잡는 사람에게는 곡식 5만 석과 집규(執珪)의 작위를 내린다'고 했다 하오. 그러니 내가 어찌 1백 금 나가는 보검을 얻고자 하겠소."

그리고는 이를 사양하며 받지 않은 채 오자서에게 당부했다.

"그대는 빨리 가도록 하시오. 이곳에 머물러서는 안

되오. 그리 하지 않으면 초나라 사람에게 잡히고 말 것이오."

"청컨대 노인장의 존함이라도 일러주기 바랍니다."

"오늘 두렵게도 두 도적이 상봉케 되었소. 나는 이제 초나라의 도적을 건네준 사람이 되었소. 두 도적이 서로 의기투합했으니, 이같은 의기투합은 묵계(黙契)로 이뤄지는 것이오. 그러니 굳이 성명이 왜 필요하겠소. 그대는 갈대 속의 사람이고 나는 고기잡는 늙은이면 되는 것이오. 부귀하게 되면 나를 잊지나 말아주오."

"그리 하겠습니다."

그러나 오자서가 얼마쯤 가다가 어부를 돌아보며 당부했다.

"그대의 반찬 주발을 잘 숨겨두도록 하십시오. 그로 인해 종적이 탄로날지도 모를 일입니다."

어부가 승락하자 오자서는 이내 걸음을 옮겼다. 그러다가 몇 걸음도 채 못가 다시 고개를 돌려 어부를 돌아보았다. 그러나 그때는 이미 어부가 배를 뒤집고 스스로 강물 속에 빠져들고 있었다.

이에 오자서는 아무 말도 하지 않은 채 묵연(黙然)히 걸음을 옮겨 오나라를 향해 나아갔다. 그러나 반쯤 갔을 때 병이 나 율양(溧陽 : 강소성 율양현 서북쪽 45리에 위치하고 있으나 춘추시대에는 置縣되지 않았음)에서 걸식하게 되었다. 마침 뇌수(瀨水 : 지금의 南河로 강소성 율양현 중부에 위치) 강변에서 격면(擊綿 : 방직을 하기 위해 헌 섬유를 빠는 작업을 지칭)하는 여인을 만나게 되었는데 광주리에는 밥이 있었다. 오자서가 그녀를 만나 이같이 부탁했다.

"부인, 밥을 좀 얻어 먹을 수 있겠습니까."

그러자 그녀가 대답했다.

"나는 홀로 어머니를 모시고 살고 있습니다. 30세가 되도록 아직 결혼치 못해 외간 남자에게 밥을 드릴 수가 없습니다."

이에 자서가 말했다.

"부인이 나와 같이 궁지에 몰린 사람을 구제키 위해서는 약간의 밥이면 됩니다. 그런데도 무엇을 꺼린단 말입니까."

그러자 그녀는 오자서가 평범한 사람이 아닌 것을 알고 곧 중얼거리듯 말했다.

"첩이 어찌 인정을 거스를 수가 있겠습니까."

그리고는 곧 광주리를 열고 그 안에 있는 반찬 등을 오자서에게 내주어 먹게 했다. 이때 그녀는 장궤(長跪 : 앉았다 일어설 때 먼저 허리를 곧게 펴는 모습으로 이는 경의를 나타내는 장중한 행동임)한 채 오자서에게 음식을 바쳤다. 오자서는 단지 두 숟갈만 먹은 뒤 곧 숟가락을 내려놓았다. 그러자 그녀가 물었다.

"그대는 매우 먼 길을 왔는데 왜 배불리 먹지 않는 것입니까."

이에 오자서가 밥을 배불리 먹은 후 길을 떠나기에 앞서 그녀에게 말했다.

"부인의 음식 그릇과 반찬 등을 잘 숨겨주기 바랍니다. 그로 인해 종적이 드러나서는 안 되기 때문입니다."

그러자 그녀가 이같이 탄식했다.

"슬프다, 나는 홀로 어머니를 모시고 30년을 살아오면서 스스로 정절을 지킨 채 시집을 가지 않으려 했다. 그러니 어찌 외간 남자에게 음식을 내주게 될 줄 알았겠는가. 한계를 벗어나 예의를 손상시켰으니 이는 차마 첩이 견딜 수 있는 바가 아니다."

오자서가 채 5걸음도 못 가 뒤를 돌아보았을 때는 그녀가 이미 율수에 몸을 던진 뒤였다.

오호(於乎), 정절이 뛰어나고 조행(操行 : 조신한 행동)을 지키는 여인이 있으니 참으로 대장부의 부인이로다.

오자서는 오나라에 도착한 후 머리를 풀고 미친 척하며, 맨발을 하고, 얼굴에 흙을 칠하고, 거리에서 구걸하는 모습을 보였다. 시장 사람들이 모두 그를 보았으나 그를 알아보는 사람은 아무도 없었다. 다음날 오나라에서 관상을 잘 보는 시리(市吏)가 오자서를 보고는 이같이 말했다.

"내가 많은 사람을 보아 왔으나 일찍이 이같은 사람을 본 적이 없다. 다른 나라에서 망명한 신하가 아니겠는가."

이에 곧 이 사실을 오왕 요에게 보고하면서 정황을 상세히 설명해 주었다. 그리고는 이같이 덧붙였다.

"대왕이 꼭 한번 그를 소견(召見)키 바랍니다."

그러자 오왕 요가 부탁했다.

"그대가 그와 함께 오도록 하오."

공자 광이 이 얘기를 듣고는 내심 크게 기뻐하며 말했다.

"내가 듣기로 초나라에서 충신 오사를 죽였는데 그의 아들 오자서가 매우 용감하고 지략이 많다고 했다. 그가 부친의 원수를 갚기 위해 오나라로 도주해 왔음에 틀림없다."

그리고는 은밀히 그를 거둘 생각을 품었다.

그때 시리와 오자서는 함께 궁으로 들어가 오왕 요를 배견케 되었다. 오왕 요는 오자서의 모습이 기위(奇偉)한 것을 보고 크게 놀랐다. 오자서는 키가 1장(丈), 허리가 10위(圍 : '1위'는 양손의 엄지와 식지로 그리는 원의 둘레로 약 30cm 가량 됨), 양미간의 거리가 1척(尺 : 미간의 거리가 1척이라는 얘기는 과정된 표현임)이나 되었다. 오왕 요는 오자서와 더불어 3일 동안이나 얘기를 나눴으나 단 한 구절도 중복된 내용이 없었다. 이에 오왕 요가 이같이 탄복했다.

"참으로 현인이다."

오자서는 오왕 요가 자신을 좋아하는 것을 알고 매일 궁으로 들어가 교담(交談)했다. 한번은 얘기하던 중 용장(勇壯)한 기개가 넘쳤다. 그러다가 조금씩 자신이 품고 있는 원한을 풀어놓기 시작하더니 드디어는 이를 악문 채 부득부득 가는 모습을 보여주었다. 이에 오왕은 오자서가 오나라 군사를 이용해 복수하려 한다는 사실을 알게 되었다.

이때 공자 광은 오왕 요를 살해할 계책을 세워놓았으나 혹여 오자서가 오왕 요와 친한 나머지 자신의 계책을 방해하지나 않을까 우려했다. 이에 오왕 요에게 오자서의 계책을 이같이 무함했다.

"오자서가 초나라를 치려는 것은 오나라를 위한 것이 아닙니다. 단지 자신의 사적인 원한을 갚으려는 데 불과한 것입니다. 대왕은 그의 계책을 받아들여서는 안 됩니다."

오자서는 공자 광이 오왕 요를 살해하려 한다는 사실을 알고는 이같이 생각했다.

"공자 광은 심중에 다른 뜻을 품고 있으니 전쟁에 관한 일로는 그를 설복시킬 수가 없다."

춘추시대 · 청동 공수포폐(空首布幣)
화폐의 목적은 '유포(流布)'에 있었으므로 '포(布)'
자를 붙여서 사용하였음 – 역주

춘추시대 · 도폐(刀幣)

옛날 사람들의 일상생활 중에서 칼은 다용도의 도구였으며, 다른 사람에게 양도할 수 있는 재산이
었다. 그래서 당시에는 '자르는 물건'이었던 청동도구가 점점 변하여 최초의 도폐가 되어 황하유역
의 제(齊) · 연(燕) · 월(越) 등의 지역에서 유통되었다.

　그리고는 곧 오왕 요를 만나 이같이 말했다.

　"신이 듣건대 제후들은 필부를 위해 군사를 일으켜 이웃나라와 싸우지는 않는다고 했습니다."

　이에 오왕 요가 의아해하며 물었다.

　"왜 그같은 말을 하는 것이오."

　그러자 오자서가 이같이 대답했다.

　"제후들은 독자적으로 정사를 처리하나 자신의 뜻하는 바대로 처리하지는 않습니다. 또한 위급한 상황을 구한 뒤에야 비로소 기병(起兵)을 하는 것입니다. 그러나 지금 대왕은 보위에 앉아 모든 권세를 쥐고 있으면서도 필부를 위해 군사를 일으키려 하니 이는 이치에 맞지 않습니다. 신은 실로 감히 대왕의 명을 좇을 수 없습니다."

　이에 오왕 요가 초나라를 칠 생각을 거두게 되었다.

　오자서가 조정에서 물러나온 뒤 전야(田野)로 가 농사를 지으면서 용사를 찾았다. 그는 용사를 찾아 공자 광에게 추천함으로써 공자 광의 환심을 사고자 했다. 이에 마침내 용사 전제(專諸)를 찾아내게 되었다.

　전제는 당읍(堂邑 : 강소성 육합현 북쪽) 사람이었다. 오자서가 초나라를 떠나 오나라로 망명할 때 그를 길에서 만난 적이 있었다. 당시 전제는 막 사람들과 싸우려던 참이었는데, 그가 상대에게 다가섰을 때 그의 분노는 1만 명의 기세를 압도할 정도였고, 그 사나움은 도무지 당해

낼 길이 없었다. 그러나 그의 부인이 한번 소리치자 그는 곧바로 돌아갔다. 오자서가 이를 기괴하게 생각한 나머지 이같이 물었다.

"그대의 분노는 그토록 엄청났는데도 어찌하여 일개 여인이 외치는 소리에 그만 절도(折道 : 도중에 그만둠)하고 만 것이오. 다른 속셈이 있었던 것은 아니오."

그러자 전제가 대답했다.

"그대는 나의 겉모습만 보고 우준(愚蠢)한 사람으로 생각한 것이 아니겠소. 그대의 얘기는 왜 이토록 비루한 것이오. 일인지하(一人之下)에서 굴복하는 사람은 틀림없이 만인지상(萬人之上)에서 그 뜻을 펼칠 수 있는 법이오."

오자서가 그의 관상을 보니 대상심목(碓 顙深目 : 앞짱구와 오목눈)에 호응웅배(虎膺熊背 : 호랑이 가슴에 곰의 등)였다. 흉맹하여 큰 모험을 행할 수 있는 상이었다. 그가 용사라는 것을 알고는 은밀히 그와 교결하면서 장차 그를 이용코자 했다. 마침 공자 광이 계책을 꾸미고 있는 것을 알고는 곧 그를 공자 광에게 추천했다.

공자 광이 전제를 얻은 후 예를 다해 후대하면서 말했다.

"하늘이 그대를 보내 군위(君位)를 잇지 못한 적장자인 나를 돕게 한 것이오."

이에 전제가 말했다.

"앞서 오왕 여말이 세상을 떠나자 요가 그 뒤를 이었으나 이는 본래 그대의 것입니다. 공자는 왜 그를 죽이지 않는 것입니까."

"선군 수몽에게 4명의 아들이 있었소. 큰 아들은 제번으로 나의 부친이고, 둘째 아들은 여채, 셋째 아들은 여말, 넷째 아들은 계찰이오. 계찰이 현능하기 때문에 수몽은 죽을 때 보위를 적장자에게 물려주면서 4형제가 차례대로 승계해 마지막에 계찰에 이르도록 하라고 당부했소. 계찰이 사자가 되어 밖으로 여려 제후국을 돌아다니며 아직 귀국치 않았을 때 여말이 세상을 떠나자 보위가 비게 되었소. 자격을 갖고 뒤를 이을 수 있는 사람은 적장자인데, 그 적장자의 후손이 바로 나 광이오. 지금 요가 무엇에 근거해 나를 대신하여 보위에 앉아 있는 것이오. 나는 힘이 약하고, 집정대신의 도움을 받지 못하고 있소. 만일 유력자들의 도움을 받지 못하면 어찌 능히 내 마음을 안정시킬 수 있겠소. 내가 요를 대신해 보위에 오르면 계찰이 동쪽에서 귀국할지라도 나를 쫓아내지는 못할 것이오."

그러자 전제가 물었다.

"왜 가까운 대신을 오왕 요 곁으로 보내 조용히 선군의 명을 들먹이며 완곡하게 그를 설득함으로써 이 나라가 응당 누구에게 속해야 하는지를 알도록 만들지 않는 것입니까. 하필이면 사적으로 자객을 준비해 선왕의 덕을 훼손하려는 것입니까.”

이에 공자 광이 이같이 대답했다.

“요는 평소 탐욕스럽고 오직 강권만을 동원하고 있소. 앞으로 나가는 이익만 알고 뒤로 물러나 양보할 줄 모르오. 그래서 환난을 같이 할 용사를 찾아 그와 힘을 합치려 했던 것이오. 그대만이 능히 이 말이 무슨 뜻인지 알 것이오.”

“공자의 말이 너무 노골적이지 않습니까. 대체 무슨 의도를 갖고 있는 것입니까.”

“그렇지 않소. 이는 국가의 명운과 관련된 계책으로 소인배는 결코 이를 봉행할 수 없소. 나의 목숨을 오직 그대에게 맡기려는 것이오.”

그러자 전제가 이같이 응답했다.

“그렇다면 공자가 저에게 명하도록 하십시오.”

“그러나 시기가 아직 무르익지 않았소.”

“무릇 군주를 살해하려면 반드시 먼저 그가 무엇을 좋아하는지부터 알아내야 합니다. 오왕은 무엇을 좋아합니까.”

“그는 음식을 즐기오.”

“무슨 음식을 좋아합니까.”

"적어(炙魚 : 구운 생선)를 좋아하오."

이에 전제는 이내 태호(太湖 : 현재 강소성 오현 서구향에 炙魚橋가 있음)로 가 적어 요리를 배웠다. 3개월이 지나자 오왕이 좋아하는 적어를 만들 수 있는 수준이 되었다. 이에 조용히 자리를 지키며 공자 광의 명이 떨어지기를 기다렸다.

요 8년(기원전 519), 오왕 요가 공자 광에게 명하여 군사를 이끌고 가 초나라를 치게 했다. 이에 초나라 군사를 대파하고 태자 건의 모친을 정나라에서 모셔왔다. 정정공(鄭定公)은 태자 건의 모친에게 주옥잠이(珠玉簪珥 : 주옥으로 만든 비녀와 귀걸이)를 보내면서 태자 건의 살해로 인한 원한을 풀고자 했다.

요 9년(기원전 518), 오왕 요가 공자 광을 보내 초나라를 치게 했다. 이에 거소(居巢 : 안휘성 소현 서남쪽)와 종리(鐘離)를 공략했다. 오나라가 초나라를 친 것은 당초 초나라의 변읍인 비량(脾梁)의 처녀와 오나라의 변읍에 사는 처녀가 양잠을 하면서 뽕나무 잎을 둘러싸고 싸움을 한 데서 비롯된 것이다. 양쪽의 다툼에서 오나라쪽 사람들이 이기지 못하게 되자 마침내 양쪽이 서로를 공격케 되었다. 이 와중에 오나라의 변성(邊城)이 무너지게 되었다. 그러자 오나라가 대노해 초나라를 쳐 거소와 종리 등 2개 성읍을 취한 뒤 철군케 된 것이다.

요 11년(기원전 516) 겨울, 초평왕이 세상을 떠났다. 그러자 오자서가 승(勝 : 태자 건의 아들로 훗날의 白公)에게 말했다.

"평왕이 세상을 떠났으니 원수를 갚아야 하는 우리의 뜻을 완전히 이루기 어렵게 되었다. 그러나 초나라가 존재하고 있으니 우리들이 무엇을 걱정할 것인가."

승은 묵연히 아무 대꾸도 하지 않았다. 오자서는 방안으로 들어가 주저앉은 채 통곡했다.

요 12년(기원전 515) 봄, 오나라가 초나라의 국상을 틈타 공격코자 했다. 이에 공자 개여(蓋餘 : 『좌전』의 掩餘)와 촉용(燭庸)을 시켜 잠(潛 : 안휘성 곽산현 동북쪽 30리) 땅을 포위케 했다. 또 계찰을 진(晉)나라로 보내 제후들의 반응을 살펴보게 했다. 이때 초나라 군사가 출병하여 오나라 군사의 퇴로를 끊자 오나라 군사가 돌아갈 길이 없게 되었다.

그러자 공자 광이 기회가 온 것을 알고 흥분하기 시작했다. 오자서는 공자 광이 기회를 잡았다는 사실을 알고 곧 공자 광에게 이같이 권했다.

"지금 오왕이 초나라를 치자 두 동생이 군사를 이끌고 밖에 주둔케 되었습니다. 이에 길흉이 어떠할지 알 길이 없습니다. 전제의 일은 이때 속히 서둘러야 합니다. 때는 두번 다시 찾아오지 않으니 이 기회를 놓쳐서는 안 됩니다.”

이에 공자 광이 전제를 만나 말했다.

“지금 오왕의 두 동생이 초나라를 치고 있고, 계찰은 돌아오지 않고 있소. 이때 취하지 않으면 과연 어느 시기에 보위를 취할 수 있겠소. 이 기회를 놓칠 수는 없는 것이오. 더구나 나 광은 진정한 계승자가 아니겠소.”

그러자 전제가 말했다.

“오왕 요는 가히 죽일 수 있습니다. 그의 모친은 늙었고 아이들은 아직 어립니다. 동생들은 군사를 이끌고 가 초나라를 쳤으나 초나라는 오히려 이들의 퇴로를 끊었습니다. 지금 오왕 요는 밖으로는 초나라에 의해 곤욕을 치르고, 안으로는 충직한 대신이 없는 상황입니다. 이같은 상황에서 그는 우리를 어찌할 수 없을 것입니다.”

4월, 공자 광이 무장한 병사들을 지하실에 매복시킨 뒤 연석(宴席)을 차려놓고 오왕 요를 초청했다. 이에 오왕 요가 자신의 모친을 찾아가 물었다.

“공자 광이 저를 위해 주연을 마련해 놓고는 저를 초청했습니다. 무슨 변란 같은 것은 없겠습니까.”

그러자 그의 모친이 이같이 대답했다.

“공자 광은 심기가 앙앙불락(怏怏不樂)하여 늘 괴한 지색(愧恨之色 : 수치와 원망을 품은 표정)을 하고 있다. 조심하지 않으면 안 될 것이다.”

이에 오왕 요는 당계(棠谿 : 하남성 수평현 서북쪽)에서 나는 뛰어난 철편(鐵片)으로 만든 갑옷을 세 겹이나 껴입고, 손에 무기를 든 위병(衛兵)들을 노변에 배치한 뒤 왕궁에서 공자 광의 집으로 직행했다. 섬돌과 좌석을 막론하고 좌우에 배치된 사람은 모두 오왕 요의 친척이었다. 양쪽에 시립(侍立)한 자들은 모두 손에 장극(長戟)을 들고 창날을 서로 교차시킨 채 호위했다.

주연이 한창 무르익었을 때 공자 광이 족질(足疾)을 가장하여 지하실로 내려와 발을 감쌌다. 그리고는 곧 전제를 시켜 칼을 생선 속에 담은 적어(炙魚)를 바치게 했다. 전제가 오왕 요의 바로 앞까지 왔을 때 적어의 배를 갈라 비수를 꺼내든 뒤 곧바로 오왕 요를 찔렀다. 그러자 시립해 있던 위병들의 날카로운 창날이 일시에 전제의 가슴을 찔렀다. 그러나 전제의 가슴뼈가 끊어져 가슴이 갈라졌을 때까지 비수는 아직도 그대로 오왕 요의 가슴에 꽂혀 있었다. 비수는 오왕 요의 갑옷을 뚫고 등 뒤까지 삐져나와 있었다. 오왕 요가 즉사하자 주변의 위병들이 일제히 전제를 찔러 죽였다.

오왕 요의 부하들이 일시에 혼란에 빠져 허둥대자 공자 광이 매복시킨 병사들이 뛰쳐나와 오왕 요의 무리들을 한 사람도 남김 없이 모두 척살했다. 이에 공자 광은 스스로 보위에 오르게 되었다. 그가 바로 오왕 합려(闔

閭)이다. 합려는 전제의 아들에게 봉지를 내리고 객경(客卿 : 客禮로서 대하는 타국 출신 경을 지칭)으로 삼았다.

계찰이 사자로 갔다가 오나라에 돌아오자 합려가 군위를 계찰에게 넘기고자 했다. 그러자 계찰이 이같이 사양했다.

"만일 전군(前君 : 오왕 요를 지칭)이 제사를 받게 되고 사직의 신령이 공양을 받게 되면 이 또한 나의 군주인 것이니, 내가 누구를 원망하겠습니까. 나는 단지 죽은 자를 애도하고 산 자를 시봉하며 천명을 기다릴 뿐입니다. 내가 일으킨 화란(禍亂)도 아니고 누가 보위에 오른들 오직 복종할 뿐이니, 이는 선왕이 만든 원칙이기도 합니다."

그리고는 오왕 요의 무덤으로 가 사명(使命)을 복명하고 한바탕 통곡한 뒤 원래의 자리로 돌아와 합려의 명을 받았다. 공자 개여와 촉용은 군사를 이끌고 갔다가 초나라 군사에게 포위된 와중에 공자 광이 오왕 요를 살해하고 보위에 올랐다는 얘기를 듣고는 곧바로 군사들을 이끌고 초나라에 투항했다. 이에 초나라는 이들에게 서읍(舒邑 : 안휘성 서성현)을 봉지로 내렸다.

 4. 합려내전 闔閭內傳

합려 원년(기원전 514), 오나라가 현능한 사람을 임용하면서 은혜를 베풀었다. 인의를 행하자 제후들 사이에서 그 명망이 크게 높아졌다.

인의가 아직 널리 실시되지 못하고 은혜가 널리 베풀어지지 못했을 때 합려는 백성들이 자신을 따르지 않고 제후들이 자신을 불신할까 우려했다. 이에 오자서를 발탁해 행인(行人 : 원래는 외교사절을 뜻하나 여기서는 국빈을 접대하는 외교 총책을 의미)으로 삼고 외빈에 대한 접대 업무를 전담케 했다. 동시에 그와 함께 국가대사를 상의하면서 이같이 물었다.

"나는 오나라를 강성하게 만들어 패왕(霸王)을 칭하고 싶소. 어찌해야 이를 이룰 수 있겠소."

오자서가 이 말을 듣고 무릎 걸음으로 다가간 후 눈물을 흘린 채 고개를 조아리며 말했다.

"저는 초나라에서 망명한 죄인입니다. 부형이 길거리에 버려진 채 그 해골이 땅에 묻히지 못하고 있습니다. 이에 혼령이 혈식(血食 : 희생의 피로 지내는 제사를 받음)치 못하고 있습니다. 저는 죄를 뒤집어 쓴 채 치욕을 참으며 대왕에게 귀순했습니다. 죽임을 당하지 않은 것만도 다행인데 어찌 감히 국가대사를 모획(謀劃)하는 일에 참여할 수 있겠습니까."

그러자 합려가 말했다.

"만일 선생이 없었다면 나는 지어지사(摯御之使 : 말의 발을 묶고 수레를 모는 사자라는 뜻으로, 명을 받들어 싸움을 벌이는 자를 지칭)를 면치 못했을 것이오. 지금 다행히 한 마디 가르침을 받고자 하는데 선생은 어찌하여 이같이 말하는 것이오. 왜 중도에 변한 것이오."

이에 오자서가 대답했다.

"제가 듣건대 '모의지신(謀議之臣 : 계책을 내는 신하)이 어찌 몸을 위망지지(危亡之地 : 위태롭거나 망할 처지)에 두겠는가' 라고 했습니다. 우환이 그치고 일이 마무리되면 군주가 가까이 할 존재가 아님을 알게 될 것입니다."

그러자 합려가 반박했다.

"그렇지 않소. 과인은 그대가 아니면 능히 마음을 털어놓고 얘기할 사람이 없소. 그러니 어찌 그대를 탓할 리 있겠소. 내 나라는 멀리 궁벽한 동남 땅에 위치해 있소. 지세가 험조(險阻)하고, 공기가 윤습(潤濕)하고, 강해(江海 : 장강과 바다)가 매우 흉맹하오. 군주는 수비 시설을 갖추지 못하고, 백성은 기댈 곳이 없고, 창고는 건립돼 있지 않고, 전주(田疇 : 경작지)는 개간되어 있지 않소. 이같은 상황에서 어찌해야 좋겠소."

오자서가 한참이 지난 후에야 비로소 이같이 응답했다.

"제가 듣건대 '치국은 안군리민(安君理民 : 군주를 안정시키고 백성들 사이에 질서가 있게 함)이 상책이다' 라고 했습니다."

"그렇다면 '안군리민'을 이루기 위해 어떤 술책을 써야 하오."

이에 오자서가 말했다.

"무릇 '안군리민'을 이뤄 패왕의 대업을 성취하고, 가까운 곳의 사람들을 복종시키며 먼 곳의 사람까지 제압키 위해서는 반드시 먼저 성곽을 쌓고, 수비 설비를 완비하고, 창름(倉廩 : 곡식창고)을 채우고, 병고(兵庫 : 무기고)를 잘 정비해야만 합니다. 이것이 바로 그 술책입니다."

"좋은 말이오. 성곽을 쌓고, 창고를 세우고, 인지제의
(因地制宜 : 각지의 구체적인 상황에 맞춰 적당한 제도를 적용
함)하면 어찌 천기지수(天氣之數 : 천지의 자연스런 원기를
이용하는 술책)로 이웃 나라를 위섭(威懾 : 위세로써 제압함)
치 않을 수 있겠소."

"그렇습니다."

"과인은 이 일을 그대에게 맡기도록 하겠소."

이에 오자서는 곧 사람을 보내 땅을 살펴보고, 물길
을 관측하고, 하늘과 땅을 본떠 큰 성을 축조했다. 성벽
의 둘레는 47리에 달했다. 육지 위의 성문은 모두 8개였
다. 이는 8풍(八風 : 8개 방향으로 부는 바람)을 상징했다. 수
로 위의 성문도 모두 8개였다. 이는 8창(八窓 : 8개 방향으
로 난 창문)을 본뜬 것이다.

또 작은 성을 쌓았다. 이 성의 둘레는 10리였다. 육지
위의 성문은 모두 3개였다. 동쪽으로 성문을 내지 않은
것은 월나라의 계책을 봉쇄한다는 뜻을 상징한 것이었
다. 서쪽으로 창문(閶門)을 설치한 것은 천문(天門 : 하늘
의 문)과 같이 창합풍(閶闔風 : 西風)을 통과시키려 한 것
이다. 사문(蛇門)을 만든 것은 지호(地戶 : 땅의 문)를 상징
한 것이다.

합려는 서쪽으로 진출해 초나라를 치고자 했다. 초나

라는 오나라의 서북쪽에 위치해 있었다. 그래서 창문을
설치해 천기(天氣 : 자연의 바람)를 관통시킨 것이다. 후에
창문을 '파초문(破楚門)'이라 명명했다. 그는 동쪽으로
나아가 월나라를 병탄코자 했다. 월나라는 동남쪽에 위
치해 있었다. 그래서 사문을 설치하여 오나라와 대적할
가능성이 있는 월나라를 제압코자 한 것이다.

오나라는 진방(辰方 : 동동남)에 위치해 있었다. 그 위
치는 용에 해당한다. 그래서 작은 성의 남문 누상(樓上)
의 반우(反宇 : 지붕 끝의 용마루 장식)를 규룡(虯龍 : 작은
뿔이 있는 새끼 용)이 감싸게 만들었다. 이는 용의 뿔을 상
징한 것이다. 월나라는 사(巳 : 남남동) 방향에 위치해 있
다. 그 위치는 뱀에 해당한다. 그래서 남대문 위에 나무
로 새긴 뱀을 설치해 두었다. 뱀의 몸은 북쪽, 머리는 성
안을 향하도록 함으로써 월나라가 오나라에 귀부하는
것을 표시했다.

성곽이 완성되고 창고가 완비되자 합려는 오자서를
시켜 장차 개여와 촉용을 치기 위해 전기사어(戰騎射御 :
전투와 기마, 활쏘기, 수레몰이)의 무예를 훈련케 했다. 그러
나 이때 쓸 만한 무기가 없자 칼을 만드는 검장(劍匠) 간
장(干將)에게 명하여 보검 2자루를 만들게 했다. 간장은
오나라 사람으로 월나라 사람인 구야자(歐冶子)와 함께
같은 스승 밑에서 배웠다. 이들 모두 뛰어난 장인들이었

다.

월나라가 전에 보검 3자루를 바친 적이 있었다. 당시 합려는 이를 얻고 진기한 보물처럼 소중히 다뤘다. 이것이 계기가 되어 간장에게 보검 2자루를 만들게 한 것이다. 간장이 만든 보검 중 하나는 간장이고 다른 하나는 막야(莫邪)였다. 막야는 간장 처의 이름이었다.

당초 간장은 칼을 만들기 위해 우선 5산(五山 :『열자』의 岱興ㆍ員嶠ㆍ方壺ㆍ瀛洲ㆍ蓬萊 설과『사기』의 華山ㆍ首山ㆍ太室ㆍ泰山ㆍ東萊 설 등이 대립)의 철정(鐵精 : 뛰어난 철)과 천하의 뛰어난 금속 등을 채집한 뒤 천시(天時)와 지리(地利)가 맞는 때를 기다렸다. 일월동광(日月同光 : 해와 달이 동시에 비춤)의 시간에 모든 신령들이 내려다 보는 가운데 천기가 하강하자 금철(金鐵)의 정수가 용해되지 않은 채 액체가 되어 흘렀다. 간장은 그 이유를 알 수가 없었다. 그러자 막야가 물었다.

"당신은 칼을 잘 만들어 그 명성이 오왕에게까지 이르게 되었습니다. 그래서 오왕이 당신에게 보검을 만들도록 명한 것입니다. 그런데 지금 당신은 3달 동안 주조를 하면서도 이를 만들지 못하고 있습니다. 이는 무슨 의도가 있는 게 아닙니까."

"나도 그 이유를 잘 모르겠소."

이에 막야가 다시 물었다.

"무릇 신물(神物 : 신기한 물건)을 만들려면 반드시 사람을 집어넣어야 비로소 가능하다고 합니다. 지금 당신이 만들려는 칼 또한 사람을 집어넣어야 가능한 것이 아니겠습니까."

그러자 간장이 이같이 대답했다.

"전에 나의 사부는 철을 제련하던 중 금철이 녹지 않자 부부가 함께 용광로 속으로 뛰어들었소. 연후에 비로소 보물을 만들 수 있었소. 이후 지금까지 줄곧 사람들이 그 산에 가 야금을 할 때면 마질(麻絰 : 삼으로 만든 상복의 허리끈)과 띠풀로 만든 옷을 입은 후에야 비로소 감히 산속으로 들어가 금철을 제련할 수 있었소. 지금 내가 보검을 만드는 과정에서 금철이 녹지 않은 것이 바로 당시와 같은 상황이라고야 할 수 있겠소."

이에 막야가 이같이 말했다.

"선사(先師)는 자신의 몸을 녹여 보물을 만들어냈습니다. 나라고 해서 못할 것이 무엇이 있겠습니까."

그리고는 이내 단발전조(斷髮剪爪 : 머리털을 자르고 손톱과 발톱 등을 깎음)한 뒤 용광로 속에 몸을 던졌다. 이때 3백 명의 동남동녀(童男童女)를 시켜 고탁장탄(鼓橐裝炭 : 소가죽 주머니를 이용해 용광로 속에 계속 바람을 불어넣으면서 연신 탄을 집어넣음)케 했다. 그러자 비로소 금철이 녹기 시작했다. 이로써 드디어 보검을 얻게 되었다. 양검

(陽劍)이 간장, 음검(陰劍)이 막야였다. 양검에는 거북 등의 무늬가 새겨졌고, 음검 위에는 불규칙한 무늬가 새겨졌다.

간장은 양검을 숨긴 채 음검만을 합려에게 바쳤다. 그러자 합려가 그 보검을 애지중지했다. 합려가 이미 보검을 얻었을 때 마침 노나라 대부 계손의여(季孫意如 : 노나라의 실권자인 季平子)가 오나라를 빙문(聘問)케 되었다. 그러자 합려가 보검을 관장하는 대부를 시켜 막야를 그에게 바쳤다. 계손의여가 검을 뽑아 자세히 관찰하다가 칼날에 크기가 서미(黍米 : 기장쌀알)만한 흠이 있는 것을 보고 이같이 탄식했다.

"참으로 훌륭하다. 설령 중원 각국의 그 어떤 장인인들 이보다 나은 보검을 만들 수 있겠는가. 이 보검이 만들어진 것으로 오나라는 패업을 이루게 될 것이다. 다만 흠이 있으니 곧 망하고 말 것이다. 그러니 내가 비록 이를 좋아한들 어찌 받을 수 있겠는가."

그리고는 이내 보검을 사양한 채 그대로 돌아갔다.

합려가 막야를 보물로 삼은 후 국내의 구사(鉤師)들에게 금구(金鉤 : 청동제 갈고리 모양의 허리띠 장식)를 만들도록 명하면서 이같이 약속했다.

"능히 좋은 금구를 만드는 자에게는 1백 금을 상으로 내릴 것이다."

전국시대 · 쌍룡머리가
있는 은 허리띠의 고리

춘추시대 · 월나라 왕의 주구검(州勾劍)

춘추시대 · 월나라 왕 구천(勾踐)의 검

월나라 왕 구천은 춘추시대의 마지막 패자(覇者)로 초나라와 밀접한 관계가 있다. 초 혜왕(惠王)의 어머니가 바로 구천의 딸이었던 연유로 구천의 검이 초나라로 가게 되었을지도 모른다. 그러나 다른 한편으로 초나라가 위왕(威王), 회왕(懷王) 시기에 월나라를 멸했기 때문에 어쩌면 이 검을 전리품으로서 함께 매장했을 수도 있다.

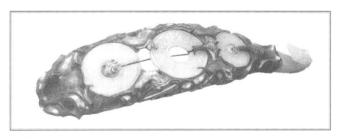

전국시대 · 도금한 옥에 유리를 상감한 은제품의 허리띠 장식

길이 18.3cm, 폭 4.9cm의 비파형 잠금장식으로, 받침은 은으로 되어 있고 표면은 금을 도금한 뒤 부조하였다. 끝부분은 짐승의 머리 모양으로 되어 있고, 기룡(夔龍) 두 마리와 앵무새 두 마리가 양쪽을 휘감고 있다. 장식은 비교적 크고 도안은 복잡하나 정교하게 제작된 전국시대 금속공예의 정수라 할 만하다.

오나라에는 금구를 만드는 장인들이 매우 많았다. 이
때 어떤 장인이 오왕의 포상을 탐낸 나머지 두 자식을 죽
인 뒤 그 피를 금구에 발라 제련했다. 두 개의 금구가 완
성되자 이를 합려에게 바친 뒤 궁문 앞으로 가 포상을 요
구했다. 그러자 합려가 물었다.

"금구를 만든 장인은 매우 많다. 그런데 유독 그대만
이 상을 구하고 있다. 그대의 금구는 다른 금구와 무엇이
다른 것인가."

"저는 금구를 만들 때 대왕의 포상을 타기 위해 두 자
식을 죽였습니다. 저의 금구는 그 피를 발라 만든 것입니
다."

그러자 오왕이 여러 금구를 내놓고 보여주면서 물었
다.

"어느 것이 그대가 만든 것인가."

오왕의 금구는 매우 많은 데다 형체 또한 모두 같아
어느 것이 자신이 만든 것인지 알 길이 없었다. 이에 그
장인이 금구를 향해 두 자식의 이름을 부르며 이같이 말
했다.

"오홍(吳鴻)·호계(扈稽)야, 내가 여기에 있다. 대왕이
너희들의 정령(精靈)을 모르는구나."

이 말이 입에서 떨어지자마자 두 개의 금구가 함께
날아와 장인의 가슴팍에 착 달라붙었다. 오왕이 크게 놀

라 말했다.

"아, 과인이 참으로 그대의 기대를 저버렸소."

그리고는 곧 1백 금을 상으로 내린 뒤 두 개의 금구를 패용한 후로는 잠시도 몸에서 떼어놓지 않았다.

6월, 합려가 군사를 일으키려 할 때 마침 초나라의 백희(白喜 : 白嚭)가 투항해 왔다. 이에 합려가 오자서에게 물었다.

"백희는 과연 어떤 사람이오."

그러자 오자서가 이같이 대답했다.

"그는 초나라 백주리(白州犁)의 손자로 초평왕이 백주리를 죽이자 이내 출분(出奔 : 국경을 넘어 다른 나라로 망명함)한 것입니다. 그는 제가 오나라에 있다는 얘기를 듣고 온 것입니다."

"백주리는 무슨 죄를 범했소."

이에 오자서가 이같이 말했다.

"백주리는 초나라의 좌윤(左尹)으로 극완(郤宛 : 사실 극완은 백주리의 아들임)으로 불렸는데 초평왕을 시봉했습니다. 초평왕이 그를 대단히 총애하여 늘 그와 종일토록 얘기를 나눴는데, 며칠간에 걸쳐 아침식사를 함께 하기도 했습니다. 그러자 비무기가 그를 크게 질투한 나머지 초평왕에게 건의키를, '대왕이 극완을 총애하는 것은 전국의 모든 백성이 아는 사실입니다. 그런데 왜 극완의 집으로 가 연회를 행함으로써 대신들에게 대왕이 극완을 중히 여기고 있다는 사실을 보여주지 않는 것입니까' 라고 했습니다. 이에 초평왕이 '그리 하겠다'고 하고는 곧 극완의 집에 연석을 마련케 했습니다. 이때 비무기는 극완에게 말하기를, '대왕은 매우 의맹(毅猛 : 강직하고 용맹함)하여 병기를 좋아합니다. 그대는 반드시 먼저 병기를 당하(堂下)와 문정(門庭 : 대문 앞 뜰)에 진열토록 하십시오' 라고 했습니다. 극완은 이 말을 믿고 곧 그리 했습니다. 그러자 초평왕이 와서는 곧 크게 놀라며 묻기를, '극완에게 무슨 일이 있는가' 라고 했습니다. 이에 비무기가 대답하기를, '대략 시군찬위(弑君篡位)의 우려가 큽니다. 대왕은 서둘러 여기를 떠나야 할 듯합니다. 일이 어찌될지 예측키 어렵습니다' 라고 했습니다. 초평왕이 대노하여 곧 극완을 주살했습니다. 제후들이 이 얘기를 듣고 탄식치 않은 자가 없었습니다. 백희는 제가 오나라에 있다는 얘기를 듣고 곧 찾아와서는 대왕을 알현할 수 있도록 주선해 달라고 청했습니다."

이로 인해 합려가 백희를 만나 물었다.

"과인의 나라는 멀리 궁벽한 곳에 위치해 있는 데다 동쪽은 바다에 접해 있소. 과인이 측문(側聞 : 주변을 통해 듣건대라는 뜻으로 일종의 謙辭)컨대, 그대의 선인은 초왕의 폭노(暴怒 : 포학한 노여움)와 비무기의 참구(讒口 : 무함)으로 살해되었다고 했소. 지금 그대는 우리나라가 멀다 여기지 않고 여기까지 왔소. 장차 무엇으로 과인을 가르칠 생각이오.”

그러자 백희가 이같이 대답했다.

“저는 초나라의 실로(失虜 : 도망친 죄수)입니다. 선인은 죄가 없는데도 뜻밖에 폭주(暴誅 : 갑자기 주살됨)되고 말았습니다. 대왕이 궁곤한 처지에 있는 오자서를 거둬들였다는 얘기를 멀리서 듣고 불원천리(不遠千里)하여 찾아와 귀순한 것입니다. 청컨대 대왕은 저에게 죽음을 내려주기 바랍니다.”

합려가 그를 가긍히 여겨 대부로 삼고는 그와 함께 국가대사를 논의했다.

이때 오나라 대부 피리(被離)가 연회의 자리에서 오자서에게 물었다.

“그대는 어찌하여 백희를 단 한번밖에 보지 못했는데 그토록 신임하는 것이오.”

“나의 원한이 백비와 같기 때문이오. 그대는 다음과 같은 「하상가(河上歌)」를 들어보지 못했소. ‘동병상련(同病相憐 : 같은 병을 앓는 사람은 서로 위로함)하고, 동우상구(同憂相救 : 같은 우환을 겪는 사람은 서로 구원함)한다. 경상지조(驚翔之鳥 : 똑같은 일로 놀라 하늘로 올라간 새)는 상수이집(相隨而集 : 서로 좇으며 모임)하고, 뇌하지수(瀨下之水 :

바위 밑의 급류)는 회복구류(回復俱流 : 소용돌이친 뒤 함께 흘러감)한다'고 했소. 호마(胡馬 : 북쪽에서 태어난 말)는 멀리 북쪽을 바라보며 서 있고, 월연(越燕 : 남쪽 월나라에서 날아온 제비)은 해를 바라보며 즐거워하는 법이오. 그 누가 자신이 가까이 하는 것을 사랑치 않고 자신이 애틋해 하는 것을 애련히 여기지 않겠소."

그러자 피리가 충고했다.

"그대는 겉만 보고 얘기하는 것이오. 어찌하여 그의 속셈을 살핀 뒤 의심할지 여부를 판단치 않는 것이오."

"나는 그것을 보지 못하오."

이에 피리가 다시 이같이 충고했다.

"내가 백희의 심성을 살피건대 그는 응시호보(鷹視虎 步 : 매처럼 노려보고 호랑이처럼 걸음)의 상이오. 이같은 상을 한 자는 시종 대공을 세우기 위해 멋대로 사람을 죽이는 성정을 지니고 있소. 그러니 가까이 해서는 안 되오."

그러나 오자서는 이 말을 그대로 받아들이지 않고 그와 함께 오왕을 섬겼다.

합려 2년(기원전 513), 오왕 합려는 전해에 오왕 요를 살해한 이래 줄곧 오왕 요의 아들 경기(慶忌 : 이하 경기에 관한 얘기는 『춘추좌전』과 다른 내용으로 후대에 나온 전설임)의 인국(鄰國) 체류 문제로 인해 크게 고심했다. 합려는 경기가 제후들과 연합해 쳐들어 오지나 않을까 걱정했다. 이에 오자서에게 이같이 물었다.

"전에 전제의 일만 하더라도 그대의 나에 대한 마음
은 참으로 깊은 바가 있소. 지금 듣기로는 경기가 제후들
과 계책을 꾸민다 하오. 이에 음식을 먹어도 맛을 모르겠
고, 자리에 누워도 편치 않은 상황이오. 나는 이 일을 그
대에게 맡기고자 하오."

그러자 오자서가 이같이 응답했다.

"저는 불충한 데다가 덕행을 쌓은 적도 없습니다. 게
다가 대왕과 함께 사실(私室)에서 은밀히 오왕 요를 도모
하기도 했습니다. 그런데 지금 또 그의 아들까지 도모코
자 하면 이는 하늘의 뜻이 아닌 듯합니다."

이에 합려가 이같이 반박했다.

"예전에 주무왕은 은주(殷紂)를 토벌한 이후 다시 그
의 자식인 무경(武庚)까지 죽였소. 그러나 주나라 백성들
중 이를 원망한 사람은 단 한 사람도 없었소. 지금 이같
은 계책이 어찌하여 하늘의 뜻과 배치된다고 하는 것이
오."

그러자 오자서가 대답했다.

"저는 대왕을 섬기고 있으니 장차 오나라의 국통(國
統)을 온전히 하는 데 일조할 것입니다. 그러니 무엇을
두려워하겠습니까. 제가 존중하는 사람으로 세인(細人 :
신분이 낮은 사람)이 한 사람 있습니다. 원컨대 그와 한번

계책을 꾸미기 바랍니다."

이에 합려가 반박했다.

"내가 우려하는 적수는 만인지력(萬人之力 : 1만 명을 상대할 정도의 역량)을 지닌 사람이오. 그러니 어찌 세인이 나와 함께 능히 대사를 도모할 수 있겠소."

"세인의 모사(謀事)는 오히려 만인지력보다 더한 점이 있습니다."

오왕이 의아해하며 물었다.

"그 사람이 누구요. 누구인지 나에게 말해주오."

"성은 요(要), 이름은 리(離)입니다. 저는 일찍이 그가 장사 초구흔(椒丘訴)에게 절욕(折辱 : 모욕을 줌)하는 것을 본 적이 있습니다."

"그가 초구흔을 어떻게 모욕했소."

그러자 오자서가 이같이 대답했다.

"초구흔은 동해의 해변에 사는 사람입니다. 그는 제왕(齊王)을 위해 오나라에 사자로 오게 되었습니다. 회하의 나루터를 건널 때 말에게 나루터에서 물을 먹일 생각을 했습니다. 그러자 나루터를 지키는 관원이 말하기를, '회하의 물 속에는 신령이 있어 말이 있는 것을 보면 곧바로 튀쳐나와 그 말을 해칩니다. 그러니 그대는 여기에서 말에게 물을 먹일 생각일랑 아예 하지도 마십시오'라고 했습니다. 이에 초구흔이 말하기를, '장사(壯士)가 갖고 있는 말을 감히 신령이 어찌 범하겠소'라고 했습니다. 그리고는 곧 수종들을 시켜 나루터에서 말에게 물을 먹이도록 했습니다. 그러자 수신(水神)이 과연 대노해 그의 말을 탈취했습니다. 말이 물 속으로 빠져들자 초구흔은 화가 머리 끝까지 나 곧 윗도리를 벗고 손에 보검을 잡은 채 물 속으로 뛰어들어가 수신과 결전을 벌였습니다. 며칠 동안 쉬지 않고 접전한 뒤 밖으로 나왔을 때는 한쪽 눈이 멀게 되었습니다. 그가 오나라에 왔을 때 마침 친구의 상사(喪事)를 만나게 되었습니다. 초구흔은 자신이 수신과 결투했던 용기를 믿고 친구의 상갓집에서 사대부들을 업수히 여기며 거만하게 굴었습니다. 이에 언사(言辭)가 불손하고 남을 깔보고 능멸하는 기운이 넘쳤습니다. 마침 요리가 그와 마주 앉게 되었습니다. 그와 합좌하자 요리는 그의 허풍을 견디기 어려웠습니다. 이에 요리가 마침내 초구흔을 모욕키를, '내가 듣기로 용사는 싸울 때 시간을 정해 놓고 싸울 경우는 이표(移表 : 그림자로 측정하는 해시계를 옮김)치 않고, 귀신과 결투할 경우는 선종(旋踵 : 발꿈치를 돌려 도주함)치 않고, 사람과 싸울 때는 달성(達聲 : 큰 소리로 시끄럽게 함)치 않고, 생왕사환(生往死還 : 살아서 갔다가 죽어 돌아옴)할지라도 이같은 일을 치욕으로 여겨 참지 못한다고 했소. 지금 그대와 수신이 물 속에서 싸웠다고는 하나 말과 마부를 잃고, 눈

에 상처까지 입었소. 몸이 병신이 되었는데 명성만 높아
졌으니, 이는 용사가 매우 치욕으로 생각하는 것이오. 적
과 죽기를 각오하여 싸우면서 구차하게 목숨을 구하고
도 오히려 나에게 오만한 기색을 드러낼 수 있는 것이
오'라고 했습니다. 이때 초구흔은 돌연 욕을 먹게 되자
한노병발(恨怒幷發 : 증오와 분노가 일시에 일어남)하여 날
이 어두워진 뒤 요리를 찾아가 치려고 했습니다. 이에 요
리는 술자리가 끝난 후 집으로 돌아가서는 부인에게 당
부키를, '내가 대가(大家)의 상갓집에서 용사 초구흔을
모욕해 커다란 원한과 울분을 안겨주었소. 날이 어두워
지면 그가 틀림없이 찾아올 터이니 그대는 절대로 우리
집 대문을 닫아놓아서는 안 되오'라고 했습니다. 밤이
되자 과연 초구흔이 찾아왔습니다. 요리의 집 대문을 보
니 닫혀 있지 않고, 당(堂)으로 올라갔으나 그곳도 잠겨
있지 않았고, 침실로 갔으나 그곳도 아무런 방비가 없었
습니다. 요리는 머리를 푼 채 누워 자면서 조금도 두려워
하는 기색이 없었습니다. 초구흔이 곧 날카로운 검을 손
에 쥐고 요리의 머리채를 잡은 뒤 말하기를, '너는 죽을
일을 3가지 범했다. 이를 아는가'라고 했습니다. 요리가
'모른다'고 하자 초구흔이 말하기를, '너는 대가의 상갓
집에서 중인(衆人)들이 보는 앞에서 나를 모욕했다. 이것
이 하나이다. 집으로 돌아와 문을 잠그지 않았다. 이것이

둘이다. 잠을 자면서도 아무런 방비도 하지 않았으니 이
것이 셋이다. 네가 죽을 일을 저질렀으니 마음 속에 무슨
원망이 있을 수 있겠는가' 라고 했습니다. 이에 요리가
반문키를, '나는 결코 죽을 일을 3가지 범한 적이 없다.
오히려 네가 3가지 불초(不肖)한 수치를 저질렀다. 너는
이를 아느냐' 라고 했습니다. 초구흔이 '모른다' 고 하자
요리가 말하기를, '내가 많은 사람 앞에서 너를 모욕했
는데도 네가 곧바로 보복치 못했다. 이것이 하나이다. 집
안으로 들어오며 기침소리를 내지 않고, 당 위로 올라오
면서도 소리를 내지 않았다. 이것이 둘이다. 먼저 칼을
뽑고 손으로 내 머리를 틀어쥔 뒤에야 비로소 큰 소리를
쳤다. 이것이 셋이다. 네가 이같이 3가지 불초한 모습을
보여주고 오히려 내 면전에서 위세를 내보이니 이 어찌
비루하지 않은가' 라고 했습니다. 이에 초구흔이 칼을 내
던지고 탄식키를, '나의 용맹에 그 누구도 감히 자점(眦
睚 : 흘겨보며 깔봄)치 못했다. 그러나 요리는 내 머리 위
에 있다. 이 사람이야말로 천하장사이다' 라고 했습니다.
제가 듣기로 요리는 바로 이와 같았으니, 그에 관한 얘기
는 이것이 전부입니다."

　오왕이 이 말을 듣고 말했다.

　"한가한 틈을 내어 그를 꼭 대접하고 싶소."

　이에 오자서가 요리를 만나 이같이 말을 전했다.

"오왕이 그대의 고의(高義)에 관한 얘기를 듣고 한번 만나보고 싶어하오."

요리가 오자서와 함께 찾아가자 오왕이 물었다.

"그대는 무엇을 하는 사람이오."

"저는 도성에서 동쪽으로 1천 리 떨어진 곳에 사는 사람으로 세소무력(細小無力 : 몸이 수척하고 작은 데다 힘이 없음)합니다. 바람 앞에 서게 되면 곧 뒤로 쓰러지고, 바람을 등에 지게 되면 앞으로 넘어집니다. 그러나 만일 대왕의 명이 있게 되면 제가 어찌 진력(盡力)치 않겠습니까."

오왕은 마음 속으로 오자서가 요리를 추천한 것은 잘못이라고 생각한 나머지 한참 동안 침묵을 지키며 아무 말도 하지 않았다. 그러자 요리가 앞으로 나서 이같이 장담했다.

"대왕은 경기를 근심하고 있습니까. 제가 그를 제거토록 하겠습니다."

이에 오왕이 말했다.

"경기의 용력은 사람들이 모두 익히 알고 있는 바요. 근골과경(筋骨果勁 : 체구가 건장함)하여 1만 명의 사람도 감히 당해낼 수 없소. 그는 달아나는 들짐승을 가히 추격할 수 있고, 손으로 비상하는 새를 나꿔챌 수도 있소. 몸을 한번 도약시켜 무릎을 오무렸다 펴면 한 걸음에 수백

리를 뛰어가오. 나는 일찍이 그를 뒤쫓아 강변까지 갔으나 사마(駟馬 : 네 마리 말이 이끄는 수레)조차 날 듯이 내달렸음에도 그에 미치지 못했소. 몰래 활을 쏘았지만 그는 화살을 맞고도 아무런 상처도 입지 않았소. 지금 그대의 역량은 도무지 그를 따를 수가 없소."

"대왕이 저를 쓰기만 하면 제가 능히 그를 죽일 수 있습니다."

"경기는 명석하여 설령 곤경에 처해 제후들에게 달아날지라도 결코 제후들 밑에 있는 현사(賢士)들을 받들지는 않을 것이오."

그러자 요리가 이같이 말했다.

"제가 듣건대 '처자식과의 즐거움에 빠져 성의를 다해 군주를 섬기지 못하는 것은 불충이고, 집안에 연연하여 군주의 우환을 제거치 못하는 것은 불의이다'라고 했습니다. 제가 짐짓 죄를 지어 망명할 터이니 저의 처자식을 모두 죽여 거리에서 불태운 뒤 뼛가루를 바람에 날리기 바랍니다. 이어 1천 금의 상금을 사방 1백 리의 성읍에 내걸어 저를 잡도록 하십시오. 그러면 경기가 틀림없이 저를 믿을 것입니다."

"그리 하도록 하겠소."

요리가 곧 짐짓 득죄하여 도주하자 오왕이 그의 처자식을 거리에서 불태운 뒤 기시(棄市 : 시신을 거리에 내걸어 사람들에게 보여줌)했다.

요리가 망명해 제후들에게 자신의 원망을 애기하자 천하가 모두 그의 무죄를 알게 되었다. 이에 마침내 위(衛 : 그러나 『좌전』에 따르면 경기는 초나라에 있다가 오왕 부차 때 죽임을 당함)나라로 가 경기를 만날 것을 청하면서 이같이 말했다.

"합려가 무도한 것은 왕자(王子 : 경기를 지칭)도 잘 알고 있는 바입니다. 지금 저의 처자식을 모두 육시한 것도 모자라 불에 태워 거리에 내걸어 두었습니다. 그러나 저의 처자식은 아무 죄도 없습니다. 오나라의 일은 제가 그 속사정을 압니다. 왕자의 용맹이면 능히 합려를 잡을 수 있습니다. 어찌하여 저와 함께 오나라로 가지 않는 것입니까."

경기가 요리의 말을 진실로 믿었다.

이에 3달 동안 병사들을 충분히 훈련시킨 뒤 드디어 오나라로 가게 되었다. 장차 장강을 도강하여 강의 중간쯤 왔을 때 요리가 힘이 부친 나머지 경기의 위쪽에 앉아 있다가 바람의 힘을 이용해 창으로 경기의 모자를 떨어뜨리고는 곧바로 바람이 부는 대로 경기를 찔렀다. 경기가 고개를 돌려 머리를 찌른 창을 떨쳐낸 뒤 요리의 머리를 손에 틀어쥔 채 여러 차례 물 속에 처박았다. 연후 그를 무릎 위에 올려놓은 뒤 이같이 말했다.

"아, 참으로 천하의 용사이다. 감히 병기의 날을 내 머리 위에 드리우다니."

경기의 주변에 있는 시종들이 요리를 죽이려 하자 경기가 그들을 저지하면서 말했다.

"이 사람은 천하의 용사이다. 어찌 하루에 두 사람의 용사를 죽일 수 있는가."

그리고는 시종들에게 이같이 당부했다.

"그가 가히 오나라로 돌아갈 수 있게 하여 이로써 그의 충성을 표창토록 하라."

말을 마친 후 경기는 곧바로 죽었다.

요리가 장강을 건너 강릉(江陵 : 호북성 강릉현의 漢代 명칭인 데다가 衛에서 오나라로 오는데 이곳을 경과할 이유가 없음)에 도착한 뒤 민연(愍然 : 근심스런 모습을 지음)히 움직이려 하지 않았다. 이에 경기의 종자들이 물었다.

"왜 떠나지 않는 것이오."

그러자 요리가 말했다.

"나의 처자식을 죽여 군주를 섬겼으니 인(仁)에 부합치 않고, 새 군주를 위해 옛 군주의 자식을 죽였으니 의(義)에 부합치 않소. 사람들은 죽음을 중시하면서도 불의를 천하게 여기오. 지금 내가 목숨을 탐하여 덕행을 버리면 이 또한 도의에 부합치 않소. 사람으로서 이같이 3가지 추악한 일을 하고도 세상에 살아 있게 되면 장차 내가 무슨 면목으로 천하의 현사들을 만날 수 있겠소."

말을 마친 후 곧바로 강물 속으로 뛰어들었다. 이때 경기의 종자가 곧 그를 구해내자 요리가 이같이 말했다.

"내가 어찌 죽지 않을 수 있겠소."

그러자 수종이 이같이 권했다.

"그대는 죽지 말고 오왕이 내리는 작록을 얻도록 하시오."

요리는 이 말을 듣자마자 곧바로 자신의 수족을 자른 뒤 칼 위에 엎어져 죽었다.

합려 3년(기원전 512), 오나라가 장차 초나라를 치고자 했으나 아직 군사를 동원치 않았을 때였다. 오자서와 백희가 서로 상의하며 말했다.

"우리들이 오왕을 위해 현능지사(賢能之士)를 양성해야 할 듯하오. 그같은 계책을 세우면 나라에 큰 도움이 될 것이오. 오왕이 지금 초나라를 치려면 동원령을 내려야 하는데도 구실을 대며 책임을 미루고 기병할 뜻을 보이지 않고 있소. 장차 이를 어찌하면 좋겠소."

얼마 후 오왕이 오자서와 백희를 불러 말했다.

"내가 출병코자 하는데 두 사람은 어찌 생각하오."

이에 두 사람이 입을 모아 말했다.

"저희들은 오직 명을 좇을 뿐입니다."

오왕은 내심 두 사람이 모두 초나라에 원한을 품고

있어 장차 병사들을 이끌고 가 초나라를 멸망시키게 되면 이후 이내 자신의 곁을 떠날까 걱정했다. 이에 고대(高臺)에 올라가 남풍(南風)을 맞으며 길게 휘파람을 불고는 얼마 후 길게 탄식했다. 군신들 중에는 오왕의 심사를 아는 사람이 아무도 없었다. 오직 오자서만이 오왕이 출병을 유예하며 결정을 내리지 못하는 심사를 깊이 이해했다. 이에 곧 손자(孫子 : 『손자병법』을 지은 손무)를 오왕에게 추천했다.

손자는 이름이 무(武 : 실은 제나라 사람임)로 오나라 사람이었다. 그는 궁벽하고 유심(幽深)한 곳에 숨어 산 까닭에 그의 재능을 아는 사람이 아무도 없었다. 다만 오자서는 본래 세상사를 잘 아는 데다가 인재를 알아보는 안목이 있어 손자가 가히 적을 격멸하는 재능이 있다는 것을 알았다. 이에 오왕과 함께 용병에 관해 얘기하면서 여러 차례 손자를 천거했다. 이를 두고 오왕이 이같이 평했다.

"오자서는 표면상 현사를 천거한다는 구실을 내세우고 있으나 실은 자신의 계책을 받아들이게 만드는 것이다."

이에 오왕이 손자를 소견하여 용병에 대해 물었다. 손자가 매번 1편씩을 진술하자 오왕이 자신도 모르는 사이에 입에서 칭송하는 말이 터져나왔다. 오왕이 내심 크게 기쁜 나머지 이같이 물었다.

"용병하는 방법을 가히 한번 시험해 보는 것이 좋지 않겠소."

"가합니다. 후궁의 궁녀들을 대상으로 한번 시험해 보는 것이 좋을 것입니다."

"좋은 생각이오."

그러자 손자가 말했다.

"저에게 대왕이 총애하는 후궁 두 사람을 주도록 하십시오. 그녀들로 하여금 각각 1개 부대를 지휘토록 만들겠습니다."

이에 손자는 수백 명의 궁녀에게 갑옷과 투구를 착용하여 검과 방패를 들고 기립케 한 뒤 그녀들에게 군대 규율을 알려주었다. 이어 그녀들에게 북소리에 맞춰 진퇴(進退) · 좌우(左右) · 회선(回旋)케 하면서 훈련시의 금지사항 등을 모두 숙지케 했다. 그리고는 이내 이같이 명했다.

"일고(一鼓)에 모두 떨쳐 일어나고, 이고(二鼓)에 모두 큰 소리로 외치며 전진하고, 삼고(三鼓)에 모두 전투대형으로 전개한다."

이에 궁녀들이 모두 입을 가리고 웃었다. 손자가 친히 북채를 잡고 북을 울리며 재삼 하명하고 거듭 경고를 주었다. 그러나 궁녀들은 웃기만 할 뿐 움직일 생각을 하지 않았다. 손자가 고개를 돌려 두루 살펴보는데도 궁녀들은 웃음을 멈추지 않았다. 손자가 대노하여 두 눈이 갑자기 크게 떠지면서 목소리가 놀란 호랑이처럼 커졌다. 머리털이 삐쭉 솟아 관을 찌르자 목 옆으로 내린 관끈이 끊어졌다. 이에 고개를 돌려 집법관(執法官)에게 이같이 하령했다.

"부질(鈇鑕 : 참형에 사용하는 도끼와 모탕)을 대령하라."

이어 이같이 엄명했다.

"약속(約束 : 여기서는 금지 명령)이 명확치 않고 신령(申令 : 하명)이 지켜지지 않는 것은 장수의 죄이다. 그러나 이미 금령을 내리고 3령 5신(三令五申 : 세 번 호령하고 다섯 번 거듭 말한다는 의미로 군대에서 되풀이하여 분명히 명하는 것을 뜻함)했는데도 병사들이 계속 영을 좇아 진퇴를 하지 않았다. 이는 부대장의 죄이다. 군법에 따르면 어찌 조치해야 하는가."

그러자 집법관이 말했다.

"참수(斬首)합니다."

손무가 부대장 역할을 맡은 오왕의 두 총희를 참하게 했다. 오왕이 대(臺)에 올라가 열병(閱兵)을 구경하다가 이 광경을 보고 급히 사자를 보내 이같이 명했다.

"과인은 이미 장군의 용병술을 보았소. 과인은 두 총희가 없으면 음식을 먹어도 맛을 모르니 참하지 말기 바라오."

이에 손자가 말했다.

"신은 이미 장수의 명을 받았습니다. 장수가 군대에서 법을 집행할 때에는 군주가 설령 하명할지라도 이를 접수치 않는 법입니다."

손자는 다시 북채를 잡고 전고를 울리며 지휘했다. 이에 좌우와 진퇴, 회선이 명하는 바대로 모두 정확히 이뤄졌다. 궁녀들 중 감히 한눈을 파는 자가 한 사람도 없었다. 두 궁녀 부대 모두 숙연하여 대원 중 그 누구도 감히 고개를 돌리려 하지 않았다. 그러자 손자가 오왕에게가 이같이 보고했다.

"병사들이 완전히 정비되었습니다. 가서 보기 바랍니다. 오직 대왕이 원하는 바대로 운용할 수 있을 것입니다. 물과 불 속에 뛰어들라고 할지라도 어려움이 없을 것입니다. 이로써 가히 천하를 평정할 수 있을 것입니다."

그러자 오왕은 우울한 표정으로 말했다.

"나는 그대가 용병을 잘 한다는 것을 알았소. 그러나 비록 용병을 잘해 칭패(稱覇)할지라도 이를 사용할 데가 없소. 장군은 대오를 해산시킨 뒤 돌아가 쉬도록 하오. 나는 그녀들의 열병을 다시 보고 싶은 생각이 없소."

이에 손자가 이같이 말했다.

"오왕은 한낱 나의 이론만 좋아했을 뿐 나의 실전 재

능을 알려고 하지 않는구나."

이때 오자서가 오왕에게 간했다.

"신이 듣건대 '용병은 흉사(凶事)이니 헛되이 시험할 수 없다'고 했습니다. 그래서 용병하는 사람은 주벌(誅罰)하는 상황이 나타나지 않으면 공개적으로 이를 시험치 않는 것입니다. 지금 대왕은 경건한 마음으로 현사를 사모하며, 군사를 일으켜 포학한 초나라를 침으로써 패천하(覇天下)하여 제후들을 위복(威服)시키고자 합니다. 만일 손무를 장수로 세우지 않으면 누가 능히 회하를 건너고, 사수(泗水)를 넘어, 1천 리를 달려가 작전을 펼 것입니까."

그러자 오왕이 크게 기뻐하며 북을 울려 군사를 일으킨 뒤 병력을 하나로 모아 초나라를 쳤다. 손자가 장수가 되어 서(舒) 땅을 공략하고, 오나라에서 초나라로 망명했던 개여와 촉용을 주살했다. 오왕은 또 대신들과 함께 계책을 마련해 초나라 도성 영(郢)으로 진공코자 했다. 이에 손무가 말했다.

"백성들이 이미 크게 지쳤습니다. 다시 영도(郢都)를 치는 것은 불가합니다. 휴식을 취한 뒤 다시 치는 것이 가할 것입니다."

초나라는 오나라가 손자와 오자서, 백희를 장수로 삼았다는 얘기를 듣고 크게 고심했다. 군신들도 모두 크게

두려워했다. 이에 입을 모아 비무기(費無忌 : 사실 비무기
는 이 사건이 일어나기 3년 전에 子常에게 피살되었음)가 오사
와 백주리를 죽임으로써 오나라의 끊임없는 변경 침공
을 야기하여 초나라 군신들이 모두 일시에 우환을 만나
게 되었다고 말했다. 이에 사마 성(成)이 영윤(令尹) 자상
(子常)에게 이같이 말했다.

　"백성들은 태부 오사와 좌윤 백주리가 무슨 죄로 죽
었는지 모르고 있습니다. 그대는 군주와 모획(謀劃)하여
그들을 죽임으로써 국내의 의론을 분분케 만들었습니
다. 지금까지도 이에 관한 논의는 잉연히 그치지 않고 있
습니다. 저는 이에 대해 사실 의혹을 풀 길이 없습니다.
제가 듣건대 인자(仁者)는 사람을 죽여 비방을 막는 일은
하지 않는다고 했습니다. 그런데 지금 그대는 오히려 사
람을 죽여 백성들의 비난을 야기하고 있으니 참으로 기
괴한 일이 아닙니까. 비무기는 초나라의 참녕(讒佞)으로
백성들 중 그의 죄과를 모르는 사람이 없습니다. 지금 무
고히 3현사(三賢士 : 오사와 오상, 극완)를 죽여 오나라와
결원케 되었습니다. 이에 안으로는 충신의 마음을 상하
게 하고, 밖으로는 인국(鄰國)의 비웃음을 사게 되었습니
다. 지금 극완과 오사의 가족은 오나라로 출분(出奔)했습
니다. 오나라는 새로 오원(伍員 : 오자서)과 백희(白喜 : 백
비)를 얻어 더욱 위세를 높여 일심으로 초나라와 대적코

자 합니다. 이 강대한 적이 일으키는 전쟁은 날이 갈수록 더욱 두려워할 만합니다. 만일 초나라에 난이 일어나면 그대는 곧 위험에 처하고 말 것입니다. 총명한 사람은 참녕을 제거함으로써 자신을 안전하게 하고, 우준(愚蠢)한 사람은 참녕을 거둠으로써 자신을 멸망에 이르게 합니다. 그런데 지금 그대는 참녕을 거두고 있습니다. 이로 인해 나라가 위기에 처하게 된 것입니다."

그러자 자상이 말했다.

"이는 모두 나 낭와(囊瓦 : 자상)의 죄로 인한 것이오. 그러니 어찌 감히 그를 도모하지 않겠소."

9월, 자상이 초왕과 함께 비무기를 죽인 뒤 그의 일족을 모두 주멸했다. 이에 백성들의 비난 여론이 비로소 가라앉게 되었다.

오왕에게는 등옥(滕玉)이라는 딸이 있었다. 초나라 공벌에 관한 일을 상의하기 위해 오왕이 부인 및 딸과 함께 식사를 하게 되었다. 증어(蒸魚 : 찐 생선)를 먹을 때 오왕이 먼저 절반을 먹은 후 나머지를 딸에게 주었다. 그러자 등옥이 원망스런 어조로 말했다.

"부왕이 먹다 남은 생선을 나에게 주어 나를 모욕하니 나는 오래 살기는 글렀다."

그리고는 이내 자살했다. 합려가 이 일로 인해 크게 비통해했다. 이에 곧 도성 서쪽의 창문(閶門) 밖에다 장사지냈다. 땅을 파 연못을 만들고, 흙을 쌓아 산을 만들고, 무늬가 있는 돌로 곽(槨)을 만들고, 묘 안에는 제주(題湊 : 나무를 겹쳐 쌓으면서 나무 머리가 안으로 향하게 만든 것)를 만들고, 금정(金鼎 : 황금으로 만든 정) · 옥배(玉杯) · 은잔(銀樽 : 은으로 만든 술동이) · 주유(珠襦 : 진귀한 구슬로 장식한 저고리류) 등의 보물을 모두 부장했다. 이에 오나라 도성의 거리에서 백학(白鶴)이 춤을 추게 하고, 수많은 백성들로 하여금 서로 몰려나와 이를 관람케 했다. 마침내 남녀 모두 백학과 함께 묘실 내로 들어가자 기습적으로 기계장치를 이용해 이들을 산 채로 순장시켜 버렸다. 이에 백성들이 모두 이를 비난했다.

담로(湛盧)라는 보검은 합려의 포학무도를 증오하여 합려를 떠나 오나라 도성을 빠져나온 뒤 물 속으로 들어가 표류하여 초나라에 이르렀다. 초소왕(楚昭王 : 기원전 515~489)이 잠에서 깨어난 뒤 상 위에 있는 오왕의 보검 담로를 얻게 되었다. 그러나 초소왕은 그 이유를 알 수 없어 곧 풍호자(風湖子)를 불러 이같이 물었다.

"과인이 잠에서 깨어나자 곧 이 보검을 얻게 되었소. 나는 이 보검의 이름도 모르오. 이 검은 도대체 어떤 것이오."

"신이 듣건대 오왕에게는 월나라에서 바친 3자루의 보검이 있는데 각각 어장(魚腸), 반영(磐郢), 담로(湛盧)라

한다 했습니다. 어장은 이미 오왕 요를 살해할 때 사용되었고, 반영도 이미 그의 딸이 죽었을 때 부장했다고 합니다. 그런데 지금 담로가 바로 초나라로 온 것입니다."

초소왕이 다시 물었다.

"담로라는 보검이 오나라를 떠난 이유는 무엇이오."

"신이 듣건대 월왕 원상(元常 : 『좌전』·『사기』의 允常)이 검장(劍匠) 구야자(歐冶子)를 시켜 보검 5자루를 만들게 한 뒤 검을 잘 보는 진(秦)나라 사람 설촉(薛燭)을 불러 이를 살펴보게 했다 합니다. 그러자 설촉이 말하기를, '어장검의 무늬는 거꾸로 되어 있어 불순하니 몸에 패용해서는 안 됩니다. 신하가 장차 이를 이용해 군주를 시해하고 자식이 부친을 살해할 것입니다' 라고 했습니다. 그래서 합려는 이를 이용해 오왕 요를 죽인 것입니다. 반영이라는 보검은 달리 호조(豪曹)라고 불렸는데 규격에 맞지 않았습니다. 그래서 사람에게 결코 좋은 일이 없기 때문에 부장한 것입니다. 담로에 대해서는 설촉이 설명하길, '각종 금속의 정화(精華)를 함유하고, 태양(太陽 : 극히 성한 양기)의 결정체를 갖고 있고, 영이(靈異)한 정기를 담고 있습니다. 이 칼을 뽑으면 번쩍이는 신광(神光)이 나오고, 몸에 차게 되면 위세를 지니게 되니 가히 적을 절충(折衝 : 격퇴)커나 적에게 대항할 수 있습니다. 다만 만일 군주가 사리에 어긋나는 음모를 획책케 되면 저 보검

은 저절로 밖으로 달아나게 됩니다' 라고 했습니다. 그래
서 담로는 포학무도한 사람을 떠나 덕의(德義)가 있는 군
주에게 귀부하게 됩니다. 지금 오왕이 포학무도하여 오
왕 요를 죽이고 초나라를 도모하려 하자 담로가 초나라
에 이르게 된 것입니다."

이에 초소왕이 물었다.

"담로의 가치는 얼마나 되오."

"신이 듣건대 이 보검이 월나라에 있을 때 상인이 와
값을 매겼는데, 중간급 도시를 낀 향리 30개, 준마 1천
필, 1만 호의 인구를 지닌 커다란 도시 2개 중 하나에 해
당하는 값어치가 있다고 했습니다. 당시 설촉이 대답키
를, '적근산(赤菫山 : 구야자가 보검을 만든 주석 산지로 회계
현 남쪽 25리에 위치)은 너무 높아 구름 한 점 없고, 약야계
(若耶溪 : 적근산 부근으로 동이 많이 산출됨)는 너무 깊어 그
깊이를 측량할 수 없습니다. 신령들이 모두 하늘로 올라
갔고, 구야자도 이미 죽었습니다. 설령 모든 성읍을 기울
여 황금을 내고 주옥으로 하천을 메울지라도 이 보검만
못합니다. 하물며 향리와 준마, 1만 호의 도시 따위야 족
히 말할 바가 있겠습니까' 라고 했습니다."

오왕 합려는 초나라가 담로를 얻게 되었다는 얘기를
듣고 크게 노해 곧 손무와 오자서, 백희를 시켜 초나라를
치게 했다. 이에 오자서가 은밀히 초나라에 사람을 보내

이같이 전하게 했다.

"만일 초나라가 자기(子期 : 초평왕의 아들 공자 結로 大司馬임)를 장수로 삼으면 우리들은 곧 그를 포획해 살해할 것이오. 만일 자상(子常)을 시켜 군사를 지휘케 하면 우리들은 곧 물러갈 것이오."

초나라가 이 얘기를 듣고 곧 자상을 장수로 임명하고 자기를 임용치 않았다. 그 결과 오나라는 육(六 : 안휘성 육안현 북쪽)과 잠(潛 : 안휘성 곽산현 남쪽) 등 2개 성읍을 접거케 되었다.

합려 5년(기원전 510), 오왕은 월나라가 오나라의 초나라 공벌에 동참치 않자 남쪽으로 내려가 월나라를 쳤다. 그러자 월왕 원상이 이같이 항의했다.

"오나라는 전에 맺은 맹약을 지키지 않고, 공물을 바치며 신복(臣服)하는 나라를 버림으로써 하루 아침에 서로간의 친교를 훼손하려 하는 것이오."

합려는 원상의 말을 무시하고 이내 기병하여 월나라를 침공함으로써 취리(檇李 : 절강성 가흥시 남쪽)를 점거했다.

합려 6년(기원전 509), 초소왕이 자상을 보내 오나라를 치게 했다. 이는 오나라가 육과 잠을 취한 것에 대한 보복이었다. 이에 오나라가 오자서와 손무를 보내 초나라 군사를 치게 하자 이들이 예장(豫章 : 한수 북쪽과 장강 이

북 사이 일대)에서 초나라 군사를 포위했다. 이때 오왕이 이같이 말했다.

"나는 초나라가 위난(危難)을 맞은 틈을 타 초나라 도읍 영(郢)으로 쳐들어가 공략할 것이다. 영을 공략치 못하면 두 사람은 무슨 공로가 있겠는가."

이에 오자서와 손무는 초나라 군사를 예장에서 포위한 뒤 대대적으로 섬멸했다. 이어 소(巢 : 안휘성 소현) 땅을 포위해 마침내 공략했다. 그리고는 소 땅을 수비하던 초나라 공자 번(繁)을 포로로 잡고 철군한 뒤 그를 인질로 삼았다.

합려 9년(기원전 506), 오왕이 오자서와 손무에게 이같이 물었다.

"당초 그대들은 영(郢)을 진공할 수 없다고 말했으나 결국 지금 어찌 되었소."

그러자 두 사람이 입을 모아 대답했다.

"무릇 전쟁이란 승리를 거둬 자신의 위세를 보이는 것으로 영원히 승리하는 길은 아닙니다."

"그 말은 무슨 뜻이오."

"초나라 군사 역량으로 말하면 천하의 강적입니다. 지금 우리가 그들과 승부를 겨루면 10번 망하고 1번 살아남을 가능성밖에 없습니다. 그러니 대왕이 영으로 쳐들어간 것은 하늘이 도운 것입니다. 신 등은 감히 이에 동조할 수 없습니다.”

이에 오왕이 이같이 물었다.

“나는 다시 한 번 초나라를 치고자 하오. 어찌해야 공을 세울 수 있겠소.”

“낭와(囊瓦 : 자상)는 탐람(貪婪)하여 제후들에게 여러 번 득죄했습니다. 이에 당(唐 : 호북성 수현 서북쪽) · 채(蔡 : 초나라의 압박으로 하남성의 新蔡에서 안위성 봉대현의 下蔡로 천도)나라 등이 그에 대해 원한을 품고 있습니다. 만일 대왕이 꼭 초나라를 치고자 하면 당 · 채 두 나라의 원조를 받아야 할 것입니다.”

“당 · 채 등은 낭와에 대해 무슨 원한을 품고 있다는 것이오.”

그러자 두 사람이 이같이 대답했다.

“전에 채소후(蔡昭侯 : 기원전 518~491)가 초나라에 입조할 때 아름다운 가죽옷 2벌과 패옥 2쌍을 갖고 가 그 중 가죽옷 1벌과 패옥 1쌍을 초소왕에게 바쳤습니다. 초소왕이 이 옷을 입고 패옥을 몸에 찬 채 조회에 나갔습니다. 이때 채소후도 같은 옷을 입고 패옥을 찬 채 참여했습니다. 자상이 이를 보고 채소후로부터 이를 얻고자 했으나 채소후가 이에 응하지 않았습니다. 그러자 자상이 채소후를 3년 동안이나 억류한 채 귀국시키지 않았습니다. 당성공(唐成公)도 초왕을 조현할 때 두 필의 숙상마

(驌 驌馬 : 몸에 아름다운 무늬가 있는 명마)를 갖고 갔습니다. 자상이 이를 얻고자 했으나 당성공이 이에 응하지 않았습니다. 그러자 자상은 당성공을 3년 동안이나 억류했습니다. 이에 당나라 사람들이 서로 상의하면서 당성공의 시종으로부터 두 필의 숙상마를 탈취해 자상에게 바치고 당성공을 귀국시키기로 의견을 모았습니다. 그리고는 곧 당성공의 시종을 술에 취하게 만든 뒤 몰래 숙상마 두 필을 훔쳐내 자상에게 바쳤습니다. 자상은 그제서야 당성공을 귀국시켰습니다. 이에 군신들이 모두 자상을 비난하며 말하길, '군주는 한 필의 말로 인해 스스로 3년 동안 수금을 당하는 일을 자초했습니다. 원컨대 저희들이 말을 키우는 자를 도와 일함으로써 장차 말을 배상할 수 있도록 해주기 바랍니다. 그리 되면 두 마리의 숙상마를 다시 찾는 것과 같은 것이 될 것입니다'라고 했습니다. 이에 당성공은 늘 초나라에 보복할 생각을 품었는데, 원수를 갚아야 한다는 구호가 군신의 입에서 떠나지 않고 있습니다. 채나라 사람들은 당성공이 풀려난 얘기를 듣고 채소후에게 속히 가죽옷과 패옥을 바치고 풀려날 것을 강력히 권했습니다. 채소후가 이를 받아들임으로써 간신히 귀국케 되었습니다. 채소후는 진(晉)나라로 가 원통한 사정을 얘기한 뒤 아들 원(元)과 대부들의 자제를 인질로 보내면서 진나라가 앞장서 초나라를

토벌할 것을 강력히 청했습니다. 당 · 채 등의 원조를 얻은 뒤에야 초나라를 칠 수 있다고 말한 것은 바로 이 때문입니다."

이에 오왕이 사자를 당 · 채 두 나라 군주에게 보내 이같이 말하게 했다.

"초나라가 포학무도한 일을 저질러 충량(忠良)한 사람을 잔혹하게 살해하고, 제후국들을 침공하고, 두 군주를 구금하여 모욕을 주었습니다. 과인은 거병하여 초나라를 치고자 합니다. 원컨대 두 군주는 과인과 함께 계책을 세웠으면 합니다."

그러자 채소후가 자신의 아들 건(乾)을 오나라에 인질로 보냈다. 마침내 오 · 채 · 당 3국이 합세해 초나라를 쳤다. 먼저 군사를 회예(淮汭 : 회하의 북쪽)에 주둔시킨 뒤 예장에서 초나라 군사와 한수를 사이에 두고 대진(對陣)했다. 자상이 드디어 한수를 건넌 뒤 진을 쳤다. 소별산(小別山 : 魯山으로 무한시 서남쪽 앵무주 북쪽)에서 대별산(大別山 : 甑山으로 호북성 한천현 남쪽)에 이르기까지 3차에 걸쳐 싸웠으나 불리했다. 이에 더 이상 진공할 수 없다고 판단한 나머지 도주코자 했다. 그러자 대부 사황(史皇)이 이같이 건의했다.

"그대는 일찍이 아무 이유도 없이 초왕과 함께 3명의 충신을 죽였소. 지금 하늘이 재앙을 내리는 것이니 이는 초왕이 자초한 것이오."

그러나 자상은 아무 대답도 하지 못했다.

10월, 양쪽 군사가 백거(柏擧 : 호북성 마성현 동쪽)에서 대진했다. 합려의 동생 부개(夫槪)는 아침에 기상하자마자 합려를 찾아가 이같이 청했다.

"자상은 불인(不仁)하여 탐람하고 은애의 정이 적습니다. 그의 수하들은 그를 위해 죽으려는 뜻이 없습니다. 만일 그들을 추격하면 틀림없이 격파할 수 있을 것입니다."

그러나 합려가 이를 허락지 않았다. 그러자 부개가 말했다.

"사람들이 흔히 말하기를, '전장에 나온 신하는 자신의 의지에 따라 행동할 뿐 군명을 기다리지 않는다'고 했다. 이는 바로 이같은 경우를 두고 이른 말이다."

이에 그는 곧 자신의 휘하 병사 5천 명을 이끌고 자상을 공격했다. 자상이 대패하여 정나라로 도주했다. 초나라 군사가 큰 혼란에 빠지자 오나라 군사가 그들을 추격해 대파했다. 초나라 군사는 한수를 건너기 전에 마침 식사중이었다. 오나라 군사는 초나라 군사들이 도망치는 틈을 이용해 공격을 가해 옹서(雍澨 : 호북성 경산현 서남쪽)에서 대파했다. 5번 싸운 끝에 곧바로 영(郢)까지 쳐들어가게 되었다.

초소왕은 오나라 군사에 의해 추격을 당하게 되자 국도인 영을 떠나 잠시 도성 밖으로 도주할 수밖에 없었다. 이때 초소왕의 여동생 계미(季羋)는 황하와 저수(雎水 : 沮水로 영의 서쪽에 위치) 사이에 있었다. 초나라 대부 윤고(尹固)는 초소왕과 함께 배에 올라 떠났다.

오나라 군사가 영에 입성해 초소왕을 찾았다.

초소왕이 저수를 건넌 뒤 다시 장강을 건너 운몽택(雲夢澤 : 호북성 송자현 동북쪽)으로 들어갔다. 밤이 되어 잠을 잘 때 강도들이 그들을 급습해 창으로 초소왕의 머리를 베려 했다. 이때 대부 윤고가 초소왕을 엄호키 위해 등으로 창을 막자 창이 그의 어깨를 찌르게 되었다. 초소왕이 크게 두려워한 나머지 운성(鄖城 : 호북성 안륙현)으로 도주했다. 대부 종건(種建)이 등에 계미를 들쳐업고 초소왕의 뒤를 따랐다.

운공(鄖公) 투신(鬪辛 : 초평왕에 의해 죽은 鬪成然의 아들)이 초소왕을 맞이하고는 매우 기뻐하며 그를 호위해 귀국시키고자 했다. 이때 투신의 동생 투회(鬪懷)가 분노에 찬 목소리로 말했다.

"초소왕은 우리들의 적이다."

그리고는 초소왕을 죽일 생각으로 투신에게 이같이 말했다.

"전에 초평왕이 우리의 부친을 죽였습니다. 그러니

우리가 그의 아들을 죽이는 것도 가하지 않겠습니까."

그러자 투신이 만류했다.

"군주가 그의 신하를 토벌한들 신하가 감히 대적하려든단 말인가. 다른 사람이 재난을 만난 틈을 이용해 살해하는 것은 인(仁)이 아니다. 군주를 죽임으로써 자신의 종족이 주멸되고 제사가 끊어지게 만드는 것은 효(孝)가 아니다. 행동에 옮겨 영명(令名)을 드러내지 못하는 것은 지(智)가 아니다."

그러나 투회는 크게 노한 나머지 이를 이해하지 못했다. 이에 투신은 은밀히 막내 동생 투소(鬪巢)와 함께 초소왕의 뒤를 좇아 수(隨 : 호북성 수현 남쪽) 땅으로 달아났다.

오나라 군사들은 그들을 추격하면서 수나라 군주에게 이같이 말했다.

"주나라 천자의 자손이 한수 일대에 봉해졌소. 그런데 모두 초나라에 의해 멸망했다 하오. 지금 하늘이 그들의 재난으로 인해 보복을 진행하면서 초나라에게 징벌을 가하고 있소. 그대는 왜 초소왕을 보물처럼 여기는 것이오. 주왕실이 무슨 죄가 있소."

이에 수나라 군주는 초소왕을 오왕에게 보내는 문제를 놓고 거북점을 쳤다. 그 결과 점괘가 불리하게 나왔다. 이에 오왕의 요구를 이같이 거절했다.

"지금 수나라는 편벽되고 협소한 나라인 까닭에 전적으로 초나라에 의지하고 있습니다. 그러니 초나라가 실은 우리를 보존시켜 주는 것입니다. 우리는 초나라와 맹약을 맺은 이후 지금까지 줄곧 이를 지키고 있습니다. 만일 지금 초나라가 재난이 있다고 하여 그들을 버리게 되면 장차 무엇을 가지고 오나라를 섬길 수 있겠습니까. 지금 잠시 초나라의 안정을 허용하면 초나라가 어찌 감히 오나라의 명을 듣지 않겠습니까."

오나라 군사들이 수나라 군주의 얘기를 크게 칭송하면서 이내 퇴병했다.

이때 초나라 대부 자기(子期)가 초소왕과 함께 도주하고 있었다. 초소왕과 닮은 그는 은밀히 오나라 군사와 교역을 하며 자신이 붙잡힘으로써 초소왕의 탈출을 돕고자 했다. 초소왕이 이 얘기를 듣고 재난을 면한 뒤 자기의 가슴팍 피부를 찔러 나온 피로 수나라 군주와 맹약을 맺은 후 수나라를 떠났다.

오왕이 초나라 도성 영에 입성한 뒤 곧 그곳에 머물렀다. 오자서는 초소왕을 잡지 못한 까닭에 곧 초평왕의 무덤을 파 그 시체를 꺼낸 뒤 채찍으로 3백 대나 때렸다. 왼쪽 발로 그의 복부를 밟고 오른 손으로 시신의 눈을 파내며 이같이 꾸짖었다.

"누가 당신에게 첨유지구(諂諛之口 : 아첨하는 말)를 든고 나의 부형을 죽이도록 시켰는가. 내 어찌 당신을 원망치 않을 수 있겠는가.”

　그리고는 곧 합려로 하여금 초소왕의 부인을 간음케 했다. 오자서와 손무, 백희 등도 자상과 사마 성의 부인 등을 간음하여 초나라의 군신을 모욕했다.

　이어 오자서는 군사를 이끌고 정나라를 쳤다. 정정공(鄭定公)은 전에 초나라 태자 건을 죽이고 오자서를 궁지에 몰아넣은 적이 있었다. 이에 오자서는 정나라에 원한을 품고 있었다. 오나라 군사가 정나라 국경을 넘자 정헌공(鄭獻公 : 기원전 513~501)이 크게 두려워한 나머지 국내에 이같은 명을 발포했다.

　“오나라 군사를 능히 퇴치할 수 있는 사람이 있으면 과인은 정나라를 나눠 그와 함께 다스릴 것이다.”

　이때 한 어부의 아들이 응모하면서 이같이 말했다.

　“제가 능히 그들을 물리칠 수 있습니다. 척병두량(尺兵斗量 : 조그마한 병기와 약간의 양식)조차 사용치 않고 오직 배를 젓는 데 쓰는 조그마한 노를 들고 길을 달리며 노래 부르는 것만으로 오나라 군사를 퇴각케 만들겠습니다.”

　이에 정헌공이 곧 어부의 아들에게 노 하나를 전해주었다. 오자서의 군사가 도착할 즈음 어부의 아들이 길을 막고 노로 장단을 맞추며 이같이 노래 불렀다.

"갈대 속의 사람아."

이같이 두 번 소리쳤다. 오자서가 이 소리를 듣고 악연(愕然)히 놀라 말했다.

"이는 어떤 사람인가."

그리고는 곧 그를 불러 얘기를 나누면서 물었다.

"당신은 대체 누구요."

"저는 어부의 아들입니다. 저의 주군이 크게 두려워하여 국내에 포고키를, '오나라 군사를 퇴각시키는 자가 있으면 나라를 나눠 함께 다스리겠다'고 했습니다. 저는 저의 돌아가신 부친이 당신과 길에서 만나 서로 사귀었던 일을 생각했습니다. 그래서 지금 당신에게 정나라를 보전시켜 달라고 청하는 것입니다."

그러자 오자서가 이같이 감탄했다.

"참으로 슬프다. 나는 그대 부친의 은덕을 입어 여기에까지 오게 되었다. 하늘이 창창(蒼蒼)하니 어찌 감히 그 은혜를 잊을 수 있겠는가."

이에 곧 정나라를 포기하고 점령한 초나라를 지키기 위해 철군했다. 그리고는 초소왕이 있는 곳을 찾아내기 위해 날마다 더욱 급하게 다그쳤다.

이때 신포서는 산중에 숨어 있다가 이같은 얘기를 듣게 되었다. 이에 곧 사람을 오자서에게 보내 이같이 말하게 했다.

"그대의 보복은 너무 지나치지 않은가. 그대는 과거에 초평왕의 신하로 있으면서 북면(北面)하여 그를 섬겼다. 지금 시신에게 매질을 가해 치욕을 가한 것이 어찌 도의에 합당할 수 있겠는가."

그러자 자서가 이같이 사자에게 이같이 말했다.

"그대는 나를 대신해 신포서에게 전하기를, '나는 복수할 시간이 없을까 걱정했소. 해가 이미 서산에 기울어졌는데도 아직 갈 길이 많이 남아 있는 형국이오. 그래서 나는 급히 달려가 도리에 어긋나게 일을 행했소. 그러나 이를 어찌 도리를 가지고 논할 수 있겠소'라고 하기 바란다."

신포서는 오자서를 설득하는 것이 불가능하다는 것을 알고 곧바로 진(秦)나라로 가 초나라를 구해줄 것을 간절히 청했다. 그는 밤낮으로 쉬지 않고 달려가자 종척(踵蹠 : 발꿈치와 발바닥)이 모두 갈라졌다. 이에 하의를 찢어 무릎을 감싼 채 학치의장(鶴峙倚墻 : 학처럼 서서 조정의 담장에 몸을 기댔다는 뜻으로 청원 수락에 대한 기대를 상징)한 채 7일 동안 밤낮으로 통곡했다. 이에 곡성이 진나라 조정 내에 그치지 않았다.

당시 진애공(秦哀公 : 기원전 536~501)은 줄곧 술에 빠져 정사에 관심을 기울이지 않았다. 그러자 신포서가 통곡하면서 이같이 노래했다.

"오나라가 포학무도하니 마치 봉시장사(封豕長蛇 : 백성들에게 해를 끼치는 큰 돼지와 커다란 뱀)와 같구나. 중원의 제후국들을 잠식하니 장차 천하를 모두 삼키려 하는구나. 초나라부터 정벌키 시작하니 과군(寡君 : 자신의 군주에 대한 겸칭)은 국외로 도주하여 황야를 헤매면서 나를 보내 고급(告急 : 위기를 고하고 구원을 청함)케 하는구나."

신포서가 이같이 7일 동안 통곡하자 진애공이 크게 놀라 이같이 탄식했다.

"초나라에 이같은 현신(賢臣)이 있었던가. 그런데도 오나라는 초나라를 멸하려 하는구나. 과인에게는 이같은 신하가 없으니 우리가 망할 날이 멀지 않았구나."

그리고는 곧 신포서에게 『시경』「진풍(秦風)·무의(無衣)」에 나오는 다음 구절을 읊어주었다.

어찌 옷이 없다고 하는가	豈曰無衣
그대와 함께 옷을 입으리	與子同袍
대왕이 곧 군사를 일으켜	王于興師
그대와 함께 원수 갚으리	與子同仇

그러자 신포서가 이같이 말했다.

"제가 듣건대 여덕(戾德 : 포학)은 끝이 없다고 했습니다. 만일 대왕이 인국(鄰國)의 우환을 심려치 않으면 변경이 침공당하는 화난을 입을 것입니다. 지금 오나라가 초나라를 완전히 점거치 못했으니 대왕은 곧 가서 그 일부를 취하십시오. 만일 초나라가 오나라의 공벌로 인해 망하게 되면 이는 진나라에 무슨 도움이 되겠습니까. 그리 되면 진나라 국토마저 침식당할 것입니다. 청컨대 대왕은 신령(神靈 : 신통한 威靈)으로 초나라를 보전해 주기 바랍니다. 그리 하면 초나라는 대대로 대왕을 섬길 것입니다."

이에 진애공이 사람을 보내 이같이 말하게 했다.

"과인은 그대의 말을 잘 들었소. 그대는 잠시 빈관(賓館)으로 가 휴식을 취하도록 하시오. 내가 장차 계책을 세운 뒤 그대에게 알려주도록 하겠소."

그러자 신포서가 말했다.

"과군은 지금 황야에서 유랑하며 몸을 둘 곳조차 없습니다. 그러니 제가 어찌 감히 편히 쉴 수 있겠습니까."

그리고는 또 진나라의 조정의 담장에 몸을 기대고 통곡했다. 밤낮을 가리지 않은 채 통곡을 그치지 않고 물조차 마시지 않았다. 진애공이 감동한 나머지 눈물을 흘리며 곧 군사를 일으켜 신포서와 함께 초나라로 가게 했다.

합려 10년(기원전 505), 진나라 군사가 아직 출동하지 않았을 때였다. 월왕 원상(元常)은 합려가 월나라를 쳐 취리(檇李)를 공략한 것에 원한을 품고 있었다. 이에 군

사를 일으켜 오나라를 쳤다. 당시 오나라 군사는 초나라
에 머물고 있었다. 월나라 군사들은 마치 도적과 같이 몰
래 오나라를 기습했던 것이다.

6월, 신포서가 진나라 군사를 이끌고 초나라에 이르
렀다. 진나라가 공자 자포(子蒲)와 자호(子虎)를 시켜 병
거 5백 승(乘 : '1승'에 말 4필, 갑사 3인, 보명 72명이 배치됨)
을 이끌고 가 초나라를 구하고 오나라를 격퇴케 했다. 그
러자 두 사람이 이같이 말했다.

"우리들은 아직 오나라 전술을 모른다."

이에 초나라 군사로 하여금 먼저 오나라 군사와 접전
케 했다. 그리고는 곧 초나라 군사와 합세해 부개가 이끄
는 오나라 군사를 대파했다.

7월, 초나라 사마 자성(子成)과 진나라 공자 자포가
오왕과 대치하며 방어하던 중 몰래 간병(間兵 : 비밀 부대)
을 보내 당나라를 치게 하여 마침내 이를 멸했다. 오자서
가 초나라에 오랫동안 머물며 초소왕을 찾기 위해 초나
라를 떠나지 않았다.

부개는 진·초 연합군에게 패하자 곧 퇴각했다. 9월
에 은밀히 오나라로 돌아와 스스로 보위에 올라 오왕이
되었다. 합려가 이 얘기를 듣고는 곧 초나라 군사를 버려
둔 채 급히 귀국해 부개를 죽이고자 했다. 이에 부개가
초나라로 도주하자 초소왕이 부개를 당계(棠溪 : 『좌전』

의 堂谿로 하남성 수평현 서북쪽에 위치)에 봉했다. 합려가 마침내 오나라로 돌아왔다.

이때 오자서와 손무, 백희 등은 초나라에 머물며 옹서(雍澨)에서 초나라 군사를 대파했다. 그러자 진나라 군사가 다시 오나라 군사를 대파했다. 초나라의 자기(子期)가 오나라 군사에게 화공(火攻)을 가하려 하자 자서(子西 : 초 소왕의 서형인 공자 申)가 이같이 만류했다.

"우리 초나라의 부형들이 참전하여 그 시신이 황야에 널려 있소. 이를 거둬 매장치는 못할망정 오나라 군사에게 화공을 가하기 위해 시신들을 불태우려 하니 이 어찌 가한 일이겠소."

그러자 자기가 이같이 반박했다.

"나라가 망하고 백성들을 잃는 것은 우리의 존망이 달린 문제요. 어찌하여 방금 죽은 사람을 장송(葬送)하는 방법으로 이미 죽은 자에게 동정을 표시하려는 것이오. 만일 이미 죽은 자에게 지각이 있다면 틀림없이 불길을 이용해 우리를 돕고자 할 것이오. 만일 그들에게 지각이 없다면 어찌하여 황야의 시골(尸骨)에 동정을 표시해 오나라를 멸할 수 있는 기회를 버리려 하는 것이오."

이에 곧 오나라 군사가 있는 곳에 불을 지른 뒤 싸웠다. 이에 오나라 군사가 대패하게 되었다.

그러자 오자서 등이 모여 이같이 상의했다.

"초나라가 비록 우리의 잔여부대를 깨뜨리기는 했으나 우리에게 무슨 커다란 손상을 가한 것은 아니오."

이에 손무가 말했다.

"우리는 오나라의 무력을 이용해 서쪽으로 진공해 초나라를 공파(攻破)하고 초소왕을 추격했습니다. 또 초평왕의 무덤 위에서 도살을 행하여 시신을 절단냈습니다. 이로써 이미 충분히 보복했습니다."

그러자 오자서가 이같이 동조했다.

"스스로 패왕(霸王)을 칭한 이래 아직까지 신자(臣子)로서 이같이 보복을 가한 적은 없었소. 우리들은 이만 철군토록 합시다."

오나라 군사가 물러간 후에야 초소왕이 귀국케 되었다. 악사(樂師) 호자(扈子)는 노래로써 초왕이 참언을 하는 간신의 말을 듣고 오사와 백주리 등의 충신을 죽임으로써 변경에 끊임없이 외침을 불러온 것을 책망했다. 나아가 초평왕의 묘를 파 그 시신을 절단하고, 멋대로 초소왕의 처자 등을 범해 초나라 군신을 모욕하고, 곤박(困迫 : 곤액과 궁박)한 초소왕을 상심케 하여 거의 천하에 가장 비천한 인물로 몰아감으로써 이미 충분히 참괴(慙愧)토록 만든 일을 노래했다. 이에 초왕을 위해 거문고를 가지고 「궁겁지곡(窮劫之曲)」을 만들었는데, 이는 군주의 박액(迫厄 : 궁박한 곤경)을 해소하고 그 뜻을 창달케 하려는 것이었다. 그 가사는 다음과 같다.

대왕, 대왕, 얼마나 패려(悖戾)한 일 당했소	王耶王耶何乖烈
신령들 생각지 않고 참얼(讒孼)을 들었네	不顧宗廟聽讒孼
비무기 임용하여 많은 사람 죽이니	任用無忌多所殺
1백 가족을 거의 다 멸망시켰네	誅夷白氏族幾滅
두 사람이 동쪽 오나라로 도주하니	二子東奔適吳越
오자서와 백희, 손무가 계모했네	伍胥白喜孫武決
3번 싸워 영을 취하자 대왕이 도주하니	三戰破郢王奔發
오나라 군사가 주둔하며 궁궐을 약탈하네	留兵縱騎虜荊闕
초왕의 무덤이 파헤쳐져 시신이 드러나니	楚荊骸骨遭發掘
시신이 채찍으로 맞은 봉욕 설욕키 어렵네	鞭辱腐尸恥難雪
나라가 위험에 처해 거의 멸망 지경이니	幾危宗廟社稷滅
초장왕은 왜 후사를 거의 끊으려 했나	莊王何罪國幾絶
관리들은 비통해하고 백성은 근심하니	卿士凄愴民惻恢
오나라 군사가 돌아갔어도 늘 두려워하네	吳軍雖去怖不歇
대왕은 이제라도 자성하여 충신을 감싸소서	願王更隱撫忠節
참녕(讒佞)이 다시는 함부로 무함치 못하도록	勿爲讒口能謗蔑

초소왕이 이 노래를 듣고 눈물을 흘리며 노래의 뜻을 깊이 새겼다. 호자도 마침내 다시는 탄주하지 않았다.

　오자서 등이 율양(溧陽)의 뇌수(瀨水) 가에서 이같이 장탄식했다.

"나는 일찍이 여기에서 배를 주려 한 여인으로부터 음식을 구했다. 그 여인은 나에게 밥을 먹인 뒤 강물에 뛰어들어 자살했다."

그리고는 1백 금을 내어 그녀의 집에 보답코자 했다. 그러나 그녀의 집을 알 수 없어 황금을 물 속에 던진 후 떠났다.

얼마 후 한 노구(老嫗 : 노파)가 울면서 달려왔다. 이에 사람들이 물었다.

"왜 그토록 슬피 우는 것이오."

"나에게 딸이 하나 있었는데 30년 동안 시집도 가지 않은 채 수절했소. 그런데 몇 년 전에 이곳에서 격면(擊緜)을 하다가 곤경에 처한 한 군자를 만나 음식을 주게 되었소. 그러나 이 일이 누설될 것을 두려워하여 스스로 물 속으로 뛰어들어 자진했소. 지금 내가 듣건대 오군(伍君 : 오자서)이 왔다고 하나 그 보상을 받을 길이 없소. 나는 내 딸이 헛되이 죽어 크게 상심한 나머지 이같이 비통해하는 것이오."

그러자 사람들이 말했다.

"오자서는 1백 금으로 보상코자 했으나 그 집이 어디에 있는지 몰라 금을 물 속에 던지고 가버렸소."

그러자 노구가 드디어 이 황금을 찾아 집으로 돌아갔다.

노자수경도(老子授經圖)

노자는 후에 도교 신도들에 의하여 신격화되어 교주로 받들어졌다. 또한 중국 대지의 다원신(多元神)의 계통 중에서 중요한 한 자리를 점하고 있다. 이 그림은 노자가 소나무 아래 단 위에서 경을 강의하는 장면이다. 신선 풍모의 노자는 자못 '천존(天尊)'의 기품이 있다.

오자서가 오나라로 돌아왔다. 오왕이 3장수가 곧 돌아온다는 얘기를 듣고 곧 물고기를 잡아 회(鮰 : 얇게 뜬 생선고기)를 만들었다. 그들이 올 시간이 지났는데도 돌아오지 않았다. 이에 회에서 냄새가 나기 시작했다. 잠시 후 오자서가 도착하자 합려가 회를 주어 먹게 했다. 이때 오자서는 회에서 나는 냄새를 느끼지 못했다. 오왕이 다시 회를 만들게 했으나 그 맛이 앞에 먹은 것과 같지 않았다. 오나라 사람들이 회를 만들어 먹게 된 것은 합려로부터 시작되었다.

여러 장령(將領)들이 이미 초나라에서 돌아온 뒤 창문(閶門)을 '파초문(破楚門)'으로 개칭했다. 이어 또 제나라를 치고자 했다. 제경공은 딸을 오나라에 인질로 보냈다. 오왕은 태자 파(波)를 위해 제경공의 딸을 맞아들이고자 했다. 제경공의 딸은 아직 어렸다. 그래서 제나라를 생각할 때마다 밤낮으로 울다가 마침내 병을 얻었다. 합려가 이내 북문을 세워 이름을 '망제문(望齊門)'이라 하고는 그곳에 올라가 노닐게 했다. 그러나 제녀는 제나라 생각을 그치지 않다가 병이 더욱 깊어져 끝내 죽고 말았다. 제녀는 죽기 전에 이같이 말했다.

"만일 죽은 사람에게 지각이 있다면 저를 꼭 우산(虞山)의 꼭대기에 묻어 제가 제나라를 바라볼 수 있게 해주기 바랍니다."

조엽의 오월춘추

합려는 이 일로 인해 크게 상심했다. 곧 그녀의 유언을 좇아 우산의 정상에 묻어주었다.

이때 태자 역시 병이 들어 이내 죽고 말았다. 합려와 군신들이 모여 여러 공자 중 한 사람을 골라 태자로 세우고자 논의했으나 결론을 내지 못했다. 차자인 부차(夫差)는 날마다 오자서에게 이같이 말했다.

"부왕이 태자를 세우면서 나를 빼고 누구를 세울 수 있겠습니까. 이 일의 계책은 전적으로 당신에게 달려 있습니다."

그러자 오자서가 말했다.

"태자가 아직도 정해지지 않았으니 내가 궁으로 들어가 결론을 내리도록 촉구하겠습니다."

합려가 얼마 후 오자서를 불러 태자 문제를 상의했다. 그러자 오자서가 이같이 건의했다.

"제가 듣건대 '제사는 후대가 끊어짐으로써 폐하고 후사가 이어짐으로써 흥한다'고 했습니다. 지금 태자가 불록(不祿 : 요절)하여 후사를 조실(早失)하고 말았습니다. 지금 대왕이 태자를 세우려 하고 있으나 그 누구도 차자인 부차를 능가치 못하고 있습니다."

이에 합려가 말했다.

"그는 어리석고 불인(不仁)하오. 장차 오나라의 국통을 받들지 못할까 우려되오."

"부차는 신용을 중시하고 백성들을 애호하고 있습니다. 절조를 지키는 데에도 한없이 단정하고, 예의를 지키는 데에도 매우 돈후합니다. 게다가 부친이 죽으면 아들이 뒤를 잇는 것은 경전에 분명히 기록되어 있는 것이기도 합니다."

"내가 그대의 말을 좇도록 하겠소."

합려가 마침내 부차를 태자로 삼은 뒤 그를 시켜 군사를 이끌고 변경에 주둔하며 초나라에 대비케 했다. 그리고 자신은 도성에 남아 궁실(宮室)을 수축했다. 이때 안평리(安平里 : 강소성 소주 서남쪽 횡산 부근)에 사대(射臺 : 射禮를 행하는 곳)를 세우고, 평창(平倉 : 강소성 오현)에 화지(華池)를 파고, 장락리(長樂里 : 강소성 오현)에 남성궁(南城宮)을 세웠다. 합려는 이곳을 드나들며 유람하고, 궁으로 들어가 쉬기도 하고, 추동(秋冬)으로는 성 안에서 정무를 처리하고, 춘하(春夏)로는 성 밖 고소대(姑蘇臺 : 강소성 소주시 서남쪽에 위치한 고소산에 세운 누대로 높이가 3백 장에 달해 3백 리가 내다보였다고 함)에서 정사를 다뤘다. 아침에는 저산(鉏山)으로 가 식사를 했다. 이어 낮에는 고소대에서 노닐고, 구피(鷗陂)에서 수렵하고, 유대(遊臺)에서 말을 타고 내달리고, 석성(石城 : 강소성 소주시 서남쪽의 영암산에 있는 오왕의 이궁)에서 풍악을 즐기고, 장주(長洲 : 고소대 남쪽과 태호의 북쪽 사이)에서 사냥개를 내달리게

하며 수렵했다. 이 모든 것이 합려가 칭패했을 때의 모습
이었다.

　오왕은 부차가 태자로 확정되자 태자를 시켜 초나라
를 치게 했다. 부차가 초나라 군사를 격파하고 파읍(番邑 :
후대의 鄱陽으로 강서성 파양현에 위치)을 공략했다. 초왕은
오나라 군사가 다시 쳐들어올까 두려운 나머지 도성인
영을 떠나 위약(蔿若 : 上都으로 호북성 의성현 동남쪽에 위
치)으로 거소를 옮겼다. 이때 오나라는 오자서와 백희,
손무의 책략을 이용해 서쪽으로는 강대한 초나라를 격
파하고, 북쪽으로는 제나라와 진(晉)나라를 위협하고, 남
쪽으로는 월나라로 진공했다.

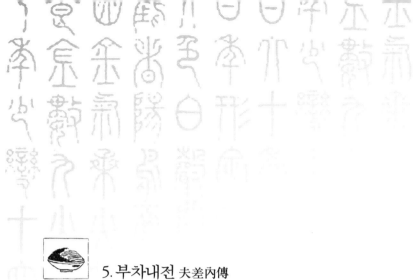

5. 부차내전 夫差內傳

부차 11년(기원전 485), 부차가 북쪽으로 올라가 제나라를 쳤다. 이에 제나라가 대부 고무비(高無조)를 보내 오나라 군사를 이같이 설득케 했다.

"제나라 군주는 국내에서 고립무원이고, 곡식창고와 무기고는 텅텅 비어 있고, 백성들은 이산해 있소. 제나라는 오나라를 강력한 지원국으로 여기고 있소. 그런데 지금 우리가 가서 고급(告急)치 않았는데도 오히려 오나라가 우리를 치려 하고 있소. 청컨대 우리 제나라 도성의 백성들이 모두 교외로 나가 엎드리고는 감히 교전치 않겠다는 말을 하도록 허락해 주기 바라오. 오직 오나라가 제나라를 가련히 여기기 바랄 뿐이오.”

그러자 오나라가 철군했다.

부차 12년(기원전 484), 부차가 또 북쪽으로 진공해 제
나라를 쳤다. 월왕 구천이 이 얘기를 듣고 곧 휘하를 이
끌고 가 오왕을 조현했다. 이때 중보(重寶)를 대량으로
갖고 가 태재 백비(白嚭 : 백희)에게 바쳤다. 백비가 크게
기뻐하며 이를 받아들이고는 월나라를 깊이 신임한 나
머지 밤낮으로 월왕을 대신해 오왕 부차에게 진언했다.
오왕이 백비를 믿고 그의 계책을 채택하자 오자서가 크
게 두려워한 나머지 이같이 말했다.

“월나라가 우리로 하여금 제나라를 치도록 부추기는
것은 우리 오나라를 삼키려는 것이다.”

그리고는 곧 궁으로 들어가 오왕 부차에게 이같이 간
했다.

“월나라는 우리 오나라에게 심복지병(心腹之病 : 가슴
과 배에 들어온 치명적인 병)과 같습니다. 그런데도 대왕은
오히려 이를 미리 제거치 않고 있습니다. 지금 대왕은 그
들의 부사(浮辭 : 허황된 얘기)와 위사(僞詐 : 거짓과 사술)를
믿고 제나라를 치려 하고 있습니다. 제나라를 치는 것은
비유컨대 반석지전(磐石之田 : 큰 돌덩이로 덮인 땅)을 취하
려는 것과 같습니다. 그같은 땅에는 어떠한 곡식도 심을
수 없습니다. 바라건대 대왕은 제나라를 버리고 월나라

를 치도록 하십시오. 그렇지 않으면 회지무급(悔之無及 : 후회막급)일 것입니다."

그러나 오왕 부차는 오자서의 말을 듣지 않고 오히려 오자서를 시켜 제나라에 사자로 가 교전할 날짜를 통보케 했다. 그러자 오자서가 그 자식에게 이같이 당부했다.

"내가 여러 차례 대왕에게 간했으나 대왕은 내 계책을 받아들이지 않았다. 지금 나는 이미 오나라가 멸망할 것이 눈에 보인다. 네가 오나라와 함께 망하는 것은 아무런 의미가 없다."

그리고는 자기 자식을 데리고 제나라로 가 제나라 대부 포목(鮑牧)에게 맡긴 연후에 돌아왔다.

태재 백비는 이미 오자서와 커다란 틈이 생긴 뒤인지라 오왕 앞에서 이같이 무함했다.

"오자서가 이처럼 강포(强暴)하게 역간(力諫 : 극간)하고 나서니 무슨 일을 저지를지 모릅니다. 대왕은 다소 그를 관대히 대하기 바랍니다."

"과인은 이미 그의 속셈을 꿰뚫고 있소."

아직 군사를 일으키기 전에 마침 노나라에서 자공(子貢 : 공자의 제자인 端木賜)을 오나라에 사자로 보내게 되었다.

부차 13년(기원전 483), 제나라 대부 진성항(陳成恒 : 강씨의 제나라를 탈취해 田氏의 제나라를 세운 田常)이 제간공

(齊簡公)을 시해코자 했다. 다만 제나라의 대성인 고씨(高氏 : 高無丕)와 국씨(國氏 : 國書), 포씨(鮑氏 : 鮑牧), 안씨(晏氏 : 晏圉) 등을 꺼린 나머지 먼저 군사를 일으켜 노나라를 치고자 했다. 노애공(魯哀公)이 이를 크게 우려했다. 공자도 크게 걱정한 나머지 곧 제자들을 불러놓고 이같이 말했다.

"제후들이 서로 공벌하고 있으니 나 구(丘 : 공자의 이름으로 자는 仲尼)는 심히 수치스럽게 생각한다. 무릇 노나라는 부모의 나라로 일족의 묘가 모두 여기에 있다. 지금 제나라가 장차 우리 노나라를 치려 하니 그대들은 출국하여 한번 노나라를 위해 노력해 볼 생각이 없는가."

그러자 자로(子路 : 이름은 仲由)가 곧바로 작별을 고하고 출국하려 했다. 이에 공자가 그를 만류했다. 자장(子張 : 이름은 顓孫師)과 자석(子石 : 이름은 公孫龍)이 출국코자 하자 공자가 동의했다. 자공이 출국하려 하자 공자가 곧 그를 사자로 보냈다.

자공이 북쪽으로 가 제나라에 이른 뒤 진성항을 배견하면서 이같이 말했다.

"노나라는 대단히 공략키 어려운 나라입니다. 그대가 노나라를 치려는 것은 잘못입니다."

이에 진성항이 물었다.

"노나라가 왜 치기 어렵다는 것이오."

그러자 자공이 이같이 대답했다.

"노나라의 성벽은 얇고도 낮고, 성을 둘러싼 해자(垓字)는 좁고도 얕고, 군주는 어리석으며 불인(不仁)하고, 대신들은 쓸모가 없고, 병사들은 전쟁을 싫어합니다. 그러니 그대는 그들과 싸울 수 없습니다. 그대는 오나라를 치느니만 못합니다. 오나라는 성벽이 투텁고도 높고, 성을 둘러싼 해자는 넓고도 깊고, 갑옷은 견고하고, 사병은 정예하고, 기물들은 진귀하고, 궁노(弓弩)는 강력하고, 또한 뛰어난 사대부를 보내 성을 수비하고 있습니다. 이것이 바로 공략키 쉬운 나라입니다."

이에 진성항이 분연(忿然)히 화를 내며 말했다.

"그대가 어렵다고 하는 것은 사람들이 쉽게 여기는 것이고, 그대가 쉽다고 하는 것은 사람들이 어렵다고 여기는 것이오. 그대가 이같은 얘기로 나를 가르치려 하는 속셈이 과연 무엇이오."

그러자 자공이 이같이 응답했다.

"내가 듣건대 그대는 3차례 봉지를 받고자 했으나 3번 모두 성공치 못했다고 합니다. 이는 대신들 중 당신을 추종치 않는 자가 있기 때문입니다. 지금 그대가 노나라를 쳐 제나라의 영토를 넓히고 노나라를 멸함으로써 자신의 위세를 높이려 하나 사실 그대가 세울 공은 오히려 여기에 있지 않습니다. 만일 이같이 되면 그대는 위로는 군주의 생각을 더욱 교만방자하게 하고, 아래로는 군신들로 하여금 더욱 자의적으로 행동케 만드니 대사를 성취키가 매우 어렵게 됩니다. 군주가 교만방자하면 사람을 능욕케 되고, 신하들이 교만방자하면 사람들과 다투게 됩니다. 이같은 상황에서 그대의 제나라에서의 위치는 누란(累卵)과 같게 됩니다. 그래서 '오나라를 치느니만 못하다'고 말한 것입니다. 오왕은 강맹(剛猛)하고 과단성이 있고, 자신의 명을 능히 관철시켜 집행할 수 있습니다. 그의 백성들은 공수에 능하고, 법의 금령을 잘 알고 있습니다. 제나라 군사가 그들과 교전하면 곧 그들에게 포획되고 말 것입니다. 이는 의심할 여지가 없습니다. 만일 지금 그대가 국내의 모든 갑옷을 끄집어낸 뒤 대신들을 시켜 이를 입게 하면 백성들은 나라 밖에서 전사케 되고, 대신들은 군사들을 이끌고 가게 되어 조정은 텅 비게 됩니다. 이같이 하면 위로는 그대에게 대적할 신하가 없게 되고, 아래로는 검수지사(黔首之士 : 평민출신 현사)로서 그대와 다툴 사람이 없게 됩니다. 군주를 고립시켜 제나라를 제압하는 것은 오직 그대의 선택에 달려 있습니다."

이에 진항(陳恒 : 진성항)이 이같이 말했다.

"참으로 좋은 말이오. 그러나 다만 우리 군사가 이미 노나라 성벽 아래까지 갔소. 만일 내가 노나라를 떠나 다시 오나라를 향하면 대신들은 곧 나에 대해 의심할 것이오. 이에 대해서는 어찌 대처하는 것이 좋겠소."

"그대는 단지 군사들을 장악한 채 움직이지 마십시오. 그러면 내가 그대를 대신하여 남쪽으로 가 오왕을 만나도록 하겠습니다. 그에게 노나라의 구원과 제나라 공벌을 청하도록 하겠습니다. 그대는 이 기회를 이용해 제나라 군사로 오나라 군사를 영격키 바랍니다."

진항이 이에 동의했다.

자공이 오나라로 가 오왕을 만나 이같이 말했다.

"신이 듣건대 '왕자는 후사를 단절치 않고, 패자는 강대한 적을 두지 않는다. 1천 균(鈞:1균은 30근)의 무게에 1수(銖:24수가 1兩)를 얹을지라도 원래의 균형이 무너진다'고 했습니다. 지금 제나라를 방치하면 만승(萬乘)의 제나라는 천승(千乘)의 노나라를 취한 뒤 오나라와 쟁강(爭强)케 됩니다. 신은 대왕을 위해 이를 우려치 않을 수 없습니다. 무릇 노나라를 구하는 것은 아름다운 명분을 얻는 것이고, 제나라를 치는 것은 커다란 실리를 취하는 것입니다. 명분상 망하려는 노나라를 보전하고, 사실상 강포한 제나라에 타격을 가해 강대한 진(晉)나라를 위섭(威懾)하게 됩니다. 그러니 대왕은 다시는 이를 의심하여 머뭇거리지 말기 바랍니다."

오왕이 기뻐하며 말했다.

"옳은 말이오. 그러나 나는 일찍이 월나라와 교전해 월왕을 회계산 속으로 밀어넣었을 때 월왕이 노복이 되겠다고 청해 그를 죽이지 않고 3년 후에 귀국시킨 바 있소. 월왕은 매우 현능한 군주요. 그는 고통을 참으며 몸을 아끼지 않고 노력(勞力)하여 밤으로 낮을 이어 안으로 그 정치를 정비하고 밖으로 제후들을 섬겼으니, 틀림없이 나에게 보복하려는 마음을 지니고 있을 것이오. 그대는 내가 월나라를 공략할 때까지 기다리도록 하오. 연후에 그대의 말대로 하리다."

이에 자공이 이같이 설득했다.

"안 됩니다. 월나라의 국력은 노나라만도 못합니다. 오나라의 강대함 역시 제나라만 못합니다. 대왕이 자신의 생각대로 월나라를 쳐 저의 말을 듣지 않으면 제나라는 이른 시기에 노나라를 점거하고야 말 것입니다. 하물며 조그마한 월나라를 두려워하여 강대한 제나라와 싸우지 않겠다는 것은 불용(不勇 : 용감치 못함)입니다. 작은 이익에 얽매여 커다란 위해를 잊는 것은 부지(不智 : 현명치 못함)입니다. 신이 듣건대 '인인(仁人)은 한곳에 연연치 않고 널리 그 덕을 밝히고, 지자(智者)는 때를 놓치지 않고 그 공을 세운다. 왕자는 후사를 끊지 않고 자신의 도의를 바로 세운다'고 했습니다. 만일 대왕이 참으로 월나라를 무서워하면 제가 동쪽으로 가 월왕을 설득해 월나라 군사로 하여금 대왕의 뒤를 좇도록 만들겠습니다.”

오왕이 크게 기뻐했다.

자공이 동쪽으로 월왕 구천을 만나러 가자 월왕이 이 얘기를 듣고 길을 깨끗이 정비한 뒤 성 밖 교외로 나가 영접했다. 이때 그는 친히 자공과 함께 빈관으로 들어가 자리를 함께 한 뒤 이같이 물었다.

“우리나라는 궁벽한 곳에 있는 작은 나라요. 백성들은 만이(蠻夷)의 일족으로 문화가 낙후되어 있소. 그런데 대부는 무슨 일로 여기까지 온 것이오. 이를 치욕으로 여기지 않고 참으로 멀리 행차했소이다.”

“군주가 여기에 있기에 제가 온 것입니다.”

그러자 월왕 구천이 재배계수(再拜稽首 : 두 번 절하고 머리를 조아리는 것으로, 단지 머리만 조아리는 ‘稽首’보다 정중한 예식임)한 뒤 물었다.

“고(孤)가 듣건대 ‘화복위린(禍福爲鄰 : 재난과 행운은 서로 이웃함)’ 한다고 했소. 지금 대부가 와서 위로하니 이는 고의 복이오. 고는 감히 그대에게 고견의 가르침을 내려달라고 청하지 못하겠소.”

이에 자공이 말했다.

“저는 이번에 오왕을 만나 노나라를 구하고 제나라를 칠 것을 권했습니다. 그러나 오왕은 내심 월나라를 크게 두려워하고 있습니다. 무릇 다른 사람에게 보복할 생각이 없으면서 다른 사람으로 하여금 보복을 두려워하도록 만드는 것은 졸렬한 것입니다. 다른 사람에게 보복할 생각이 있으면서도 다른 사람으로 하여금 이를 알아채게 만드는 것은 위태로운 것입니다. 일이 아직 이뤄지기도 전에 사실이 누설되는 것은 위기를 자초하는 것입니다. 이들 3가지는 거사(擧事)의 대기(大忌 : 가장 꺼리는 사항)입니다.”

그러자 월왕이 재배한 뒤 물었다.

“고는 어려서 부왕을 잃은 까닭에 내심 스스로의 역량을 가늠할 방법도 없었소. 이에 오나라와 싸워 패한 후 치욕을 참고 도주하여 위로는 회계산에 머물고 아래로는 바닷가를 수비하며 오직 어별(魚鱉 : 물고기 및 자라)과 서로 가까이 지낼 수밖에 없었소. 지금 대부는 욕되게도 고를 찾아와 위로하고 친히 고와 회견하며 금옥같은 가르침을 내려주었소. 고는 실로 하늘의 은사(恩賜)를 받았으니 어찌 감히 그대의 가르침을 받아들이지 않을 수 있겠소.”

이에 자공이 이같이 말했다.

“신이 듣건대 ‘명주(明主)는 인재를 임용하되 그들의 재능을 마음껏 발휘케 만들고, 직사(直士 : 정직한 선비)는 인재를 천거하되 이로써 세상에 받아들여지기를 바라지 않는다'고 했습니다. 그래서 임재분리(臨財分利 : 재물이 생기고 이익을 나눔)할 때 인자(仁者)를 쓰고, 섭환범난(涉患犯難 : 환난을 만남)할 때 용자(勇者)를 쓰고, 용지도국(用智圖國 : 지혜로써 국가대사의 계책을 세움)할 때 현자(賢者)를 쓰고, 정천하·정제후(正天下·定諸侯 : 천하를 바르게 하여 제후들을 제압함)할 때 성자(聖者)를 쓰는 것입니다. 군사가 막강한데도 그 위력을 행사치 못하고, 그 위세가 하늘을 찌르는데도 정령(政令)을 능히 시행치 못하면 그 군주는 거의 위험한 상황에 처해 있다 할 것입니다. 군주와 함께 일을 성사시켜 패왕의 대업을 성취할 인물을 신이 사적으로 꼽아보건대 거의 저밖에 없을 듯합니다. 지금 오왕은 제·진(晉) 두 나라를 칠 뜻을 갖고 있습니다. 군주는 중기(重器 : 보물류의 귀한 물건)을 아끼지 말고 그의 마음을 기쁘게 만드십시오. 비사(卑辭 : 극히 겸허한 언사)를 꺼리지 말고 극진한 예를 다하도록 하십시오. 오왕이 제나라를 치면 제나라는 반드시 응전할 것입니다. 만일 오나라가 이기지 못하면 이는 군주의 복입니다. 만일 오나라가 이기면 틀림없이 여세를 몰아 진(晉)나라를 압박하려 들 것입니다. 그리 하면 오나라의 기병과 정병(精兵)이 모두 제나라와의 싸움에서 지친 나머지 중보(重寶)와 거기(車騎), 우모(羽毛 : 羽旄로 군왕의 수레에 꽂는 旌旗) 등이 거의 진나라 수중에 떨어지고 말 것입니다. 이때 군주는 오나라의 잔여세력을 제압하면 되는 것입니다.”

그러자 오왕 구천이 다시 재배하며 물었다.

“전에 오왕은 오나라 백성의 일부를 보내 우리나라를 치게 하면서 우리 백성들을 많이 죽이고는 우리의 군신들에게 모욕을 가하면서 업수히 여겼소. 종묘가 뒤집혀 국토가 폐허 위의 가시밭이 되고, 나 또한 오직 어별(魚鱉)들 사이에 처할 수밖에 없었소. 고의 오나라에 대한 원한은 골수에 깊이 박혀 있소. 고가 오나라를 섬기는 모습은 아들이 부친을 두려워하고 동생이 형을 공경하는 모습과 닮아 있소. 이는 모두 고가 죽음을 무릅쓰고 하는 말이오. 지금 대부가 가르침을 내렸기에 고가 감히 속마음을 털어놓는 것이오. 고는 중석(重席 : 방석을 쌓는 것으로 천자는 5중, 제후는 3중, 대부는 2중의 방석을 깔고 앉았음)에 앉는 것을 불안하게 생각하고, 입으로는 후미(厚味 : 맛있는 반찬)를 탐하지 않고, 눈으로는 미색(美色)을 보지 않고, 귀로는 아음(雅音 : 우아한 음악)을 듣지 않은 지 이미 3년이 되었소. 고는 스스로 입술이 바싹 타고 혀가 마르는 와중에 몸을 고통스럽게 하면서 온 힘을 다해 위로는 군신들을 섬기고, 아래로는 백성들을 양육하면서 언젠가 오나라와 천하의 평원에서 한번 싸우기를 바랐소. 교전이 이뤄졌을 때 몸을 단정히 하여 지휘를 하며 오·월 두 나라의 전사들이 분투토록 하고, 오왕의 뒤를 이어 죽으면서 간뇌도지(肝腦塗地 : 간과 뇌로 땅을 물들인다는 뜻으로 죽기로 싸움을 의미)하는 것이 고의 소원이오. 그러나 3년 동안 이같이 생각해 왔으나 아직 실현치 못했소. 지금 안으로 우리의 국력을 교량(較量)하면 아직 오나라에 타격을 줄 만큼 충분치 않고, 밖으로 제후들을 섬기는 것을 보면 이 또한 아직 충분치 않소. 고는 나라의 모든 것을 기울여 군신들을 버리고, 용모를 바꾸고, 이름을 바꾸고, 빗자루와 삼태기를 들어 청소하고, 우마를 기르며 우리의 적인 오나라를 섬기고자 하오. 고는 비록 고가 이같이 하는 것이 허리와 목이 잘리고, 수족이 나뉘고, 사지가 찢김으로써 향리 사람들의 웃음거리가 될 것이라는 것을 알고 있으나 이리 하지 않고는 고의 원한을 드러낼 길이 없소. 지금 대부가 이 망해가는 나라를 보전하고 죽으려는 사람을 살려내는 묘계를 가르치는 은혜를 베풀었으니 고는 실로 하늘의 은혜를 입은 셈이오. 그러니 어찌 감히 머리 숙여 명을 받지 않을 수 있겠소."

이에 자공이 이같이 말했다.

"오왕은 위인이 공명을 탐하는 사람으로 이해득실을 잘 모릅니다."

그러자 월왕이 조연(慥然 : 황공하여 당황해 함)히 자리를 피했다. 이에 자공이 말했다.

"제가 보건대 오왕이 수차례의 전쟁을 계속하는 바

람에 오나라의 병사들은 쉬지 못하고 있습니다. 대신들은 국내에서 인퇴(引退)하고, 참언을 하는 사람들은 더욱 늘어나고 있습니다. 오자서라는 사람은 실로 성의를 다하고, 안으로 정직하고 밖으로 일의 흐름을 한눈에 읽고 때를 아는 사람입니다. 죽을까 두려워 군주의 잘못을 덮는 적도 없고, 직언으로 군주에게 충성을 다하고, 정직한 행동으로 나라를 위했습니다. 그러나 그가 죽은 후에도 그의 충언은 오왕에게 받아들여지지 않았습니다. 태재 백리라는 사람은 총명하기도 하고 우준하며, 강경하기도 하고 취약키도 한 인물입니다. 그는 교언이사(巧言利辭 : 교묘하고 이익을 꾀하는 언사)로 그 몸을 보호하고, 뛰어난 궤사(詭詐)로 군주를 섬기는 자입니다. 그는 눈 앞의 이익만 알고 이후의 일은 모르는 자로, 오직 군주의 잘못에 부화하여 자신의 사리를 꾀하는 자일 뿐입니다. 그는 바로 나라와 군주를 해치는 영신(佞臣 : 간녕한 신하)입니다."

월왕이 크게 기뻐했다. 자공이 떠날 때 월왕이 그에게 황금 1백 일(鎰)과 보검 1자루, 양마 2필을 주었으나 자공이 이를 받지 않았다.

자공이 오나라로 돌아와 오왕 부차에게 이같이 말했다.

"제가 대왕의 얘기를 월왕에게 전했습니다. 그러자

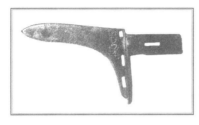

전국시대 · 고자과(高子戈)

과, 즉 창은 병기다. 고씨는 제나라의 신하로 이 창은 고자의 묘에서 출토되었다. '고자과'라는 세 글자가 새겨져 있다.

전국시대 · 사람 머리 문양의 청동검

월왕이 크게 두려워하며 말하기를, '전에 내가 크게 불행하여 소시적에 부친을 잃고 마음 속으로 자신의 역량을 헤아리지 못해 오나라에 득죄했소. 결국 싸움에 패한 이후 치욕을 무릅쓰고 밖으로 도주해 회계산에 머물렀소. 나라가 온통 폐허 위의 풀밭이 되고, 나 또한 어별과 섞여 지낼 수밖에 없었소. 오직 대왕의 은덕에 의해 비로소 예기(禮器)를 받들고 제사를 지낼 수 있게 되었소. 이 은덕은 대왕이 죽음을 내릴지라도 결코 잊을 수 없는 것으로 어찌 감히 도모할 일이 있을 수 있겠소'라고 했습니다. 그는 크게 두려워한 나머지 장차 사자를 보내 대왕에게 사의(謝意)를 전할 것입니다."

자공이 빈관에 머문 지 5일째 되는 날 월나라 사자가 과연 오나라에 와 이같이 말했다.

"동해의 해변가에 사는 노복 구천의 사자 신 문종(文種)은 공물을 바치며 우호관계를 다지고 약간의 보고드릴 일이 있어 감히 다시 찾아왔습니다. 전에 구천이 불운하여 어릴 때 부친을 잃고, 스스로의 역량을 헤아리지 못해 귀국에 득죄하고, 싸움에 패한 후 수모를 받으며 회계산으로 도주했습니다. 이후 대왕의 은덕으로 비로소 다시 제사를 받들 수 있게 되었습니다. 이같은 은덕은 죽더라도 잊을 길이 없습니다. 지금 구천은 대왕이 장차 대의를 밝혀 강포한 자를 토벌하고 약소국을 구원키 위해 포학한 제나라를 치고 주왕실을 안정시키려 한다는 얘기를 전해 들었습니다. 그래서 신을 보내 선왕이 소장했던 갑옷 20벌과 굴로지모(屈盧之矛 : 굴로라는 장인이 만든 뛰어난 창), 보광지검(寶光之劍 : 명검의 이름)을 바치며 장병들을 경하케 했습니다. 만일 대왕이 대의를 이루고자 하면 비록 폐국이 약소국이기는 하나 전국의 병사 3천 명을 모아 대왕을 좇도록 하겠습니다. 구천은 친히 견고한 갑옷을 입고, 손에 예리한 병기를 들고 대왕을 위해 선봉에 서서 싸울 것이니, 군신이 모두 전장에서 죽을지라도 아무런 유한(遺恨)이 없을 것입니다."

오왕이 크게 기뻐하여 곧 자공을 불러 말했다.

"과연 월나라의 사자가 찾아와 병사 3천 명을 모아 보내고 그 군주가 직접 과인의 뒤를 좇아 함께 제나라를 치겠다고 했소. 과연 이것이 가하겠소."

그러자 자공이 이같이 대답했다.

"안 됩니다. 다른 나라의 국력을 모두 기울이게 하고, 그 사병을 모두 데리고 가고, 그 군주마저 수종케 하면 이는 불인(不仁)입니다. 대왕은 그의 예물과 군사만 접수하고 그 군주의 수종은 사양하는 것이 가할 것입니다."

오왕이 곧 그같이 응답했다.

자공은 또 진나라로 가 진정공(晉定公)에게 이같이 말했다.

"제가 듣건대 '생각을 미리 정하지 않으면 의외의 사태에 대비할 수 없고, 군사를 미리 정비하지 않으면 적을 이길 수 없다'고 했습니다. 지금 오·제 두 나라가 장차 싸우려 하고 있습니다. 만일 오나라가 승리하지 못하면 월나라는 틀림없이 난을 일으킬 것입니다. 오나라가 이기면 틀림없이 여세를 몰아 진나라를 압박하고 나설 것입니다. 그리 되면 진나라는 어찌 대처할 생각입니까."

"어찌하는 것이 좋겠소."

이에 자공이 이같이 대답했다.

"우선 병기를 정비하고 병사들을 정돈한 뒤 유사시를 대비하면 될 것입니다."

진정공이 이를 승낙하자 자공은 곧 노나라로 돌아갔다.

얼마 후 오왕 부차가 과연 9개 군(郡)의 병사를 동원해 제나라를 치려고 했다. 그는 서문(胥門 : 오나라 도성의 서남쪽 성문으로 오자서의 집이 근처에 위치한 데서 연유한 명칭임)을 출발해 고서대(姑胥臺 : 고소대)를 통과했다. 이때 홀연 대낮에 고서대에 올라 깜박 졸다가 꿈을 꾸게 되었다. 이내 깨어나자 마음은 염연(恬然 : 고요함)히 실의(失意)한 느낌이 들었다. 이에 곧 태재 백비에게 말했다.

"과인이 낮에 잠시 누웠다가 꿈을 꾸었소. 깨어나니 염연히 실의한 느낌이 드니 혹여 우려할 일이 있는지 한

번 점을 쳐보도록 하시오. 과인은 꿈 속에서 장명궁(章明宮)으로 들어갔다가 2개의 역(鬲 : 속이 빈 세발 솥)에서 김이 나는데도 밑에 불을 때지 않고, 2마리 검은 개가 각각 남쪽과 북쪽을 향해 짖고, 2자루의 삽을 궁궐의 담장에 꽂고, 물이 호호탕탕(浩浩蕩蕩)하게 궁내의 대당(大堂)으로 흘러 들어오고, 후궁들이 있는 방에서는 용광로에 칙칙 소리를 내며 바람을 집어넣는 야금장(冶金匠)들이 있고, 앞 동산에는 오동나무가 횡으로 길게 자라나 있었소. 그대는 이 꿈의 길흉을 한번 풀어보도록 하시오."

그러자 태재 백비가 이같이 해몽했다.

"대왕이 군사를 일으켜 제나라를 치는 것이 매우 길합니다. 제가 듣건대 장(章)은 유덕자의 음악이 장장(鏘鏘)하게 울리는 것이고, 명(明)은 적을 격파한 공명이 매우 탁월한 것을 뜻한다 합니다. 2개의 역에서 김이 나는데도 밑에 불을 때지 않는 것은 대왕의 성명한 덕행과 원기가 여유가 있다는 것을 의미합니다. 2마리 검은 개가 남과 북을 향해 짖는 것은 사방의 모든 부족이 정복되어 제후들이 조현오는 것을 의미합니다. 2자루의 삽이 궁궐의 담에 꽂힌 것은 농민들이 땅을 파고 경작하는 것을 뜻합니다. 유수가 흘러 궁내의 대당으로 들어오는 것은 인국에서 바치는 공물이 놓을 데가 없을 정도로 넘쳐나는 것을 의미합니다. 후궁의 방에서 야금장들이 칙칙 소리

를 내며 용광로에 바람을 집어넣는 것은 궁녀들이 환희
에 차 음악을 연주하자 금슬(琴瑟)이 서로 호응하는 것을
뜻합니다. 앞 동산에 오동나무가 횡으로 길게 자라는 것
은 악부(樂府 : 음악담당 관서)의 북소리를 의미합니다."

　오왕이 이 얘기를 듣고 크게 기뻐했다. 그러나 마음
속으로는 여전히 미진한 부분이 있어 곧 대부 왕손락(王
孫駱)을 불러 물어보았다.

　"과인이 홀연히 대낮에 꿈을 꾸었는데 그대가 한번
해몽해 보도록 하오."

　그러자 왕손락이 이같이 말했다.

　"저는 방술(方術)에 대해 비천(鄙淺 : 들은 바가 거의 없
음)하여 사물에 대해 박대(博大)하게 알 수 없습니다. 지
금 대왕의 꿈에 대해 신은 점을 칠 수 없습니다. 이를 잘
아는 자로는 동액문(東掖門 : 동쪽의 곁문)의 정장(亭長)인
월공(越公)의 학생 공손성(公孫聖)이 있습니다. 공손성은
어렸을 때부터 다견박관(多見博觀 : 여행을 많이 하고 다방
면에 걸쳐 널리 공부함)하여 귀신들의 정황까지 잘 알고 있
습니다. 원컨대 대왕은 그에게 한번 물어보기 바랍니
다."

　오왕이 곧 왕손락을 공손성에게 보내 이같이 청하게
했다.

　"오왕이 낮에 고서대에 누워 있던 중 잠깐 졸면서 꿈

을 꾸었는데, 깨어난 후 뭔가 잃은 듯하여 그대에게 해몽을 부탁했소. 그러니 그대는 속히 고서대로 가도록 하시오."

이에 공손성이 땅에 엎드려 한바탕 운 뒤 얼마 후에야 일어나자 그의 부인이 옆에 있다가 그에게 말했다.

"그대는 어찌하여 성정이 이토록 비루한 것입니까. 줄곧 군주를 배견키를 바라다가 지금 돌연 급한 부름을 받고는 어찌하여 눈물을 비 오듯 흘리는 것이오."

그러자 공손성이 하늘을 쳐다보며 이같이 탄식했다.

"슬픈 일이다. 이는 그대가 알 수 있는 바가 아니오. 오늘이 임오일(壬午日)이고 시진(時辰)은 정확히 오시(午時 : 정오에 범인을 처결함)이니, 나와 오왕의 명이 하늘에 속해 있소. 도망치려 해도 도망칠 수가 없소. 나는 단지 나를 위해 비통해 할 뿐 아니라 오왕을 위해서도 상심해 하는 것이오."

이에 공손성의 처가 충고했다.

"그대는 응당 그대의 도술을 이용해 오왕이 있는 곳으로 가십시오. 도술을 행하면서 이로써 위로는 오왕에게 간하고, 아래로는 자신에게 약속하십시오. 지금 그대는 급히 부름을 받았으니, 우혹궤란(憂惑潰亂 : 고심하고, 의혹하고, 정신이 무너지고, 생각이 혼란함)은 현인이 취할 바가 아닙니다."

그러자 공손성이 이같이 대답했다.

"여인의 애기가 참으로 우준하기 그지없구나. 나는 도술을 배운 지 이미 10년이 되어 내 몸을 숨겨 재난을 피함으로써 해마다 수명을 늘일 수 있소. 그러나 돌연 긴급한 부름을 받을지는 생각지도 못했소. 반세기 동안 살아왔다가 이제 목숨을 버려야 하니 이를 비통해하는 것이오. 이제 그대와 영원히 이별할 수밖에 없소."

그리고는 곧 집을 떠나 고서대로 갔다.

오왕이 공손성을 보자 이같이 부탁했다.

"과인은 장차 북으로 제나라를 쳐 노나라를 구하려 하오. 서문(胥門)을 빠져나와 고서대를 지날 때 홀연 낮에 꿈을 꾸게 되었소. 그대는 한번 점을 쳐 그 길흉을 말해주기 바라오."

이에 공손성이 이같이 말했다.

"신이 말을 하지 않으면 몸과 이름을 온전히 할 수 있습니다. 그러나 만일 애기하게 되면 반드시 대왕의 면전에서 죽임을 당해 몸이 백 개로 쪼개지고 말 것입니다. 그러나 충신은 자신의 몸을 돌보지 않는다고 했습니다."

그리고는 머리를 들어 하늘을 쳐다보며 이같이 탄식했다.

"내가 듣건대, '호선자(好船者 : 배타기를 즐기는 자)는 반드시 익사하고 호전자(好戰者 : 싸움을 좋아하는 자)는 반드시 망한다'고 했습니다. 신이 직언을 좋아하는 까닭에 신의 목숨을 돌보지 않는 것이니 대왕은 저의 얘기를 잘 듣기 바랍니다. 제가 듣건대 장(章)은 싸움에 이기지 못하고 창황히 도주하는 것을 뜻하고, 명(明)은 소소(昭昭 : 밝은 지혜)를 버리고 명명(冥冥 : 어리석음)으로 나아가는 것을 말합니다. 문 안으로 들어가 역에 증기가 나는데 밑에 불을 때지 않는 것을 본 것은 대왕이 불로 익힌 밥을 먹지 못하는 것을 말합니다. 2마리의 검은 개가 남북으로 짖는 데에서 검은 것은 음(陰)을 상징하고, 북쪽은 은닉을 뜻합니다. 2자루의 삽을 궁궐 담장에 꽂는 것은 월나라 군사가 오나라를 침공해 종묘를 뒤엎고 사직을 파헤치는 것을 뜻합니다. 물이 호호탕탕 궁내의 대당으로 밀려 들어오는 것은 궁궐이 모조리 약탈당해 텅 비는 것을 의미합니다. 후궁이 있는 방에서 야금장들이 칙칙 소리를 내며 용광로에 바람을 넣는 것은 그곳에 주저앉아 장탄식을 하는 것을 말합니다. 앞 동산에 오동나무가 횡으로 길게 자란 것은 오동나무의 속이 텅 비어 실용적인 기물을 만드는 데 쓰지 못하고 순장용 목우(木偶)로 만들어 시신과 함께 묻는 데 사용될 뿐이라는 것을 뜻합니다. 원컨대 대왕은 병사를 정비한 채 움직이지 말고, 덕정을 베풀고, 제나라를 치지 마십시오. 그러면 이같은 재난을 가히 없앨 수 있습니다. 다시 하속인 태재 백비와 왕손락

등을 보내 관책(冠幘 : 관과 두건)을 벗고 육단도선(肉袒徒
跣 : 항복의 표시로 웃옷을 벗어 어깨를 드러내고 맨발로 걸음)
하여 월왕 구천에게 계수(稽首)하면 나라를 가히 안정되
게 하고 몸을 살릴 수 있습니다."

오왕이 이 말을 듣고 색연(索然 : 흥미가 없음)한 표정
으로 있다가 갑자기 화를 내며 이같이 말했다.

"나는 하늘이 낳고 신령이 보낸 사람이다."

그리고는 역사(力士) 석번(石番)을 시켜 철추(鐵鎚 : 쇠
망치)로 공손성을 격살케 했다. 공손성이 죽기 전에 머리
를 들어 하늘을 쳐다보며 이같이 말했다.

"아, 하늘은 나의 원통함을 알 수 있을까. 충성을 하
여 득죄하고, 몸은 무고히 죽는구나. 나를 묻게 되면 정
직하게 권간(勸諫)하는 것이 서로 부화(附和)하느니만 못
하다는 것을 드러내는 것이 아닌가. 나에게 나무 기둥을
하나 세워주고 시신을 깊은 산 속에 갖다놓기 바란다. 그
러면 이후 서로 만나게 될 때를 기다려 소리를 내도록 하
겠다."

그러나 오왕은 문인(門人 : 여기서는 문지기)을 시켜 공
손성의 시체를 증구(蒸丘 : 고서산의 한 봉우리)로 갖고 가
이같이 말하게 했다.

"시랑(豺狼)이 그대의 살점을 먹고, 들불이 그대의 뼈
를 태울 것이다. 동풍이 여러 번 불어 그대의 잔해를 날

려보낼 것이다. 그대의 골육이 썩게 되면 어찌 능히 소리
를 낼 수 있겠는가.”

　이때 태재 백비가 작은 걸음으로 급히 궁 안으로 들
어가 오왕에게 말했다.

　“대왕의 희사(喜事 : 경사)를 축하드립니다. 재난이 이
미 사라졌습니다. 청컨대 곧 행상(行觴 : 술잔을 돌리며 순
서대로 술을 따르는 의식)을 거행한 뒤 가히 진군토록 하십
시오.”

　오왕이 이내 태재 백비를 우교(右校 : 우측 군영의 사령
관), 사마인 왕손락을 좌교(左校)로 삼았다. 이어 구천의
군사도 함께 이끌고 가 제나라를 쳤다. 오자서가 이 얘기
를 듣고 이같이 간했다.

　“제가 듣건대 10만 명의 군사를 동원하면 백성들이 1
천 리 밖에서 군사를 거둬먹인다고 했습니다. 백성들이
지불하는 비용과 국가가 지출하는 비용이 날마다 수천
금이 듭니다. 사민(士民)의 죽음을 생각지 않고 일시적인
승리를 얻는 것은 위국망신(危國亡身 : 나라를 위태롭게 하
고 몸을 망침)으로 나갈 공산이 큽니다. 하물며 강도와 함
께 살면서 곧바로 닥칠 화난을 모르고, 밖으로부터 원한
을 사고, 다른 나라에서 요행을 찾으려 하면 이는 병을
고칠 때 과개(瘑疥 : 종기와 부스럼)는 치료하면서 심복지
질(心腹之疾)을 방치하는 것과 같습니다. 심복지질이 발

작하면 사람은 죽고 맙니다. 과개는 피부의 질환으로 우환이랄 것도 없습니다. 지금 제나라는 1천 리 밖에서 능지(陵遲 : 쇠락한다는 뜻으로 강씨의 제나라가 전씨의 제나라로 변해가고 있음을 의미)하고 있고, 더구나 초·노 두 나라의 경계를 지나야 오나라에 도달할 수 있으니, 설령 질병이 될지라도 과개 정도에 불과할 뿐입니다. 그러나 만일 월나라가 우리의 병이 되면 이는 불치의 심복지질이 됩니다. 심복지질이 발작치 않을지라도 우리는 그 피해를 입게 됩니다. 만일 한번 발작이 일어나면 곧 죽음을 의미합니다. 원컨대 대왕은 월나라부터 평정키 바랍니다. 연후에 다시 제나라를 도모하십시오. 저의 주장은 바꿀 수 없습니다. 제가 어찌 감히 진충(盡忠)치 않겠습니까. 저는 지금 나이가 이미 많아 귀와 눈이 밝지 못합니다. 저의 혼란스런 머리로는 나라에 다시는 도움을 줄 수 없습니다. 제가 사적으로 『금궤(金匱 : 한대에 유행한 점술서)』 제8장을 보았는데, 거기에는 대왕이 상해를 입는 것으로 나왔습니다."

그러자 오왕이 물었다.

"거기에 어찌 쓰여 있었소."

이에 오자서가 이같이 설명했다.

"올해의 7월 신해일(辛亥日)의 해가 뜬 시점은 대왕이 일을 시작한 시간입니다. 신(辛)은 올해의 천간(天干)을 나타내고, 해(亥)는 태음이 아직 도달치 못한 지지(地支)입니다. 합일(合日 : 매월마다 천간과 지지가 합쳐지는 날)은 임자(壬子)이니, 이는 태음이 아직 도달치 못한 합일입니다. 이날은 전쟁을 일으키는 데 유리합니다. 그래서 이번 전쟁은 틀림없이 이길 것입니다. 다만 이날의 천간은 비록 합일의 중간에 끼어 있으나 남두육성(南斗六星)이 축(丑)을 치게 됩니다. 축(丑)은 신(辛)을 산출하는 근본으로 크게 길하나 다만 백호(白虎 : 서쪽의 별로 魯·晉 두 나라를 상징)에 의해 핍박을 받게 됩니다. 신(辛)은 공조(功曹 : 기록 담당 관원)로 태상(太常 : 예악 등을 관장하는 장관)에 의해 핍박을 받게 됩니다. 해(亥)는 크게 길하나 신(辛)과 만나면 9추(九醜 : 9가지의 흉조)가 되고, 또한 백호와 함께 그 작용이 무겁게 됩니다. 만일 어떤 사람이 이날에 일을 시작하면 처음에는 약간의 승리를 거둘지라도 최후에는 대패하게 됩니다. 천지에서 내리는 앙화(殃禍)가 눈 앞에 있습니다."

그러나 오왕이 이를 듣지 않았다.

9월, 오왕이 드디어 태재 백비를 시켜 제나라를 치게 했다. 군사들이 북쪽 교외에 이르렀을 때 오왕이 백비에게 이같이 하령했다.

"어서 행군토록 하시오. 공을 세운 자에게 포상을 내리고, 죄를 범한 자는 용서치 마시오. 백성을 애호하고

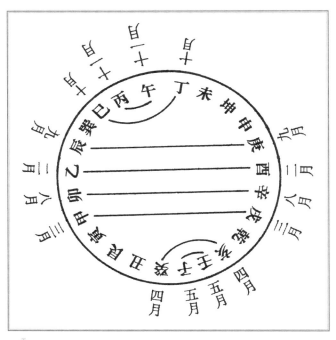

12진과 12차 및 열국배치도

병사들을 기르는 것을 마치 자식을 키우듯이 하시오. 지모가 있는 자와 계책을 마련하고, 어진 사와 사귀도록 하시오."

태재 백비가 명을 받아 곧 출발했다.

이어 오왕은 대부 피리(被離)를 불러 물었다.

"그대는 늘 오자서와 동심합지(同心合志 : 한마음으로 뜻을 같이 함)하여 계책을 세우고 있소. 내가 기병하여 제나라를 치는데 오자서 홀로 무엇이라고 말하는 것이오."

이에 피리가 이같이 대답했다.

"오자서는 선왕인 합려에게 충성을 다하고자 할 때면 늘 스스로 이르기를, '늙고 어리석으며, 귀와 눈이 밝지 못하고, 당대에 실행해야 하는 것을 제대로 헤아리지 못하니 오나라에 무슨 도움을 줄 일이 없습니다' 라고 했습니다."

오왕이 제나라를 치자 제나라는 오나라와 애릉(艾陵 : 산동성 내무현 동쪽)에서 교전했다. 이 싸움에서 제나라 군사가 대패했다. 오왕은 이미 승리를 거두자 곧 사자를 제나라로 보내 강화를 체결하는 자리에서 이같이 전하게 했다.

"오왕이 듣기로 제나라가 물에 잠길 우려가 있다 하여 군사를 이끌고 와 이를 바라보려 했으나 제나라가 오히려 창포(菖蒲)의 풀 속에서 기병했소. 오나라는 어찌할 바를 몰라 군진을 배치하여 대비할 수밖에 없었소. 제나라 군사가 적잖은 손상을 입으리라고는 상상치 못했소. 우리들은 그대들과 화친의 맹약을 체결한 뒤 철군코자 하오."

이에 제간공이 이같이 응답했다.

"과인은 북쪽 변경에 위치해 있어 국경을 넘어 침략할 계획도 없소. 지금 오나라가 장강과 회하를 건너고, 1천 리를 달려와 우리 영토에 와 백성들을 살육했소. 상제(上帝)의 연민과 도움으로 아직 나라가 망하지 않았소. 대왕은 지금 겸양하여 화친코자 하는데 우리가 어찌 감히 대왕의 명을 따르지 않겠소."

두 나라의 맹약이 체결된 뒤 오나라 군사가 철군했다.

오왕이 귀국한 후 곧 오자서를 이같이 책망했다.

"나의 선왕 합려는 덕행과 지혜가 있어 상제와 통하면서 공을 세우기 위해 힘을 썼소. 또한 그대를 위해 서쪽에 있는 초나라를 강력한 원수로 삼았소. 지금 선왕의 업적을 비유해 말하면 마치 농부가 사방의 봉호(蓬蒿 : 쑥대)를 제거한 것과 같소. 이로써 선왕은 초나라를 깨뜨리고 그 명성을 형만(荊蠻)에서 떨치게 되었소. 이는 사실 대부들의 역량에 의한 것이오. 그러나 지금 대부들이 혼모(昏耄 : 어리석음)하여 오히려 자신의 직분을 제대로 지키지 못하면서 생변기사(生變起詐 : 시비를 일으키고 요언을 퍼뜨림)할 생각으로 원한을 품은 채 떠들고 다니오. 밖으로 나서면 나의 병사와 백성들을 죄에 빠뜨려 나의 법령을 어지럽게 만들고, 요얼(妖孽)로써 나의 군사를 좌절케 만들려 하고 있소. 다행히 하늘이 큰 복을 내려 제나라 군사가 복종케 되었소. 내가 어찌 감히 이 전공을 나에게 돌릴 수 있겠소. 이는 선왕의 유덕(遺德)과 신령의 도움으로 인한 복이오. 그대와 같은 사람이야 오나라에 무슨 도움이 되었겠소."

오자서가 양비대노(攘臂大怒 : 소매를 걷어붙이며 크게 화를 냄)하며 칼을 풀어 옆에 놓은 뒤 이같이 말했다.

"전에 우리 선왕에게는 부정지신(不庭之臣 : 조정의 견해와 달리 극력 간쟁을 하는 신하)이 있었기에 능히 수의계악(遂疑計惡 : 결단을 내리고 잘못을 판단함)하여 커다란 재난에 빠지지 않았습니다. 그러나 지금 대왕은 부정지신을 버리고, 우려할 만한 재난을 치지도외(置之度外 : 방치하여 문제삼지 않음)하여 아무런 걱정도 하지 않고 있습니다. 이는 고동지모(孤僮之謀 : 고아나 어린아이의 계책)입니다. 이같이 해서는 결코 패왕의 대업을 이룰 수 없습니다. 하늘이 버린 사람은 늘 즉각적으로 작은 경사를 만난 뒤 엄중한 화란을 만나게 되어 있습니다. 만일 대왕이 대오각성하면 오나라는 누대에 걸쳐 이어져 나갈 것입니

다. 그러나 그렇지 못하면 오나라의 수명은 곧 끝나고 맙
니다. 저 오자서는 칭병하여 은퇴하는 일을 차마 하지 못
해 결국 대왕에게 사로잡히고 말았습니다. 만일 제가 먼
저 죽게 되면 저의 눈을 뽑아 성문 위에 걸어 오나라가
망하는 것을 볼 수 있게 해주기 바랍니다."

오왕은 오자서의 말을 듣지 않았다.

이때 오왕은 대전(大殿) 위에 앉아 있다가 4사람이 대
전 뜰을 향해 서로 등을 맞댄 채 기대어 있는 모습을 보
게 되겠다. 이에 오왕이 기이하게 생각해 이를 뚫어지게
바라보자 군신들이 의아해하며 물었다.

"대왕은 무엇을 그리 보십니까."

"나는 4사람이 서로 등을 맞대고 기대어 있는 것을
보고 있소. 사람의 목소리가 사방으로 흩어지는 것이 들
렸소."

이에 오자서가 말했다.

"대왕의 말에 따르면 이는 백성들을 잃는 것을 말합
니다."

오왕이 분노에 차 말했다.

"그대의 얘기가 참으로 불길하기 그지없소."

"단지 불길할 뿐만 아니라 대왕 역시 패망한다는 뜻
입니다."

5일이 지난 뒤 오왕이 다시 대전 위에 앉아 있다가 2

사람이 서로 얼굴을 맞대고 있는데 북쪽을 향한 사람이 남쪽을 향한 사람을 살해하는 것을 보게 되었다. 이에 오왕이 대신들에게 물었다.

"그대들은 보았소."

"아무 것도 보지 못했습니다."

이에 오자서가 물었다.

"대왕은 무엇을 보았습니까."

"며칠 전에 보았을 때는 4사람이 보였는데 오늘은 또 2사람이 나타나 얼굴을 맞대고 서 있는 모습이 보였소. 그런데 북쪽을 향한 사람이 남쪽을 향한 사람을 살해했소."

그러자 오자서가 이같이 풀이했다.

"제가 듣건대 4사람이 도주하면 배반을 뜻한다고 합니다. 북쪽을 향한 사람이 남쪽을 향한 사람을 죽이는 것은 신하가 군주를 시해하는 것을 의미합니다."

오왕은 아무 말도 하지 않았다.

오왕이 문대(文臺) 위에서 주연을 베풀자 군신들이 모두 모였다. 태재 백비가 집정(執政)하는 사이 월왕 구천이 시좌(侍坐 : 배석)했고 오자서도 참석했다. 이때 오왕이 이같이 말했다.

"과인이 듣건대 '군주는 공을 세운 신하를 가벼이 대하지 않고, 아비는 힘 있는 아들을 미워하지 않는다'고

했소. 지금 태재 백비가 과인을 위해 공을 세웠소. 과인
은 장차 최상의 포상으로 그에게 작상(爵賞)을 내리고자
하오. 월왕은 자인충신(慈仁忠信)하여 정성을 다해 과인
을 섬기고 있소. 과인은 장차 그의 나라를 더욱 늘려줌으
로써 과인을 도와 전공을 세운 노고에 보답코자 하오. 대
부들은 이를 어찌 생각하오."

이에 군신들이 입을 모아 이같이 칭송했다.

대왕이 친히 최고의 덕을 행하니	大王躬行至德
허심한 마음으로 전사들을 공양하네	虛心養士
군신들과 백성들이 모두 함께 나아가니	群臣幷進
위난을 보면 다투어 죽기로 싸우네	見難爭死
대왕의 명성을 듣지 않은 자 없으니	名號顯著
그 위세가 사해를 진동케 하네	威震四海
공을 세운 자는 응분의 상을 받으니	有功蒙賞
멸망할 나라 또한 능히 살아남았네	亡國復存
칭왕·칭패의 공훈을 세우니	覇功王事
모든 군신들이 그 혜택을 입네	咸被群臣

이에 오자서만이 홀로 땅바닥에 주저앉아 눈물을 흘
리며 이같이 말했다.

오호, 슬프기 그지없으니	於乎哀哉

끝내 이같은 침묵의 상황이 왔네	遭此黙黙
충절의 신하가 입을 닫으니	忠信掩口
참훼하는 자만 대왕의 곁에 있네	讒夫在側
정사가 잘못되고 도덕이 무너지니	政敗道壞
아부하며 영합하는 자 이토록 많네	諂諛無極
헐뜯는 말과 거짓이 난무하니	邪說僞辭
끝내 사악한 거짓이 진실이 되네	以曲爲直
참녕한 자를 두고 충현이라 하니	舍讒攻忠
장차 오나라의 정권을 패망케 하네	將滅吳國
조상의 종묘가 이미 파헤쳐지니	宗廟旣夷
사직 신령이 다시는 제삿밥 못 먹네	社稷不食
내성과 외성이 온통 폐허가 되니	城郭丘墟
가시덤불과 풀만이 궁내에 가득 찼네	殿生荊棘

그러자 오왕이 이같이 대노했다.

"노신(老臣)이 사술(詐術)이 많아 오나라의 요얼이 되었구나. 전권천위(專權擅威 : 권력을 오로지 하여 위세를 휘두름)코자 하여 홀로 나의 나라를 전복시키려 하는구나. 과인이 선왕으로 인해 차마 법을 그대에게 집행치 못했다. 지금 어서 집으로 물러가 잘 생각해 보도록 하라. 오나라를 저해하는 계책은 절대 세우지 않도록 하라."

이에 오자서가 이같이 대답했다.

"만일 제가 충신(忠信)치 못했다면 선왕의 신하가 되

지 못했을 것입니다. 저는 감히 저의 몸을 아끼지 않을 것입니다. 다만 나라가 장차 망할까 우려될 뿐입니다. 옛날 하걸(夏桀)이 관용봉(關龍逢 : 하나라 말기의 충신)을 죽이고 은주(殷紂)가 왕자 비간(比干)을 죽였습니다. 지금 대왕은 신을 죽여 하걸 및 은주와 이름을 나란히 하려 합니다. 대왕은 그리 하도록 하십시오. 신은 사직을 고하고자 합니다."

오자서가 집으로 돌아온 뒤 대부 피리에게 이같이 말했다.

"나는 전에 정·초 두 나라 사이에서 관궁접시(貫弓接矢 : 활을 당겨 화살을 매김)하여 장강과 회하를 건넌 뒤 오나라 땅까지 오게 되었소. 선왕 합려는 나의 계책을 받아들여 나를 능멸한 원수국인 초나라를 공파했소. 선왕의 은혜에 보답할 생각에 이 지경에 이르게 되었소. 나야 어찌 되든 애석치 않으나 화난이 그대에게 미칠까 걱정이오."

그러자 피리가 이같이 권했다.

"앞으로 계속 간하는데도 받아들여지지 않을 경우 자살한들 무슨 소용이 있겠습니까. 자살하는 것이 어찌 도주하는 것보다 나을 리 있겠습니까."

이에 오자서가 반문했다.

"만일 도주하게 되면 내가 어디로 가야만 하오."

　오왕은 오자서가 원한을 품고 있다는 얘기를 듣고 곧 사람을 시켜 촉루검(屬鏤劍)을 전하게 했다. 오자서가 보검을 받은 뒤 도선건상(徒跣褰裳 : 맨발 차림에 치마를 걷어 올림)하여 당하로 내려가 뜰에 이른 뒤 하늘을 쳐다보며 이같이 절규했다.

　"나는 그대 부친의 충신으로 시작해 오나라 도성을 세우고, 계책을 세워 초나라를 공파하고, 남쪽으로 강력한 월나라를 굴복시키고, 제후국들을 위세로써 제압하고, 패왕을 칭하는 공을 세웠다. 지금 그대는 나의 간언을 듣지 않는 것은 물론 오히려 보검을 내려 자살토록 했다. 내가 오늘 죽게 되면 오나라의 궁성은 장차 폐허가 되고, 궁정 뜰에는 잡초가 무성해질 것이고, 월나라 군사들이 그대의 사직을 파헤칠 것이다. 그때가 되면 어찌 나를 잊을 수 있겠는가. 전에 선왕은 그대를 태자로 세우려 하지 않았다. 이에 내가 있는 힘을 다해 마침내 그대의 소원을 실현시켰다. 그 결과 많은 공자들이 나를 원망했다. 나는 참으로 오나라에 헛된 공만 세운 셈이다. 지금 그대는 결국 내가 나라를 안정시킨 은공을 모두 잊고 오히려 나에게 죽음을 내리니, 이 어찌 황당한 잘못이 아니겠는가."

　오왕이 이 얘기를 전해 듣고 대노하여 말했다.

　"너는 충신(忠信)치 못한 인물이다. 과인을 위해 제나라에 사자로 가면서 너의 자식을 제나라의 포씨에게 맡 겼다. 이는 나를 버리고자 하는 마음이 있기 때문이다."

그리고는 사람을 보내 급히 자살토록 명하면서 이같 이 전하게 했다.

"고(孤)는 그대가 죽은 뒤 사물을 보는 것을 허락지 않는다."

이에 오자서가 검을 뽑은 뒤 하늘을 보며 이같이 탄 식했다.

"내가 죽은 뒤 후세 사람들은 틀림없이 나를 충신이 라 여길 것이다. 위로 하(夏)·은(殷) 때와 비교할 것이니, 나는 능히 관용봉이나 비간을 친구로 삼을 수 있을 것이 다."

그리고는 칼 위에 엎어져 자살했다.

오왕이 오자서의 시신을 가죽부대에 넣은 뒤 이를 장 강의 물 속에 던져넣게 하려다가 이같이 말했다.

"오자서, 그대가 한번 죽었는데 어찌 지각이 있을 수 있겠는가."

이에 그의 머리를 잘라 고루(高樓) 위에 매달게 하면 서 이같이 비웃었다.

"일월(日月)이 너의 살을 태우고, 표풍(飄風)이 너의 눈을 날리고, 염광(炎光)이 너의 뼈를 태우고, 어별(魚鱉) 이 너의 살을 먹을 것이다. 너의 뼈가 변하여 형체가 모두 재가 되고 말 터인데 네가 어찌 무엇을 능히 볼 수 있단 말인가."

그리고는 그의 머리 없는 시신을 장강 물 속에 던져 넣게 했다. 오자서의 시신이 물을 따라 흘러내려 가다가 파도를 일으켰다. 그의 시신이 조석(潮汐 : 밀물과 썰물)을 좇아 오가기를 거듭하자 강기슭이 무너져내리고 말았다.

이때 오왕이 요리에게 이같이 말했다.

"그대는 늘 오자서와 함께 과인의 단점을 논하곤 했다."

이에 그의 머리를 깎은 뒤 형벌을 내리게 했다.

왕손락이 이 얘기를 듣고 조정에 나가지 않았다. 그러자 오왕이 그를 불러 물었다.

"그대는 어찌하여 과인을 피하며 조정에 나오지 않는 것이오."

"신은 단지 두려워서 그랬을 뿐입니다."

"그대는 과인이 오자서를 죽인 것이 가혹하다고 생각하는 것이오."

그러자 왕손락이 이같이 대답했다.

"대왕은 기개가 높고 오자서는 아래에 처해 있어 대왕이 그를 벌준 것입니다. 저의 목숨이 오자서와 다를 것이 무엇이 있겠습니까. 저는 이를 두려워하는 것입니다.”

이에 오왕이 말했다.

“내가 태재 백비의 말을 듣고 오자서를 죽인 것이 아니오. 오자서가 과인을 도모했기 대문이오.”

“신이 듣건대 ‘군주는 반드시 죽음을 무릅쓰고 간언하는 자가 있었야 한다. 위에 있는 자는 반드시 감히 말하는 친우를 두어야 한다’고 했습니다. 무릇 오자서는 선왕의 노신입니다. 그가 충신치 않았다면 선왕의 신하가 되지 못했을 것입니다.”

이에 오왕이 마음 속으로 여연(悢然 : 비통해함)히 오자서를 죽인 것을 크게 후회하며 이같이 말했다.

“어찌 태재 백비가 오자서를 헐뜯었기 때문이 아니겠는가.”

그리고는 태재 백비를 죽이려 하자 왕손락이 저지했다.

“안 됩니다. 만일 대왕이 백비를 죽이면 이는 제2의 오자서를 만드는 셈입니다.”

이에 오왕은 백비를 죽이지 않았다.

부차 14년(기원전 482), 부차가 오자서를 죽인 후 해마다 백성들의 곡식 수확량이 줄어들었다. 이에 백성들이 부차를 원망했다. 오왕이 다시 제나라를 칠 생각으로 송·노 두 나라 사이에 운하를 파 북쪽으로 기수(沂水 :

산동성 곡부현 동남쪽 尼丘에서 발원해 연주에서 泗水에 합수됨)에 통하고, 남쪽으로 제수(濟水 : 하남성 제원현에서 발원해 황하에 합류)에 연결시키려 했다. 이로써 노·진(晉) 두 나라와 송나라의 황지(黃池 : 하남성 봉구현 서남쪽) 부근에서 회전(會戰)할 생각을 했다. 그는 대신들이 다시 저지하고 나설까 두려워하여 곧 국내에 이같이 하령했다.

"내가 제나라를 치려고 하는데 누구든지 나서 이를 저지코자 할 경우 죽음을 내릴 것이다."

태자 우(友)는 오자서가 충성을 다했음에도 중용되지 못하고, 태재 백비는 간녕하여 전정(專政 : 권력을 오로지함)하고 있다는 사실을 알고 있었다. 태자는 부왕의 제나라 공벌을 저지코자 했으나 나우(羅尤 : 죄를 얻게 됨)할까 두려워했다. 이에 오왕에게 풍간(諷諫 : 완곡한 어법으로 풍자하여 간함)코자 했다. 맑은 아침에 탄환(彈丸 : 새총알)을 차고 손에 탄궁(彈弓 : 새총)을 든 채 후원에서 오자 옷과 신발이 온통 젖게 되었다. 오왕이 이상하게 생각해 물었다.

"태자는 무슨 일을 하여 옷과 신발이 모두 젖어 몸이 이 모양이 된 것인가."

이에 태자가 이같이 대답했다.

"후원에 나갔다가 추조(秋蜩 : 가을날 저녁에 우는 매미의 일종)가 우는 소리가 들려 가 보았습니다. 추선(秋蟬 : 추조)은 높은 나무 위로 올라가 맑은 이슬을 마시고 바람을 좇아 춤을 추며 길게 소리를 빼어 슬프게 울면서도 스스로는 매우 안전하다고 생각하고 있었습니다. 추선은 뒤에 당랑(螳螂 : 버머자비)이 나뭇가지 사이를 넘어와 가는 허리를 길게 늘여 발을 높이 들고 자신을 잡으려는 사실을 전혀 모르고 있었습니다. 그러나 당랑도 정신을 집중해 추선을 잡을 생각에 온통 눈 앞의 이익에 정신이 팔린 나머지 자신의 뒤에 황작(黃雀)이 무성한 숲속에서 나뭇가지 그늘 사이를 배회하다가 조용히 발을 옮기며 앞으로 접근해 자신을 쪼으려 하는 것을 모르고 있었습니다. 황작도 오직 눈 앞에 있는 당랑을 쪼아먹을 생각에 정신이 팔린 나머지 제가 손에 탄궁을 들고 쏘려는 것을 모르고 있었습니다. 탄궁을 당겨 탄환을 쏘자 곧바로 황작의 등에 맞았습니다. 그러나 저 또한 모든 잡념을 버리고 오직 황작을 쏘는 데 정신이 팔린 나머지 바로 옆에 구덩이가 있는 것을 몰랐습니다. 이에 발을 헛디뎌 갑자기 깊은 구덩이에 빠지고 말았습니다. 그래서 옷과 신발이 모두 젖게 된 것입니다. 하마터면 대왕의 비웃음을 살 뻔했습니다.”

그러자 오왕이 말했다.

“천하에 이보다 더 어리석은 일이 있을 수 있겠는가.

오직 눈 앞의 이익에 정신이 팔린 나머지 뒤에 있는 우환을 보지 못한 것이다."

이에 태자가 말했다.

"천하에 이보다 더 어리석은 일이 있습니다. 노나라는 주공 단의 후예가 다스리고 있고 공자의 교화가 있는 곳입니다. 수인포덕(守仁抱德 : 인의를 지키고 덕치를 행함)하고, 인국에 욕심을 내지 않고 있습니다. 그런데 제나라가 군사를 일으켜 이를 치려 하고 있습니다. 백성들의 목숨을 아까워하지 않고 오직 얻을 이익만을 생각하는 것입니다. 제나라는 오직 군사를 일으켜 노나라 공벌만을 생각하고 있는 까닭에 오나라가 국내의 전병력을 동원하고 부고(府庫)의 재원을 총동원하여 1천 리 밖까지 군사를 이끌고 가 자신들을 치려 하는 것을 모르고 있습니다. 오나라 역시 오직 국경을 넘어가 치는 나라가 다른 나라라는 사실만 알 뿐, 월왕이 장차 사사(死士 : 결사대)를 선발해 삼강구(三江口 : 강소성 소주시 동남쪽 30리)를 빠져 나온 뒤 오호(五湖 : 太湖)로 들어와 오나라 백성을 도살하고 궁실을 불태우려 하는 것을 모르고 있습니다. 천하의 위기치고 이보다 더한 것은 없습니다."

그러나 오왕은 태자의 간언을 받아들이지 않았다. 그리고는 마침내 제나라를 쳤다.

월왕 구천은 오왕이 제나라를 치려 한다는 얘기를 듣

고 곧 범리(范蠡 : 자는 少伯)와 설용(洩庸 : 『좌전』과 『국어』의 舌庸)을 시켜 군사를 이끌고 가 동해 해변에 주둔하면서 장강과 통한 뒤 오나라 군사의 퇴로를 차단케 했다. 구천은 월나라 군사가 오나라 태자 우의 군사를 고웅이(姑熊夷 : 강소성 소주시 서남쪽 횡산 부근)에서 격파하자 송강(松江)과 통한 뒤 방향을 바꿔 오나라를 치게 했다. 이에 월나라 군사가 오나라 도성으로 들어가 고서대를 불태우고 오나라의 대주(大舟)인 여황(餘皇)을 손에 넣어 끌고 갔다.

오나라가 제나라 군사를 애릉에서 격파한 후 돌아오는 길에 진(晉)나라를 압박하며 진정공(晉定公)과 쟁장(爭長 : 회맹에서 歃血할 때 맹주의 자리를 놓고 다툼)했다. 이 문제가 아직 확정되지 않았을 때 변후(邊候 : 변경을 지키는 척후)가 와 월나라가 반란을 일으켜 오나라를 침공한 사실을 보고했다. 오왕 부차가 크게 두려워한 나머지 곧 군신들을 불러모아 상의하면서 이같이 물었다.

"우리들은 지금 국내로부터 멀리 떨어져 있소. 회맹에 참여치 않은 채 급히 돌아가는 것과 맹주 자리를 놓고 진나라와 쟁장하는 것 중 어느 쪽이 유리하겠소."

그러자 왕손락이 말했다.

"진나라와 쟁장하느니만 못합니다. 맹주가 된 후에는 가히 제후들을 제압하는 권한을 쥐고 원하는 바를 실현시킬 수 있습니다. 청컨대 대왕은 장병들을 모아놓고 법령을 밝히면서 두터운 관록(官祿)으로 그들을 격려하고, 복종치 않는 자에게는 곧 형벌을 가하십시오. 이로써 전 장병이 목숨을 바쳐 싸울 수 있도록 만드십시오."

이에 부차는 황혼이 되었을 때 장병들에게 명하여 말을 배불리 먹이고 식사를 든든히 하게 했다. 이어 복병피 갑(服兵被甲 : 병기를 들고 갑옷을 입음)하고, 말에게 재갈을 물리고, 사병들에게 함매(銜枚 : '매'는 양 끝에 끈이 있어 목 뒤로 묶도록 만든 것으로, 함매하면 소리를 거의 내지 못하게 됨)케 하고, 부뚜막의 불씨를 모두 끄게 한 뒤 어둠 속에서 앞으로 행군하여 나아갔다.

오나라 병사들은 모두 손에 무늬가 있는 서우피(犀牛 皮 : 무소가죽)로 만든 기다란 방패와 납작한 칼을 든 채 방형(方形)의 대형을 이뤄 전진했다. 중교(中校 : 중군)의 장병들은 모두 흰색의 의상을 입은 위에 손에 흰색 깃발을 들고, 몸에 흰색의 갑옷을 걸치고, 백색 깃털을 단 화살을 휴대했다. 멀리서 보면 마치 도(荼 : 흰색 꽃이 피는 솔새풀)와 같았다. 이때 오왕은 직접 대월(大鉞)을 들고 깃발 아래에서 대열의 중간에 서 있었다.

좌군은 모두 붉은 색의 의상을 입고, 손에 홍색의 깃발을 들고, 몸에 붉은 색의 갑옷을 걸치고, 붉은 색 깃털을 단 화살을 휴대했다. 멀리서 보면 마치 커다란 불길이

치솟는 듯했다. 우군은 모두 흑색의 의상을 입고, 흑색의
전차에 올라타고, 몸에 흑색의 갑옷을 입고, 흑색의 깃털
을 단 화살을 휴대했다. 멀리서 보면 온통 먹을 풀어놓은
듯했다.

몸에 갑옷을 걸친 장병이 3만 6천 명이었다. 닭이 울
때 이미 진세를 펼치자 진나라 군진과의 거리는 겨우 1
리 정도에 불과하게 되었다. 동이 아직 트기 전에 오왕이
직접 금고(金鼓 : 징과 북)를 치자 좌·중·우의 3군이 일
제히 큰 소리를 지르며 사기를 진작시켰다. 그러자 진나
라 군사들이 모두 크게 놀라 감히 밖으로 나오지 못하고
오직 방어를 위해 영루를 굳건히 지킬 뿐이었다. 이때 진
나라가 대부 동갈(童褐 :『국어』의 董褐)을 오나라 진영으
로 보내 이같이 묻게 했다.

"쌍방의 군사가 휴전하며 화호(和好)하여 오늘 정오
에 회동키로 했습니다. 지금 귀국이 정해진 시간을 뛰어
넘어 폐국의 군영 앞까지 다가왔습니다. 정해진 시간을
이토록 어지럽게 만드는 이유가 무엇인지 감히 묻고자
합니다."

그러자 오왕이 이같이 친히 대답했다.

"천자가 일찍이 명을 내렸으나 주왕실이 비약(卑弱)
하자 제후들은 스스로 공헌(貢獻 : 공물을 바침)키로 약속
해놓고도 공물을 왕부(王府 : 주왕실의 창고)로 들여보내

지 않았소. 이에 상제와 귀신에게 무슨 물건을 가지고 보고할 수 있겠소. 천자는 희성(姬姓) 왕족들을 구제할 길이 없어 매우 두려워하고 있소. 이에 사자를 보내 고급(告急)케 하자 사자들이 탄 수레가 길 위에 끊이지 않게 되었소. 당초 주왕실은 진(晉)나라에 크게 기대며 중원의 다른 이족(異族)들을 홀시했소. 그러나 진나라가 이처럼 주왕실을 배반하는 상황이 되어 내가 비로소 그대들의 군주가 있는 곳까지 포복(匍匐 : 기다는 뜻으로 겸양어임)해 오게 된 것이오. 그대들의 군주가 약소한 형제지국을 무양(撫養)치 않고, 오직 자신의 힘만 믿고 다른 나라와 쟁강(爭强)하고 있소. 나는 감히 선군의 작위등급을 뛰어넘을 생각이 없소. 다만 만일 지금과 같이 떠나는 상황에서 그대들의 군주가 나를 맹주로 삼지 않으면 나는 제후들의 웃음거리가 될 뿐이오. 내가 그대들의 군주를 섬길 수 있는지는 오늘 싸움에서 결판날 것이오. 내가 그대들의 군주를 섬길 수 없는지도 바로 오늘 이 싸움에 달려 있소. 내가 감히 사자인 그대를 힘들게 왕래케 하면서 장차 직접 그대들 군영 밖에서 그대들 군주의 명을 받도록 하겠소."

동갈이 돌아갈 때 오왕이 동갈의 왼쪽 발 뒤꿈치를 좇아나가 작별인사를 나눴다.

동갈이 돌아가 제후들 및 대부들과 함께 진정공에게

통명(通命 : 復命, 致命과 같은 말로 使命을 집행한 상황에 대한 보고를 의미)한 후 곧 조앙(趙鞅 : 진나라의 정경인 趙簡子)에게 이같이 보고했다.

"제가 오왕의 안색을 살피건대 매우 상심할 만한 일이 일어난 듯합니다. 작게는 폐첩(嬖妾 : 총희) 또는 적자(嫡子)가 죽거나, 아니면 오나라에 무슨 내란이 생겼거나, 크게는 월나라가 침공하여 돌아갈 수 없는 상황이 일어났거나 했을 것입니다. 그의 마음은 수독지우(愁毒之憂 : 극심한 수심에 찰 만한 우환)에 쌓여 진퇴를 하면서 화난을 고려치 않을 것이 틀림없으니 그와 교전해서는 안 됩니다. 그대는 회맹에서 오왕이 먼저 삽혈토록 응답키 바랍니다. 맹주의 자리로 인해 나라를 위험에 빠뜨려서는 안 됩니다. 다만 무턱대고 응답해서는 안 되고 반드시 오나라로 하여금 맹서에 대한 신용을 표명케 해야 합니다."

조앙이 응답한 뒤 진정공에게 이같이 말했다.

"원래 희성 제후들의 주왕실에 대한 관계를 얘기하면 오태백이 앞섭니다. 오왕에게 먼저 삽혈토록 하는 것도 가할 것입니다. 이로써 나라의 예의를 다할 수 있습니다."

진정공이 응답한 뒤 동갈을 시켜 이를 오왕에게 보고케 했다.

오왕은 진나라가 예를 지켜 말하자 참괴(慙愧)한 생각이 든 나머지 겸양의 표시로 장막 안에서 진나라와 회맹했다. 두 나라 군신이 모두 모이자 오왕이 칭호를 오공(吳公)으로 개칭한 뒤 먼저 삽혈했다. 진정공이 그 뒤를 이어 삽혈했다. 두 나라 군신들이 모두 차례로 맹서한 뒤 맹약을 체결했다.

오왕이 진정공에게 승리를 거둬 맹주의 자리에 오른 뒤 곧 철군하여 귀국할 때 다시 황지를 지나지는 않았다. 월왕은 오왕이 오랫동안 밖에 머물며 귀국치 않고 있다는 얘기를 듣고 모든 장병을 동원하여 장산(長山)을 넘고 삼강(三江)을 건너 오나라를 치려 했다.

당시 오왕은 또 제·송 두 나라가 위해를 가할까 걱정했다. 이에 왕손락을 시켜 주경왕(周敬王)에게 이같이 보고케 했다.

"전에 초나라는 공납(貢納)의 직책을 다하지 않고 우리 희성의 형제지국을 소원하게 대했습니다. 우리들의 선군 합려는 저들의 죄악을 용서할 수 없어 보검을 차고 장피(長鈹 : '피'는 양쪽에 날이 있는 창)를 든 채 초소왕과 중원에서 서로 추격(追擊)했습니다. 하늘이 우리 선군에게 큰 복을 내려 마침내 초나라 군사를 대파했습니다. 지금 제나라는 초나라보다 더욱 불현(不賢)하고, 왕명에 공손치 못하고, 우리 희성의 형제지국을 소원하게 대하고 있습니다. 이에 부차가 그들의 죄악을 용인할 수 없어 몸에 갑옷을 입고 보검을 찬 채 곧바로 애릉에 도착했습니다. 하늘이 오나라를 돕자 제나라 군사들이 창끝을 돌려 패퇴했습니다. 부차가 어찌 감히 이를 스스로의 공으로 돌릴 수 있겠습니까. 이는 주문왕과 주무왕의 덕행이 우조(佑助 : 보우하고 도움)한 결과입니다. 당시 제나라를 격파하고 오나라로 귀국했으나 한해의 수확이 적었습니다. 이에 장강을 따라 순류(順流)하여 내려갔다가 다시 회하를 거쳐 장강을 역류(逆流)하여 올라갔습니다. 운하를 파고 물길을 깊게 하여 송·노 두 나라 사이에서 출병한 후 귀국하고자 합니다. 이를 천자에게 삼고 보고드리는 바입니다."

그러자 주경왕이 사자에게 이같이 회답했다.

"백부(伯父 : 주나라 왕이 통상 姬姓의 제후에게 붙이는 호칭)가 그대를 보낸 것이오. 그대들과 다른 제후국들이 맹약을 맺었다 하니 나는 그들에게 의지코자 하오. 나는 이같은 행위를 가상히 여기는 바요. 만일 백부가 능히 나를 도울 수 있다면 나 또한 능히 장구한 복을 받을 수 있을 것이오. 그리 되면 주왕실은 무엇을 걱정하겠소."

이에 궁노(弓弩)와 왕조(王胙 : 선왕의 제사에 사용된 고기로 이를 하사하는 것은 존중을 의미)를 내리고, 그 명칭을 더욱 높여주었다.

오왕이 황지에서 철군하여 귀국한 뒤 식민산병(息民散兵 : 백성들을 쉬게 하고 병사들을 해산함)하고는 다시 월나라 침공 등을 계비(戒備)하지 않았다.

부차 20년(기원전 476), 월왕이 군사를 일으켜 오나라를 쳤다. 오나라가 월나라와 취리(檇李)에서 교전했다. 오나라 군사가 대패하여 군사들이 궤산했다. 사망자가 그 수를 헤아릴 수 없을 정도로 많았다. 월나라 군사가 계속 추격하여 오나라를 공파했다. 오왕이 궁지에 몰려 위급해지자 공손락을 보내 계수(稽首)하며 강화를 청하게 했다. 이는 당초 월나라가 강화를 청할 때 모습과 닮은 것이었다. 그러나 월왕은 이같이 회답했다.

"전에 하늘이 월나라를 오나라에게 주었으나 오나라는 이를 받지 않았소. 지금 하늘이 오나라를 월나라에게 주었는데 내가 어찌 하늘의 뜻을 거역할 수 있겠소. 내가 장차 구장(句章 : 절강성 여요현 동남쪽)과 용강(甬江 : 절강성 진해현을 경유해 바다로 들어감)의 동쪽에 있는 군도(群島)를 줄 터이니 그곳에 살기 바라오. 나와 그대가 어찌 2명의 군주로 함께 존재할 수 있겠소."

이에 오왕이 이같이 말했다.

"나는 주왕실의 예의에 비춰볼 때 월왕보다 등급이 높소. 월왕이 주왕실의 예의를 잊지 않고 오나라가 월나라를 부읍(附邑 : 부속국)으로 삼았다는 사실을 잊지 않는

다면 이는 과인이 바라는 바이기도 하오. 행인(行人 : 사자)이 그대를 찾아가 우리 오나라가 제후국의 명의를 유지할 수 있도록 허락해 주기를 청했으니, 바라건대 대왕은 이에 대해 깊이 생각해 주기 바라오."

그러자 월나라 대부 문종이 말했다.

"오왕은 포학무도한 자로 지금 다행히 그를 생포한 셈이 되었습니다. 원컨대 대왕은 제명(制命 : '제'는 폐와 심장을 끄집어낸다는 의미로 '제명'은 斬首와 같은 뜻임)키 바랍니다."

이에 월왕이 오왕에게 이같이 말했다.

"내가 장차 그대의 사직을 무너뜨리고 종묘를 파엎을 생각이오."

그러자 오왕은 아무 말도 하지 않았다. 사자가 7차례나 오가며 강화를 청했으나 월왕이 동의치 않았다.

부차 23년(기원전 473) 10월, 월왕이 다시 오나라를 쳤다. 오나라가 지친 나머지 응전치 않았다. 오나라 병사들이 사방으로 도주하자 성문을 지키는 사람이 없게 되었다. 이에 월나라 군사들이 오나라 도성으로 입성해 백성들을 도살했다.

오왕이 군신들을 이끌고 도주했다. 밤낮으로 달려 3일 3석(三日三夕 : 낮과 밤이 연결된 3일) 만에 진여항산(秦餘杭山 : 강소성 소주시 서북쪽 40리)에 이르렀다. 오왕은 수

심과 고뇌에 휩싸인 나머지 눈에 보이는 것이 모두 흐릿하고, 길을 가는 것도 갈팡질팡했다. 허기가 극심한 나머지 아직 익지도 않은 벼를 보자 그대로 씹어 먹고, 땅에 엎드려 물을 마신 뒤 좌우를 돌아보며 이같이 물었다.

"내가 먹은 것이 무엇인가."

이에 시종들이 말했다.

"생도(生稻 : 생쌀)라고 합니다."

그러자 오왕이 이같이 탄식했다.

"이것이 바로 공손성이 '익은 밥을 먹지 못하고 창황히 도주한다'고 말한 증험이란 말인가."

이에 왕손락이 이같이 위로했다.

"한번 배불리 먹은 뒤 길을 떠나는 것이 좋을 것입니다. 앞에는 서산(胥山 : 고서산)이 있으니 그 서쪽 산 언덕에서 가히 다리를 쉴 수 있을 것입니다."

오왕이 얼마 동안 가다가 이내 야생 참외가 익은 것을 보게 되었다. 오왕이 이를 집어 먹으면서 좌우에게 물었다.

"어찌하여 겨울에 이같은 참외가 나오는 것인가. 길 옆에 이같은 참외가 있는데도 왜 사람들이 이를 먹지 않는 것인가."

그러자 시종이 말했다.

"이는 대변을 먹고 자라는 것입니다. 그래서 사람들

이 먹지 않는 것입니다."

"무엇을 보고 대변을 먹고 자란다고 하는 것인가."

"여름에 더위가 한창일 때는 사람들이 참외를 먹은 후 길 옆에 대변을 봅니다. 그러면 참외가 거기서 자라는 것입니다. 그러나 가을에 되어 서리가 내리면 이내 죽게 됩니다. 그래서 사람들이 이를 먹지 않는 것입니다."

이에 오왕이 이같이 탄식했다.

"이것이 바로 오자서가 말한 '단식(旦食 : 아침식사)' 이란 말인가."

오왕이 태재 백비에게 물었다.

"나는 공손성을 죽인 후 그의 시신을 서산의 정상에 버렸소. 천하인들이 이를 책망하리라는 부끄러움으로 인해 나의 다리는 앞으로 나아가려 하지 않고, 마음은 서산 쪽으로 가는 것을 꺼리고 있소."

그러자 태재 백비가 이같이 반문했다.

"생사와 성패라는 것은 본래 능히 피할 수 있는 것입니까."

"그렇소. 어찌 이를 몰랐단 말이오. 그대가 먼저 그를 큰 소리로 불러보도록 하오. 공손성이 살아 있으면 틀림없이 곧바로 응답할 것이오."

오왕은 진여항산에 머물 때 태재 백비가 앞으로 나아가 큰 소리로 이같이 불렀다.

"공손성."

백비가 3차례 소리치자 3차례 모두 메아리가 되어 돌아왔다. 그러자 오왕이 머리를 들어 하늘을 쳐다보며 이같이 소리쳤다.

"과인이 어찌 능히 돌아갈 수 있겠소. 만일 도성으로 돌아갈 수 있다면 과인은 대대로 공손성을 섬기도록 하겠소."

얼마 후 월나라 군사가 곧 뒤를 추격해 와 오왕 일행을 3겹으로 에워쌌다. 대부 문종이 행례(行禮)를 맡았다. 범리는 대오 속에 있으면서 왼손으로 전고를 들고, 오른손으로는 북채를 잡고 북을 쳐댔다. 이로써 범리는 병사들의 진격을 계속 독려했다.

그러자 오왕이 다음과 같은 내용의 서신을 화살에 묶어 대부 문종과 범리가 있는 곳으로 쏘아 보냈다.

"내가 듣건대 '교토(狡兎 : 교활한 토끼)가 죽으면 양견(良犬 : 여기서는 사냥개를 의미)은 삶아지고, 적국이 멸망하면 모신(謀臣)은 패망케 된다'고 했소. 지금 오나라가 힘이 다하게 되면 대부들은 장차 무엇을 꾀할 것이오."

그러나 대부 문종과 상국 범리는 더욱 급박하게 진공을 독려했다. 이때 대부 문종도 다음과 같은 내용의 회신을 화살에 묶어 오왕에게 보냈다.

"하늘이 창창(蒼蒼)하니, 혹은 존속하고 혹은 멸망합

니다. 월왕 구천의 천신(賤臣) 문종이 감히 말씀드리고자
합니다. 전에 하늘이 월나라를 오나라에 주었습니다. 그
러나 오나라는 이를 받지 않았으니, 이는 하늘의 뜻을 거
역한 것입니다. 구천이 하늘을 받들어 몸과 마음을 다하
여 당시 비로소 월나라로 돌아올 수 있었습니다. 지금 하
늘이 월왕의 공덕을 보답코자 하니, 응당 공경히 오나라
를 거둬들여야만 합니다. 이 어찌 소홀히 할 수 있겠습니
까. 하물며 오나라는 6가지 대과(大過 : 중대한 잘못)를 저
질렀습니다. 이에 멸망의 지경에 이르렀으니, 대왕은 이
를 알고 있는 것입니까. 충신 오자서가 충성을 다해 간했
는데도 오히려 그를 죽였습니다. 이것이 첫째 대과입니
다. 공손성이 정직하게 해몽했는데도 오히려 아무런 공
도 인정받지 못했습니다. 이것이 둘째 대과입니다. 태재
백비가 우매한 영언(佞言)을 하고, 경박하게 참언(讒言)
과 아유(阿諛)를 하고, 망어자구(妄語恣口 : 망녕되고 함부
로 하는 말)를 하는데도 이를 듣고 받아들였습니다. 이것
이 셋째 대과입니다. 제ㆍ진 두 나라가 반역된 행위를 하
지 않고, 본분을 넘어 방자한 잘못을 저지르지 않았는데
도 오나라는 오히려 두 나라를 쳐 그 나라 군신들을 모욕
하고 그들의 사직을 훼손했습니다. 이것이 넷째 대과입
니다. 오ㆍ월 두 나라는 동음공률(同音共律 : 서로 상응하
는 음률)로 위로는 같은 성수(星宿)에 있고, 아래로는 같

은 분야(分野 : 별자리에 대응하는 지상의 구역)에 있는데도 오나라는 오히려 월나라를 쳤습니다. 이것이 다섯째 대과입니다. 전에 월나라가 친히 오나라의 선왕인 합려를 죽였습니다. 죄로 치면 이보다 더한 죄가 없을 것입니다. 요행히 오나라가 월나라를 격파했는데도 오히려 천명을 어기고 적을 방치하여 후에 자신의 커다란 우환으로 키우고 말았습니다. 이것이 여섯째 대과입니다. 월왕은 위로 엄격히 천의를 받들고 있으니 어찌 감히 천명에 복종치 않을 수 있겠습니까.”

대부 문종은 이어 월왕에게 이같이 말했다.

“중동(仲冬 : 음력 11월)에 들어와 생기(生氣)가 이미 그쳤으니 하늘이 장차 살육을 행할 것입니다. 만일 천의를 받들어 살육을 행하지 않으면 오히려 그 재해를 입게 됩니다.”

그러자 월왕이 공경히 문종에게 예를 행한 뒤 물었다.

“옳은 말이오. 지금 오왕을 도모하려면 응당 어떤 방법을 써야 하오.”

“청컨대 대왕은 오행상생(五行相生)의 그림이 그려진 옷을 입고, 보광지검(寶光之劍 : 명검의 이름)을 차고, 손에 굴로지모(屈盧之矛 : 굴로라는 장인이 만든 뛰어난 창)를 쥐고, 눈을 크게 뜬 채 큰 소리로 질책하여 그를 포획토록 하십시오."

"그리 하도록 하겠소."

이에 곧 대부 문종이 말한 바 대로 사람을 오왕에게 보내 이같이 전하게 했다.

"실로 오늘 그대의 결단을 듣고자 하오."

말이 끝난 뒤 얼마 동안의 시간이 지났는데도 오왕은 자살치 않았다. 이에 월왕이 다시 사자를 보내 오왕에게 이같이 말하게 했다.

"대왕은 어찌하여 이토록 인욕무치(忍辱無恥 : 치욕을 참으며 아무렇지도 않은 표정을 함)한 모습을 보이는 것이오. 세상에 만세토록 보위에 있는 자는 없소. 생사는 한 가지요. 지금 대왕에게 약간의 체면이라도 남아 있다면 왜 우리 병사들로 하여금 대왕의 목을 치도록 허락지 않는 것이오."

그러나 오왕은 잉연히 자살하려 하지 않았다. 이에 구천이 문종과 범리에게 말했다.

"두 사람은 왜 오왕을 죽이지 않는 것이오."

그러자 두 사람이 이같이 말했다.

"저희들은 신하의 위치에 있기 때문에 감히 군주에 대해 살육을 행할 수가 없습니다. 청컨대 대왕은 급히 그에게 명하기를, '하늘의 징벌이 시행될 것이니 더 이상 이를 늦출 수 없다'고 하십시오."

이에 월왕이 눈을 크게 뜨고 화를 내며 오왕에게 이 같이 말했다.

"죽는 것은 사람들이 싫어하는 것이오. 죽음을 싫어 하려면 하늘에 득죄치 않고, 다른 사람에게 해를 가하지 않아야 하오. 지금 그대는 6가지 대죄를 짓고도 오히려 부끄러운 줄도 모르고 목숨을 살리고자 하니 어찌 이처 럼 비루할 수 있단 말이오."

그러자 오왕이 길게 탄식한 뒤 사방을 둘러보면서 이 같이 말했다.

"그리 하겠소."

오왕이 곧 칼을 들어 자살했다. 이에 월왕이 태재 백 비에게 이같이 꾸짖었다.

"그대는 신하된 자로 불충무신(不忠無信)하여 망국멸 군(亡國滅君 : 나라를 망하게 하고 군주를 파멸에 이르게 함) 의 죄를 범했다."

그리고는 백비와 그의 처자를 모두 주살(誅殺 :『사기』 는 백비를 주살한 것으로 기록했으나『좌전』에는 부차가 자살 한지 2년 뒤까지 살아 있는 것으로 나옴)했다.

오왕 부차는 칼 위에 쓰러져 죽기 전에 좌우를 둘러 보며 이같이 말했다.

"나는 살아 있어도 부끄럽고 죽어도 부끄럽소. 만일 죽어서도 지각이 있다면 나는 지하에서 선왕을 볼 면목이 없소. 충신 오자서와 공손성을 만나는 일은 차마 더욱 할 수 없소. 지각이 없다면 나의 삶에 미안할 뿐이오. 내가 죽으면 그대들은 반드시 벽조(繋組 : 명주 끈)를 연결해 내 눈을 덮어주기 바라오. 나는 벽조로 완전히 내 눈을 가리지 못할까 걱정이오. 그대들은 부디 나수(羅繡 : 수놓은 비단) 3폭으로 내가 보지 못하도록 거듭 눈을 감싸주기 바라오. 이로써 살아 있는 사람들이 내 눈 앞에 나타나지 않고, 죽은 사람이 내 형상을 보지 못하도록 해주시오. 내가 어찌 그들을 볼 수 있겠소."

월왕이 예를 갖춰 오왕을 진여항산의 비유(卑猶 : 태호 부근) 땅에 장사지냈다. 월왕이 오나라와의 전쟁에서 공을 세운 장병들을 시켜 각자 저습한 땅의 흙을 한 덩이씩 파게 한 뒤 오왕을 그곳에 묻었다. 태재 백비도 비유 땅의 부차 곁에 묻었다.

2장   월사(越史)

연악동호의 수륙 공격 전투 모양의 장식

6. 월왕무여외전 越王無餘外傳

　　월나라의 선군 무여(無餘)는 하우(夏禹)의 치세 후기에 분봉되었다. 하우의 부친 곤(鯀)은 5제의 한 사람인 전욱(顓頊)의 후손이다. 곤은 유신씨(有莘氏 : 섬서성 합양현 동남쪽에 있었던 古國)의 여인을 부인으로 얻었다. 그녀의 이름은 여희(女嬉)로 장년이 되도록 아이를 낳지 못했다.

　　여희는 지산(砥山 : 하남성 삼문협시 동북쪽 황하 내에 있는 砥柱山)에 놀러갔을 때 의이(薏苡 : 원래는 율무를 뜻하나 여기서는 구슬 이름)를 발견하고 이를 삼켰다. 그러자 마치 다른 사람과 접촉한 듯한 느낌이 들더니 이내 아이를 잉

태하게 되었다. 결국 가슴을 가르고 고밀(高密)을 낳게 되었다.

곤이 서강(西羌 : 서쪽에 분포한 강족)이 사는 지역에 집을 짓고 살았다. 이에 그곳의 지명이 석뉴(石紐 : 사천성 문천현)가 되었다. 석천은 지금의 촉군(蜀郡) 서천현(西川縣 : 전한 때의 지명으로 현재의 문천현)이다.

요(堯)가 다스릴 때 큰 홍수를 만나게 되었다. 물이 점점 차올라 천하가 모두 물 속에 가라앉게 되었다. 9주(九州) 사이가 험조하여 서로 격절(隔絶)케 되었다. 장강과 회하, 황하, 제수(濟水) 등 대하의 물길이 막혀 서로 통하지 않게 되었다. 이에 요가 중국(中國 : 중원)의 불강(不康 : 불편)을 걱정하고 여원(黎元 : 백성)의 재난을 애련(哀憐)히 여긴 나머지 곧 사악(四嶽 : 羲・和의 자식인 羲仲・羲叔・和仲・和叔으로 제왕의 巡狩를 위해 사방의 산을 관장)에게 명하여 현능한 사람을 추천케 했다. 요는 그를 임용해 치수(治水)코자 했던 것이다.

그러나 중원에서 사방의 변경지역에 이르기까지 천거되는 사람이 없어 요가 치수할 사람을 임용할 길이 없었다. 이때 사악이 곤을 지목해 요에게 천거했다. 그러자 요가 이같이 반대했다.

"곤은 명을 듣지 않아 일족에게 해를 끼친 사람이니 임용할 수 없다."

이에 사악이 이같이 말했다.

"그를 군신들과 비교하면 그보다 나은 자를 찾을 길이 없습니다."

요가 곧 곤을 임용해 홍수를 다스리게 했으나 곤은 임명된 후 9년이 지나도록 아무런 성과도 얻지 못했다. 그러자 요가 이같이 대노했다.

"나는 일찍이 그가 치수할 능력이 없다는 것을 알고 있었다."

그리고는 달리 인재를 찾았다. 순(舜 : 有虞氏 부족의 족장 출신인 重華로 夏禹에게 선양한 뒤 南巡 도중 蒼梧의 들에서 죽었다고 하나 하우에게 추방당해 창오에서 죽었다는 설도 있음)을 얻은 후 그에게 자신을 대신해 정무를 처리케 했다. 순이 순수(巡狩 : 제왕이 각지를 돌아다니며 정무처리 상황을 시찰함)하던 중 곤이 아무런 성과도 내지 못하고 있는 사실을 확인하고는 곧 그를 견책한 뒤 우산(羽山 : 강소성 공유현 서남쪽)으로 유배를 보냈다. 그러자 곤이 강물 속으로 투신하고 말았다. 곤은 황내(黃能 : 누런 색의 세 발 달린 자라)로 변해 우연(羽淵 : 우산의 물이 모여 만들어진 못)의 신이 되었다.

순이 사악과 함께 곤의 아들 고밀(高密 : 禹)을 발탁했다. 이때 사악이 우(禹)에게 이같이 말했다.

"순은 곤이 치수에 공을 세우지 못하자 그대를 발탁

해 부친의 사업을 계승케 한 것이다.”

그러자 우가 말했다.

“그렇습니까. 제가 감히 부친의 사업에 온 힘을 기울여 천의를 따라야 하는 것입니까. 저는 단지 위임을 받은 것에 불과할 뿐입니다.”

우가 부친이 사업을 완수하지 못한 것에 상심해 장강을 따라 순류하여 내려간 뒤 다시 황하에서 역류하여 위로 올라갔다. 이어 제수를 건넌 뒤 회하를 자세히 살폈다. 이같이 노신초사(勞身焦思 : 몸과 마음을 다 기울임)하여 일을 수행했다. 7년 사이에 음악을 들은 적도 없고, 집 앞을 지나며 집에 들른 적도 없었다. 관(冠)이 나뭇가지에 걸려 벗겨졌는데도 이를 돌아보지 않고, 신발을 잃었는데도 이를 찾아 신지도 않은 채 오직 치수에만 매달렸다. 그러나 별다른 성과를 거두지 못했다. 우는 수연(愁然)히 깊은 생각에 빠진 채 성인들이 기록한 『황제중경력(黃帝中經歷)』을 열심히 탐독했다. 그 책에는 이같은 내용이 있었다.

“구의산(九疑山 : 호남성 영원현 남쪽) 동남쪽에 천주(天柱 : 절강성 내에 있는 천주산)가 있으니, 완위(宛委)라고 한다. 적제(赤帝 : 남방의 신)가 그 산의 궁궐에 산다. 그 산의 정상에 책이 한 권 있으니, 문옥(文玉 : 무늬 있는 보옥)으로 꾸며져 있고 반석(磐石 : 커다란 바위)으로 덮여 있다.

이 책은 금간(金簡 : 황금으로 만든 서찰)으로 구성되었다. 글자는 청옥(靑玉)으로 되어 있고, 금간은 백은(白銀)으로 묶여져 있다. 쓰여진 글자는 모두 금간 위에 볼록 튀어나오게 장식되어 있다."

이에 우는 곧 동쪽으로 가 형산(衡山 : 회계산)에 오른 뒤 백마의 피를 내어 제사를 지냈으나 찾고자 하는 신서(神書)를 얻지 못했다. 우는 이내 산의 정상에 올라가 하늘을 바라보며 크게 울부짖었다. 그러자 홀연히 잠이 든 사이에 꿈을 꾸게 되었는데, 꿈 속에서 붉은 색의 수를 놓은 옷을 입은 남자를 만나게 되었다. 그는 우에게 이같이 말했다.

"나는 현이창수(玄夷蒼水 : 산신의 이름)의 사자로 제요(帝堯)가 문명(文命 : 우의 이름)을 이곳으로 보냈다는 얘기를 듣고는 이곳에서 그대가 오기를 기다렸소. 지금은 그 신서를 볼 수 있는 때가 아니니 장차 그 시기를 그대에게 알려주도록 하겠소. 내가 우스갯소리로 말한 것으로 생각지 마오. 나는 줄곧 복부산(覆釜山 : 약칭 釜山으로 회계산 내의 솥을 엎어놓은 형상의 돌 이름)에 기대어 노래를 해왔소."

이어 동쪽으로 머리를 돌리고는 우에게 이같이 말했다.

"우리 산신의 신서를 얻고자 하면 반드시 황제암(黃

帝巖 : 회계산의 한 봉우리) 아래에서 재계(齋戒)하고, 3월 경자일(庚子日)에 다시 산 정상에 올라 돌을 치우도록 하오. 그러면 금간서가 바로 그곳에 있을 것이오."

우는 물러나와 재계한 뒤 3월 경자일에 산 정상에 올라가 금간서를 손에 넣었다. 금간서의 청옥으로 된 글자를 살펴보니 그곳에 물을 통하게 하는 원리가 적혀 있었다.

이에 우는 다시 형산으로 온 뒤 4재(四載 : 4가지 종류의 탈 것으로 육상의 수레와 물 위의 배, 진흙 위의 썰매, 산행시 사용하는 쇠가 달린 나막신)를 이용해 강물의 흐름을 두루 조사했다. 곽산(霍山 : 형산)에서 시작해 5악(五嶽 : 중앙의 嵩山, 동쪽의 泰山, 서쪽의 華山, 남쪽의 衡山, 북쪽의 恒山)을 모두 돌아다니며 머물렀다. 『시경』「소아 · 신남산(信南山)」에 다음과 같이 읊은 구절이 나온다.

저 남산(南山)까지 뻗어갈지라도   信(＝伸)彼南山
우가 일찍이 이를 다스렸다네   惟禹甸之

이에 우는 4독(四瀆 : 장강, 황하, 회수, 제수)이 바다로 유입되는 흐름을 조사한 뒤 백익(伯益 : 嬴氏의 조상) 및 기(夔 : 요순 때의 樂官)와 함께 치수를 위한 계책을 세웠다. 우는 명산대택(名山大澤)을 조사할 때마다 신령에게 제사를 올리고는 산천의 맥리(脈理)와 금옥(金玉)의 소재, 조수곤충(鳥獸昆蟲)의 종류, 여러 민족의 풍속, 서로 다른 나라 등이 보유하고 있는 땅의 크기와 거리 등을 조사한 뒤 백익으로 하여금 이를 자세히 나눠 기록케 했다. 이로 인해 나온 책의 이름이 바로 『산해경(山海經)』이다.

당시 우는 나이 30이 넘도록 부인을 얻지 못했다. 그가 도산(塗山 : 안휘성 회원현 동남쪽)을 순시할 때 부인을 얻는 시기가 너무 늦어 혼인제도를 훼손할까 두려워하여 이같이 변명했다.

"내가 처를 얻으려면 반드시 먼저 조짐이 있어야 한다."

이때 꼬리가 9개인 백호(白狐)가 우의 눈 앞에 보였다. 이에 우가 이같이 말했다.

"흰색은 나의 옷 색깔이다. 9개의 꼬리는 9주(九州)에서 칭왕한다는 증험(證驗)이다. 도산 땅에는 이같은 노래가 흘러다닌다. 이는 내가 처를 얻을 징조가 이미 분명해진 것이다."

홀로 가다가 백호를 만나니	綏綏白狐
9개의 꼬리가 정말 장대하네	九尾厖厖
우리집은 행복하고 즐거우니	我家嘉夷
오는 손님이 곧 군주라네	內賓爲王

집안을 이루고 처를 맞이하니	成家成室
내가 간 후 그가 흥성하네	我造彼昌
하늘과 사람 사이에	天人之際
이 말을 좇으면 곧 통창하네	于玆則行

우는 곧 도산의 여인을 부인으로 맞아들였다. 그녀의 이름은 여교(女嬌)라고 했다. 여교를 얻은 지 신(辛)·임(壬)·계(癸)·갑(甲)의 4일이 지나자 우는 다시 밖으로 순시를 나갔다. 10달이 지난 뒤 여교가 아들 계(啓)를 낳았다. 계는 태어난 이래 부친을 보지 못해 밤낮으로 고고 제읍(呱呱啼泣 : 앙앙거리며 우는 것을 의미)했다.

우가 밖으로 순시를 떠나면서 부하인 태장(大章)을 시켜 동쪽 끝에서 서쪽 끝까지, 수해(竪亥 : 『회남자』에 따르면 동서와 남북의 길이는 모두 2억 3만 3천5백 리 75보임)를 시켜 북쪽 끝에서 남쪽 끝까지 거리를 재게 했다. 8극(八極 : 사방 1천 리인 9주의 밖에 八殯, 사방 1천 리인 8인 밖에 八紘, 사방 1천 리인 8굉 밖에 사방 1천 리인 것이 팔극임)의 넓이까지 충분히 측량한 뒤 천문지리에 관한 각종 수치의 기준으로 삼았다.

우가 장강을 건너 강남으로 가 물길을 조사할 때 황룡(黃龍)이 등에 그의 배를 싣고 갔다. 배 안의 사람들이 크게 두려워하자 우가 아연(啞然 : 여기서는 입을 벌리고 허허 웃는 형상을 말함)히 웃으며 말했다.

"나는 하늘로부터 명을 받고 갈력(竭力)하여 만민을 위해 일하고 있소. 생(生)은 하나의 성(性 : 천성)이고, 사(死)는 하나의 명(命 : 명운)이오. 그대들은 어찌하여 이토록 두려워하는 것이오."

그러면서 그는 얼굴색 하나 변하지 않은 채 배 위의 사람들에게 이같이 말했다.

"이 황룡은 내가 사용토록 하늘이 내려준 것이오."

황룡이 꼬리를 끌며 배를 내려놓은 뒤 유유히 헤엄쳐 사라졌다.

우가 남쪽으로 가 창오산(蒼梧山 : 구의산)을 관할하는 관원을 만났을 때 포승에 묶여 있는 사람을 보게 되었다. 우가 그의 등을 어루만지며 울자 백익이 물었다.

"이 사람은 법을 범해 이같이 된 것입니다. 그런데 그를 위해 우는 것은 무슨 이유입니까."

"천하에 도가 행해지면 백성들이 죄에 걸리지 않고, 천하가 무도하면 선한 백성들까지 죄에 걸리는 것이오. 내가 듣건대 '한 남자가 경작을 하지 않으면 굶주리는 사람이 나오고, 한 여인이 양잠을 하지 않으면 얼어죽는 사람이 나온다'고 했소. 나는 군왕을 위해 수토(水土)를 다스리고, 백성의 안정된 생활을 추구하는 것은 그들이 각자 제자리를 찾게 하려는 것이오. 지금 저들이 이같이

법을 범하게 되었으니, 이는 내가 박덕하여 백성들을 감
화시키지 못했다는 증거인 것이오. 그래서 나는 저 사람
을 위해 비통해 하는 것이오.”

이후 우는 우내(寓內 : 사방의 영토)를 두루 돌아다녔
다. 동으로 절적(絶迹 : 전인미답의 땅)에 이르고, 서로 적
석산(積石山 : 소적석산으로 감숙성 임하현 서북쪽에 위치)까
지 가고, 남으로 적안(赤岸 : 강소성 육합현 동남쪽 40리)을
넘고, 북으로 한곡산(寒穀山 : 북경시 밀운현 서남쪽)을 넘
어갔다. 다시 올 때는 곤륜산(崑崙山 : 신강성과 티벳 사이
에 있는 황하의 발원지)을 돌고, 현호(玄扈 : 섬서성 낙남현 서
쪽)를 살피고, 땅의 형세를 자세히 짚어보고, 산 위에 있
는 돌 위에 각종 글을 새겨 넣었다.

우는 서쪽 변경에서 유사(流沙 : 서북쪽의 사막지역 일
대)를 제거하고, 북쪽 변경의 사막지대에서는 약수(弱水 :
기련산에서 발원하는 감숙성의 張掖河)를 소통케 했다. 청색
의 지하수와 붉은 색의 심연(深淵)이 나뉘어 동혈(洞穴)
로 들어간 뒤 강동(江東 : 여기서는 중국 북부를 흐르는 강하
의 동쪽을 의미)을 지나 갈석(碣石 : 하북성 창려현 서북쪽)에
이르고 합쳐 바다에 들어가게 했다.

또 혼연(溷淵 : 혼탁한 심연)에서 9하(九河 : 황하가 9 갈래
로 갈려 하나로 합쳐 바다로 들어간 데서 나온 것으로 산동성 평
원현과 천진시 일대)를 소통시키고, 동북쪽으로 5수(五水 :

전국시대 · 호랑이 문양의 창

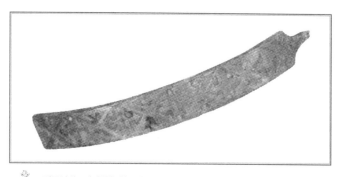

전국시대 · 터키석을 착금하여 넣은 허리띠 장식

착금(錯金)은 특수 공예의 일종으로, 금속이나 도자기 등의 표면에 여러 가지 무늬나 글자를 파서 금 · 은 · 적동 등을 넣어 채우는 상감법의 일종임-역주

장강 북안의 5개 지류)를 개통시켰다. 용문산(龍門山 : 섬서
성 한성현과 산서성 하진현 사이)을 굴착하고, 이궐산(伊闕
山 : 伊水가 흐르는 낙양시 서남쪽 일대)을 열었다. 땅을 고
르게 하고 토질을 세밀히 관찰한 뒤 지형을 기준으로 각
지역을 구분했다. 이어 지역의 특성에 따라 공물(貢物)을
구분한 뒤 이를 모두 조정에 공납케 했다. 이에 백성들이
모두 기구(崎嶇 : 험난한 지역)를 떠나 중국에 귀부했다.

　　그러자 요가 이같이 말했다.

　　"이제 됐소. 끝내 중국을 이토록 견고하게 만들었소."

　　이에 그에게 호(號 : 이름의 존칭)를 내려 우(禹)라 하고
백우(伯禹)로 칭했다. 관직으로는 사공(司空)을 내리고,
성씨로는 사씨(姒詩)를 내렸다. 이에 우는 주백(州伯)들
을 이끌고 전국 12부(十二部 : 9주를 다시 세분한 12주를 의
미)를 순행케 되었다.

　　요가 붕어하자 우는 3년상을 행했다. 그는 마치 부모
의 상을 만난 것처럼 밤낮으로 통곡하여 목소리조차 나
오지 않을 정도였다.

　　요가 보위를 순에게 넘긴 후 순은 대우(大禹)를 천거
해 사도(司徒)의 직책을 맡게 했다. 이에 안으로는 조정
에서 순을 도와 정무를 처리하고, 밖으로는 각 지역을 돌
아다니며 9주 주백들의 정무처리를 살폈다.

　　순이 죽게 되어 보위를 넘기게 되었을 때 우에게 뒤

를 잇도록 명했다. 우는 3년상을 치르면서 형체가 고고 (枯槁 : 초췌함)해지고, 얼굴은 검고 눈은 퀭하니 들어가게 되었다. 이에 우는 보위를 순의 아들 상균(商均)에게 양보하고는 몸을 피해 양산(陽山 : 하남성 등봉현 북쪽)의 남쪽과 음아(陰阿 : '아'는 커다란 구릉을 의미)의 북쪽으로 들어가 거주했다. 그러자 백성들이 상균에게 귀부하지 않고 모두 우가 있는 곳으로 왔다. 그 모습이 마치 경조양천(驚鳥揚天 : 놀란 새들이 일시에 하늘로 올라감)하고 해어입연(駭魚入淵 : 놀란 물고기가 일시에 못 속으로 숨음)하듯 했다. 백성들이 낮에는 노래하고 밤에는 음송(吟誦)하며, 높은 곳에 올라가 큰 소리로 이같이 말했다.

"우가 우리를 버리니, 우리가 추대코자 하는 사람을 어찌해야 추대할 수 있는가."

우가 3년상을 마친 뒤 백성들이 자신을 추대하려는 생각을 버리지 않자 이를 애련하게 생각해 마침내 보위에 올랐다.

우가 재위 3년째에 공적을 평가하여 무능한 자는 내쫓고 명석한 자는 승진시켰다. 이에 재위 5년 만에 정국이 안정되었다. 우가 천하를 두루 편력한 후 다시 대월(大越)로 돌아와 모산(茅山 : 회계산)에 오르면서 사방의 군신들을 시켜 조현케 하고, 중국의 제후들로 하여금 와서 회동케 했다. 방풍(防風 : 절강성 덕청현 일대에 있던 汪

^끈 부족의 족장)이 늦게 도착하자 곧 그를 죽여 여러 사람들에게 두루 보인 뒤 천하가 이미 모두 우에게 귀속했음을 드러냈다.

이어 치국지도(治國之道)를 크게 회계(會計 : 종합평가함)하여, 대내적으로 부산(釜山 : 복부산)의 산신령이 자신에게 신서를 주어 천하의 각 지역을 안정시킨 공적을 찬미하고, 대외적으로 성명한 도덕으로 천심에 응한 것을 널리 드러냈다. 이에 모산을 회계산(會稽山)으로 개칭했다. 그리고는 국가의 정령을 반포하고, 백성들을 휴양(休養)케 한 후 국호를 하후(夏后)라 했다. 공을 세운 사람에게는 땅을 분봉하고, 덕이 있는 자에게는 작위를 수여했다. 악행을 저지른 자는 아무리 경미할지라도 처벌을 받지 않는 자가 없었고, 공을 세운 자는 아무리 작은 공을 세웠을지라도 상을 받지 않는 자가 없었다. 천하인이 옹옹(喁喁 : 물고기가 수면 위로 올라와 뻐끔대는 모습으로 사람들이 경모하여 귀부하는 것을 상징)하자 마치 어린애가 어미를 생각하고 자식이 부모를 찾아오듯이 사람들이 모두 월 땅으로 모여들었다.

그러나 우는 군신들이 귀순치 않는 것을 보고 이같이 선언했다.

"내가 듣건대 '열매를 먹는 자는 그 가지를 손상치 않고, 물을 마시는 자는 그 원류를 오탁(汚濁)케 하지 않는다'고 했다. 나는 부산의 신서를 얻어 비로소 천하의 재난을 제거하고, 백성들로 하여금 향리로 돌아갈 수 있게 만들었다. 그 은덕의 창창(彰彰 : 빛남)함이 이와 같은데 어찌 가히 잊을 수 있겠는가."

이에 곧 납언청간(納言聽諫 : 건의를 접수하고 간언을 들음)하고, 백성들을 안정시키며 궁실을 조성하고, 산을 따라 나무를 베어 성읍을 보수하고, 나무 위에 기호를 그려 성읍 출입시의 신표(信標)로 삼고, 가로막는 횡목을 설치해 성문으로 삼았다. 또한 권형(權衡 : 저울 등의 도량형기)을 조정해 두(斗) · 곡(斛) 등의 용기를 바르게 하고, 우물을 파 백성들에게 보였다. 이같은 것들로 백성들이 준수해야 하는 법도로 만들었다. 이에 봉황이 나무 위로 날아와 가지 위에서 서식하고, 난조(鸞鳥 : 울면 5음이 난다는 神鳥)가 그 옆에 둥지를 틀고, 기린이 뜰에서 노닐고, 백조(百鳥 : 뭇새)가 늪지로 날라와 경작했다.

마침내 잠깐 사이에 우가 기애(耈艾 : 노년으로 '기'는 60세, '애'는 50세)의 노인이 되어 이내 죽게 되었다. 이에 이같이 탄식했다.

"나는 이미 만년(晩年)에 이르러 수명이 곧 끝나려 한다. 장차 여기서 죽을 것이다."

그는 또 군신들에게 이같이 당부했다.

"내가 죽은 뒤 나의 시신을 회계산에 묻어주기 바라

오. 갈대로 만든 곽(槨)과 오동나무로 만든 관(棺)을 쓰기 바라오. 묘는 7척 깊이로 파 아래로 지하수에 이르는 일이 없도록 하오. 묘의 높이는 3척으로 하고, 흙계단은 3계단으로 하오. 장사를 지낸 후에는 경작단위인 무(畝)를 고치지 마오. 또 죽은 자를 안락케 하기 위해 이곳을 경작하는 사람을 고통스럽게 만드는 일이 없도록 하오."

우가 죽은 후 여러 상서로운 조짐들이 모두 사라졌다. 하늘이 우의 덕행을 찬미하고, 그의 공적을 위로키 위해 백조(百鳥 : 춘추로 새들이 잡초의 뿌리 등을 쪼는 것을 의미)를 시켜 백성들의 땅을 경작케 했다. 이들 새들의 크기는 일정한 차별이 있어 진퇴할 때에도 일정한 행렬을 이뤘다. 모든 사물이 일성일쇠(一盛一衰 : 한번 흥했다가 한번 쇠함)하는 법이니, 왕래(往來 : 생사)에는 상규(常規 : 일정한 규칙)가 있는 것이다.

우는 죽으면서 보위를 백익에게 물려주었다. 백익은 3년상을 치르면서 우를 추모하는 얘기를 하지 않은 적이 없었다. 3년상이 끝난 뒤 백익은 기산(箕山 : 하남성 등봉현 동남쪽)의 남쪽으로 들어가 우의 아들 계(啓)를 피했다. 제후들이 백익이 있는 곳으로 가지 않고 계가 있는 곳으로 가 조배(朝拜)하며 이같이 말했다.

"우리의 군주는 제우(帝禹)의 아들이다."

계가 천자의 자리에 오른 후 하왕조를 다스렸다. 그

는 『서경』「우공(禹貢)」에 정해진 계책을 좇아 9주의 땅을 개간하여 5곡을 심었다. 이같은 일을 해마다 쉬지 않고 했다. 계가 사자를 보내 세시춘추(歲時春秋 : '세시'는 1년 중에 있는 제사의 節日, '춘추'는 계절을 의미)를 좇아 월 땅으로 가 우를 제사지냈다. 이어 남산(南山 : 남면하고 있는 회계산)에 종묘(宗廟 : 선왕을 모신 사당으로 여기서는 우를 제사지내는 사당)를 지었다.

하우(夏禹) 이후 6대는 곧 소강(少康 : 夏禹-啓-太康-中康-相-少康)이었다. 소강은 하우에 대한 제사가 끊어질까 걱정했다. 이에 자신의 서자를 월나라에 봉하고 이름을 무여(無餘)라 했다. 무여가 처음으로 월 땅에 봉해졌을 때 백성들은 모두 산 위에서 거주했다. 비록 백조(百鳥)들이 경작하는 유리한 조건이기는 했으나 조공(租貢 : 賦稅로 하왕조의 조세는 '貢'이라 칭했음)은 겨우 제사비용을 충당하는 수준에 불과했다. 이에 무여는 백성들로 하여금 능륙(陵陸 : 산릉과 육지)을 따라 경작하거나, 수록(獸鹿 : 금수와 사슴)을 잡아 식용으로 삼도록 했다. 무여는 질박하여 궁실에 장식을 가하지 않고, 백성들과 같은 건물에 거주하며 춘추로 절일(節日)을 좇아 회계산 위의 하우 묘에서 제사를 올렸다.

무여로부터 10여 대가 흐르자 후대의 군주는 능력이 미열(微劣 : 미약)해 자립하지 못했다. 이에 중서(衆庶 : 일

반 백성)를 좇아 편호지민(編戶之民 : 일반백성의 호적부에
오른 평민)이 되었다. 이로써 하우에 대한 제사가 끊어지
고 말았다. 이로부터 10여 년이 흐른 뒤 출생 즉시 이같
이 말하는 사람이 태어났다.

"새는 연첩연첩(嚦喋嚦喋 : 재잘재잘거림)하며 운다."

그리고는 손으로 하늘을 가리키며 하우의 묘가 있는
쪽을 향해 이같이 말했다.

"나는 무여군(無餘君)의 후예이다. 나는 장차 선군의
제사를 정비하고 하우 묘에 대한 제사를 회복할 것이다.
또한 백성들을 위해 하늘에 복을 구하고 귀신과 통하는
길을 열 것이다."

많은 사람들이 크게 기뻐하며 그가 하우에 대한 제사
를 지낼 수 있도록 도와주었다. 이에 1년 사계의 절일에
따라 공물을 바치면서 일치하여 그를 월나라 군주의 후
손으로 받들었다. 그가 하우에 대한 제사를 회복하자 뭇
새들을 안정시켜 경작케 하는 길조가 나타났다. 이에 백
성들을 위해 하늘을 향해 백성들의 생명을 보호해달라
고 기원했다. 이후 월나라는 점차 군신지의(君臣之義)가
확립되기 시작했다. 그는 무임(無壬)이라고 칭했다.

무임이 무역(無譯)을 낳았다. 무역은 전심으로 나라
를 지키며 하늘이 부여한 수명을 잃지 않았다. 무역이 죽
자 부담(夫譚)이 뒤를 이었다. 부담은 원상(元常 :『사기』의

允常)을 낳았다. 원상이 월나라 군주가 되었을 때 오나라
에서는 수몽과 제번, 합려 등이 재위했다. 월나라가 흥기
하여 칭패케 된 것은 원상으로부터 시작되었다.

7. 구천입신외전 句踐入臣外傳

　　구천 5년(기원전 492) 5월, 월왕 구천이 장차 대부 문종
및 범리와 함께 오나라로 가 노복(奴僕)이 될 상황에 처하
게 되었다. 대신들이 모두 절강(浙江 : 상류는 新安江과 蘭
溪이나 동북쪽으로 합류하면서 桐江, 富春江, 錢塘江 등으로
불림)의 강변까지 배웅을 나갔다. 강에 이르러 조도(祖道 :
출행전에 路神에게 비는 제사)를 올릴 때 군사들은 고릉(固
陵 : 범리가 군사훈련을 한 곳으로 절강성 소산현 서쪽에 위치)
에 진을 펼쳤다. 이때 대부 문종이 앞으로 나와 월왕 구
천을 위해 다음과 같이 축원했다.

황천(皇天)이 보우하니	皇天佑助
앞서 빠졌다가 후에 올라오네	前沈後揚
재해는 복의 근원이니	禍爲德根
우환은 행복의 집이라네	憂爲福堂
사람을 위협하는 자 망하고	威人者滅
복종하는 사람은 흥하네	服從者昌
대왕은 비록 강제로 끌려가나	王雖牽致
이후에는 재앙이 없을 것이네	其後無殃
군신이 서로 생이별하니	君臣生離
황천마저 깊이 감동하네	感動上皇
수많은 사람이 비통해하니	衆夫哀悲
감상에 잠기지 않는 자 없네	莫不感傷
신하들이 육포를 올리고자 하니	臣請薦脯
좇아가며 술 두 잔을 권하네	行酒二觴

월왕이 머리를 들어 하늘을 바라보며 장탄식을 한 뒤 잔을 들고는 눈물을 흘렸다. 그리고는 묵연히 한 마디도 하지 않았다. 이에 대부 문종이 앞으로 나서 이같이 축원했다.

대왕이 누리는 복과 수명은	大王德壽
끝이 없을 정도로 무한하네	無彊無極
천지가 홍복을 내리니	乾坤受靈

신령들이 보익(輔翼)하네	神祇輔翼
우리 대왕 덕행이 두터우니	我王厚之
하늘의 복이 늘 옆에 있네	祉佑在側
덕행은 모든 재앙 물리치니	德銷百殃
이익으로 그 복을 받네	利受其福
전에 저 오나라 궁정에 갔지만	去彼吳庭
이내 다시 월나라로 돌아오네	來歸越國
축배 한잔은 이미 했으니	觴酒旣升
이제 만세를 외치고자 하네	請稱萬歲

그러자 월왕이 이같이 말했다.

"고(孤)는 선왕의 여덕(餘德)에 힘입어 변강(邊疆)에서 나라를 수호했소. 다행히 대부들의 책략으로 간신히 선왕의 분묘를 지키게 되었소. 지금 치욕을 당하여 천하의 웃음거리가 되었으니, 이는 고의 죄요 아니면 대부들의 책임이오. 나는 그 책임을 누구에게 물어야 할지 모르겠으니 원컨대 그대들이 한번 이를 논의해 주기 바라오."

이에 대부 부동(扶同 : 『사기』의 逄同)이 말했다.

"군주는 어찌하여 말씀하는 것이 이토록 비루한 것입니까. 전에 상탕(商湯)이 하대(夏臺 : 하나라의 감옥 이름)에 수금되었을 때 이윤(伊尹)은 상탕의 신변을 떠나지 않았습니다. 또 주문왕이 석실(石室 : 하남성 탕음현 북쪽의 羑里)에 갇혀 있을 때 태공(太公 : 태공망 呂尙)은 그의 나

라를 버리지 않았습니다. 흥쇠재천(興衰在天 : 흥하고 쇠
하는 것은 하늘에 달려 있음)이고, 존망계어인(存亡系於人 :
존망은 사람과 관련이 있음)입니다. 상탕은 자신의 의표(儀
表 : 위엄 있는 모습)를 버리고 하걸(夏桀)에게 은근한 모습
을 보였고, 주문왕은 머리를 숙이고 명을 좇아 상주(商
紂)의 총애를 입었습니다. 하걸과 상주는 폭력에 의지해
두 성인인 상탕과 주문왕을 학대했습니다. 그러나 상탕
과 주문왕은 오히려 몸을 숙여 천도를 얻게 된 것입니다.
그래서 상탕은 곤액(困厄)에 처했어도 스스로 상심치 않
고, 주문왕도 궁박한 상황을 치욕으로 여기지 않은 것입
니다. 대왕은 어찌하여 굳이 이를 수치로 여기는 것입니
까.”

그러자 월왕이 말했다.

“전에 요(堯)가 순(舜)과 우(禹)를 임용하자 천하가 잘
다스려졌소. 비록 홍수의 위협이 있었으나 사람들에게
재난이 되지는 않았소. 변이(變異 : 혜성 및 지진 등과 같은
자연계의 이상현상)가 백성에게조차 한번도 일어나지 않
았으니, 하물며 군주야 더 이상 말할 필요가 있었겠소.”

이에 대부 고성(苦成)이 말했다.

“사실 대왕이 말한 것과는 다릅니다. 하늘에는 역수
(歷數 : 사람의 명운을 지배하는 하늘의 뜻)가 있고, 덕행에는
후박(厚薄)이 있습니다. 황제(黃帝)는 천자의 자리를 선양

진 · 청동창

낭야대 각석문(刻石文)

진 · 대철권(大鐵權)

중앙 부분에 진시황 26년에 도량형을 통일한다는 40글자의 조칙서가 상감되어 있다. 대철권의 형태와 조칙문이 새겨진 형태로 볼 때 진시황 26년에 주조된 것으로 보인다. 현재에 알려진 진의 권(權) 중에서 가장 귀중한 것의 하나다.

치 않았으나 요는 이를 순에게 전했습니다. 3왕(三王 : 3
명의 개국조로 夏禹와 商湯, 周文王 및 周武王)은 모두 신하
로서 시군(弑君 : 하우는 순을 추방했다는 설이 있고, 상탕은
하걸을 죽이고 주무왕은 은주를 죽여 그 수급을 깃발에 꽂았음)
한 자들입니다. 5패(五覇 : 제환공과 진문공, 진목공, 송양공,
초장왕)는 자식으로서 시부(弑父 : 5패가 부친을 죽였다는
것은 역사적 사실과 동떨어진 과장법임)한 자들입니다. 덕행
에는 광협(廣狹)이 있고, 기질에는 고하(高下)가 있습니
다. 지금의 세태는 마치 사람들이 시장에 나와 물건을 늘
어놓고 사기를 치거나, 가슴에 여러 계책을 품고 적을 대
하는 것과 닮아 있습니다. 불행히 곤경에 처하게 될 경우
벗어나기만 하면 되는 것입니다. 대왕은 바로 이 점을 보
지 못하고 오히려 가슴에 희노(喜怒)의 감정을 담고 있습
니다."

그러자 월왕이 말했다.

"임인자(任人者 : 다른 사람을 임용하는 사람)는 자신을
치욕스럽게 만드는 법이 없고, 자용자(自用者 : 강곽하게
스스로 하는 사람)는 자신의 나라를 조석간에 위태롭게 만
드는 법이오. 대부들은 모두 미리 미연지단(未然之端 : 아
직 일어나지 않은 일의 단서)을 모획하여 경적파수(傾敵
破讎 : 적을 뒤엎고 원수를 깨뜨림)를 생각하며 앉아서 태산
과 같은 복을 얻으려 하고 있소. 지금 과인의 몸은 곤경

에 빠져 이같은 상황에 처해 있는데도 그대들은 상탕과 주문왕이 곤액에 처한 이후에 칭패한 얘기를 하고 있으니, 어쩌면 이토록 예의에 어긋난 얘기를 할 수 있단 말이오. 군자는 수명이 유한하기에 촌음(寸陰)을 다투며 주옥(珠玉 : 몸 밖에 있는 물건을 상징)을 버리는 법이오. 지금 과인은 오직 능히 군려지우(軍旅之憂 : 전쟁으로 인한 우환)에서 벗어나기를 바랄 뿐이오. 그럼에도 오히려 적의 포로가 된 채 노복이 되고, 처자는 비녀(婢女)가 되고, 가서는 돌아올 길이 없고, 적국에서 객사(客死)할 운명에 처해 있소. 만일 인간의 혼백에 지각이 있다면 오직 선왕에게 부끄러울 뿐이오. 설령 혼백에 지각이 없을지라도 체골(體骨 : 해골)이 들에 내버려져질 것이오. 어찌하여 대부들의 얘기는 과인의 생각과 이토록 다른 것이오."

이때 대부 문종과 범리가 나서 이같이 말했다.

"저희들이 듣건대 고인이 말하기를, '만일 곤액에 처한 적이 없으면 뜻이 원대치 못하고, 우수(憂愁)에 빠진 적이 없으면 생각이 깊지 못하다'고 했다 합니다. 성왕과 현주(賢主)는 모두 곤액의 어려움을 겪었고, 용서할 수 없는 치욕을 당했습니다. 몸이 수금되어 명망이 더욱 높아지고, 몸이 굴욕을 당하여 명성이 더욱 빛나게 되었습니다. 낮은 곳에 처했을지라도 이를 꺼려하지 않고, 위기에 처했을지라도 이를 각박하게 생각지 않았습니다. 5

제(五帝)는 덕행이 심후하여 곤액으로 인한 여한이 없었고, 오직 홍수로 인한 우환만이 있었습니다. 주문왕은 능멸과 곤액의 굴욕을 당하고도 이감(移監)되는 여러 감옥으로부터 빠져나갈 길이 없었습니다. 이에 통곡하며 수원(受冤 : 억울함을 당함)하여 행곡(行哭 : 길을 걸으며 울음)한 채로 노비가 되었습니다. 이때 주문왕이 『역(易 : 고대의 易에는 '周易'뿐만 아니라 '歸葬'과 '連山' 등의 3가지가 있었음)』을 토대로 하여 64괘(卦)를 만들자 하늘이 그를 도왔습니다. 일정한 기한이 지나자 '비(否 : 폐색을 상징)'가 극에 달해 '태(泰 : 통달을 상징)'로 변했습니다. 이에 제후들이 모두 달려와 주문왕을 구해냈습니다. 이는 주문왕의 명운이 길조를 드러낸 데 따른 것입니다. 태공과 산의생(散宜生)은 은주(殷紂)에게 주렵현호(朱鬣玄狐 : 여기서는 붉은 갈기의 말과 검은 색의 여우 가죽을 의미)를 바치고 마치 처가 남편을 섬기듯 받들어 마침내 주문왕을 감옥으로부터 구해냈습니다. 이어 주문왕이 봉국으로 돌아오자 곧 덕정을 베푼 뒤 끝내 군사를 일으켜 자신의 원수를 토벌케 되었습니다. 천하를 탈취하여 다스리는 것은 손등을 뒤엎는 것과 같이 쉬운 일이었습니다. 천하인은 모두 그를 받들었고, 그의 공덕은 천추만대에 길이 전해지게 되었습니다. 대왕이 지금 억울한 일을 당해 곤경에 처해 있으나 저희 신하들이 모든 지혜를 동원해 확실

한 계책을 짜낼 것입니다. 무릇 뼈를 단번에 자르는 보검도 삭탈(削剟 : 깎음)의 날카로움이 없고, 철갑을 뚫는 창도 분발(分髮 : 머리털을 쪼갬)에는 불리합니다. 아무리 좋은 계책을 내는 모사일지라도 폭흥지설(暴興之說 : 단번에 흥하는 건의)을 낼 수는 없는 것입니다. 지금 천문기상을 관찰하고 지리에 관한 전적을 살펴보니 천지에 있는 2종의 원기(元氣)가 동시에 일어나기는 했으나 그 존망은 각각 다른 곳에서 이뤄지게 됩니다. 저들이 흥성하면 우리는 굴욕을 당하고, 우리가 칭패하면 저들은 곧 멸망하게 됩니다. 오·월 두 나라가 천도를 놓고 다투고 있으나 지금으로서는 하늘이 어느 쪽을 지지하는지 알 길이 없습니다. 대왕의 위난 역시 하늘이 정해놓은 것인지 모릅니다. 그런데도 하필 스스로 상심할 이유가 있겠습니까. 무릇 대길(大吉)은 흉지문(凶之門 : 흉액의 발원지)이고, 대복(大福)은 화지근(禍之根 : 화난의 근본)인 것입니다. 지금 대왕이 비록 곤액의 지경에 처해 있을지라도 그 누가 이것이 바로 창달(暢達)의 조짐인 것을 알 리 있겠습니까."

그러자 대부 계연(計硏 : 『사기』의 計然)이 이같이 말했다.

"지금 군왕은 회계산에서 나라를 세웠으나 달리 방법이 없어 오나라로 가게 되었습니다. 나오는 언사는 모두 비통하기 그지없으니, 군신들이 모두 이로 인해 통곡하고 있습니다. 설령 한려지심(狠戾之心 : 잔폭하고 비뚤어진 마음)을 지닌 사람일지라도 감동받지 않을 자가 없을 것입니다. 대왕은 어찌하여 만사화설(謾辭譁說 : 허황된 얘기)로 자신과 남을 속이려는 것입니까. 신은 실로 감히 그같이 하지는 않을 것입니다."

이에 월왕이 이같이 응답했다.

"과인이 장차 오나라로 들어가야 하니 국가대사 문제로 여러 대부들을 번잡하게 만들게 되었소. 원컨대 각자 자신이 처한 상황을 얘기해 주기 바라오. 과인이 장차 각자 처한 상황에 의거해 국사를 맡기도록 하겠소."

그러자 대부 고여(皐如)가 말했다.

"신이 듣건대 대부 문종은 충성스러운 데다가 모획에 밝고, 백성들이 그의 지략을 믿고 있고, 현사들은 그의 지휘를 받게 되는 것을 크게 기뻐한다고 합니다. 지금 나라를 문종 한 사람에게 맡기면 능히 나라를 보전할 수 있을 것입니다. 그런데도 대왕은 어찌하여 마음이 내킨다고 하여 군신들에게 국사를 맡기려 하는 것입니까."

이에 대부 예용(曳庸)이 말했다.

"대부 문종은 나라의 동량(棟梁)이고, 군주의 조아(爪牙 : 수족과 같은 존재)입니다. 무릇 천리마는 다른 말과 함께 달릴 수는 없는 법이고, 일월은 동시에 천하를 비출 수는 없는 것입니다. 군왕이 나라를 문종에게 맡기면 만강천기(萬綱千紀 : 나라의 모든 정령과 법도)가 실시되지 않는 적이 없을 것입니다."

그러자 월왕이 말했다.

"이 나라는 선왕의 나라요. 그러나 나는 역약세열(力弱勢劣 : 힘이 약하고 세가 부족함)하여 사직을 지키지 못하고, 종묘에 제사를 올리지 못하게 되었소. 내가 듣건대 '아비가 죽으면 자식이 뒤를 잇고, 군주가 밖으로 나가면 신하가 서로 단합한다'고 했소. 현재의 사정은 내가 여러 대부를 버리고 밖으로 나가 오나라의 노복이 되고, 국가와 백성을 모두 여러 대부들에게 맡긴 것이라 할 수 있소. 이는 나로 인한 것이기는 하나 그대들이 우려하는 바이기도 하오. 군신지간에는 나라를 잘 다스려야 하는 공동의 원칙이 있고, 부자지간에는 서로 공통된 기질이 있소. 이는 일종의 천성으로 자연스런 것이기도 하오. 그러니 어찌 군주가 국내에 있다고 하여 진충(盡忠)하고, 밖에 있다고 하여 성실치 않을 수 있겠소. 여러 대부들은 어찌하여 대책을 논의하면서 일합일리(一合一離 : 한번은 의견의 일치를 보고 한번은 의견이 갈림)하여 나로 하여금 갈피를 못잡게 만드는 것이오. 무릇 국정을 위임하고, 현인을 임용하고, 공을 평가하여 축적하는 것은 군주가 할 일이오. 교령(教令)을 봉행하고, 원칙을 좇아 직무를 다하는 것은 신하가 할 일이오. 그러나 나는 여러 대부들이 자신의 능력이 미치는 한도 내에서 오직 입으로만 '위질(委質 : 예를 갖춰 죽을 때까지 신하가 될 것을 다짐함)한다'고 하는 것을 보고 있소. 아, 참으로 슬플 뿐이오."

이에 계연이 말했다.

"군왕이 말하는 것은 틀림없이 정리(情理)에 맞는 일입니다. 옛날 상탕(商湯)이 하왕실로 가면서 나라를 대신인 문사(文祀)에게 맡겼습니다. 서백(西伯) 창(昌 : 주문왕)은 은왕실로 가면서 나라를 2로(二老 : 散宜生과 閎夭, 또는 강태공과 산의생)에게 맡겼습니다. 지금 이미 여름입니다. 군왕은 오나라로 가야 하는데도 마음은 곧 돌아올 생각뿐입니다. 무릇 시장에 가는 여인은 자식에게 집안을 깔끔히 청소토록 지시하고, 밖으로 나가는 군주는 신하에게 나라를 잘 지키도록 명하는 법입니다. 자식은 응당 집안 일에 관해 자문을 구해야 하고, 신하는 응당 자신의 능력껏 계책을 내야 합니다. 지금 군왕은 각 대부들의 뜻을 알기 위해 각자 자신의 상황을 얘기하고, 자신의 재능을 드러내고, 함께 모여 논의토록 하는 것도 가할 것입니다."

그러자 월왕이 이같이 말했다.

"대부의 말이 옳소. 내가 오나라로 떠나기 전에 여러 대부들의 풍도를 한번 알고 싶소."

이에 대부 문종이 말했다.

"안으로 변경을 지키는 병역을 정비하고, 밖으로 경전(耕戰 : 농사지으며 싸움)을 준비토록 하겠습니다. 황무지를 그대로 버려두지 않고, 백성들이 군주에게 친부(親附)토록 만들겠습니다. 이는 신이 능히 할 수 있는 것입니다."

이어 대부 범리가 말했다.

"위기에 처한 군주를 보좌하고, 위망에 처한 나라를 구하겠습니다. 굴액지난(屈厄之難 : 굴욕과 곤액의 재난)을 수치로 여기지 않고, 피욕지지(被辱之地 : 모욕을 받는 처지)를 마음 편히 견디고, 오나라로 가면 반드시 귀국할 수 있는 계책을 마련하고, 군주와 함께 이 굴욕을 설욕토록 하겠습니다. 이는 신이 능히 할 수 있는 것입니다."

대부 고성이 말했다.

"군주의 명을 발포하고, 군주의 덕행을 널리 드러내고, 군주가 궁지에 몰렸을 때 군주와 함께 곤액을 함께 견디고, 군주가 나아갈 때 함께 일어나 패업을 성취하고, 번잡한 정무를 하나로 묶어 어지러움을 다스리고, 백성들로 하여금 자신의 직분을 익히 알도록 만들겠습니다. 이는 신이 능히 할 수 있는 것입니다."

대부 예용이 말했다.

"명을 받들어 사자로 나아가고, 제후들과 결교(結交)

하여 화친을 이루고, 군주의 명을 통지하여 군주의 뜻을 널리 전달하고, 제후국들을 오가며 예물을 전달하고, 우환을 없애 군주로 하여금 의심하는 일이 없게 만들고, 출국하면 군명을 잊지 않고 귀국하면 죄를 범하지 않겠습니다. 이는 신이 능히 할 수 있는 것입니다."

이때 대부 호(皓)가 앞으로 나서 말했다.

"마음과 뜻을 하나로 하여 위로는 군주와 일치토록 하고, 아래로는 법령을 어기지 않아 행동이 모두 군주의 명을 의거토록 하겠습니다. 덕행을 닦으며 의를 행하고, 신뢰를 굳건히 하며 옛 전통을 온전히 하고, 시시비비를 가려 의심나는 일을 결단케 하고, 군주가 잘못하면 곧바로 권간하고, 정직한 태도로 임해 불요불굴(不撓不屈)하고, 잘못된 일을 찾아내 공정하게 처리하겠습니다. 친척을 편들지 않고, 사람을 대하며 사정(私情)에 끌리지 않고, 몸을 내던져 군주를 위해 헌신하며 처음부터 끝까지 오직 한마음으로 일관하겠습니다. 이는 신이 능히 할 수 있는 것입니다."

이어 대부 제계영(諸稽郢 : 성은 제계, 이름은 영)이 말했다.

"적의 동태를 살펴 진세(陣勢)를 펼치고, 예리한 화살을 날리며 창칼을 휘두르고, 적의 가슴과 배를 밟고 시체를 넘나들며, 적이 흘린 피로 내를 이루게 하고, 앞으로

전진하며 결코 후퇴치 않아 양 군사가 서로 대적케 만들
겠습니다. 적국으로 진공하여 적군을 깨뜨리고, 위세로
써 인국(鄰國)을 제압토록 하겠습니다. 이는 신이 능히
할 수 있는 것입니다."

대부 고여(皐如)가 말했다.

"덕을 닦고 은혜를 베풀며 백성들을 위로하겠습니다.
직접 고난받는 곳으로 가 몸으로 부딪치며 일을 하도록
하겠습니다. 죽은 자를 애도하며 병든 자를 위문하여 온
힘을 다해 민명(民命 : 민생)을 돌보도록 하겠습니다. 묵
은 곡식을 쌓아두며 새 곡식을 비축하고, 밥을 먹을 때
두 가지 반찬을 먹지 않겠습니다. 나라가 부유하고 백성
들이 풍족하도록 만들고, 군주를 위해 인재를 양성토록
하겠습니다. 이는 신이 능히 할 수 있는 것입니다."

대부 계연이 말했다.

"천문을 살피며 지리를 관찰하고, 역법을 추산하여
음양의 변화를 짐작하고, 변이(變異)를 관찰하며 재해를
예측하여 길흉의 조짐을 분별토록 하겠습니다. 일월(日
月)에 기이한 색깔이 나타나는지 여부와 오성(五星)의 운
행에 차질이 있는지 여부를 살피도록 하겠습니다. 복기
(福氣)가 나타나면 길상(吉祥)을 읽을 수 있고, 요기(妖氣)
가 나타나면 흉상(凶喪)을 읽을 수 있습니다. 이는 신이
능히 할 수 있는 것입니다."

그러자 월왕이 말했다.

"내가 비록 북쪽 오나라로 가 오왕의 수중에서 궁로 (窮虜 : 도망갈 길이 없는 포로)가 될 것이나, 여러 대부들이 가슴에 덕을 품고 여러 수단을 통해 각자의 직분을 지키 며 사직을 보호할 것이니 심려할 일이 무엇이 있겠소."

그리고는 드디어 절강(浙江)의 강변에서 군신들과 작 별하자 군신들이 모두 눈물을 흘리며 비통해했다. 이에 월왕이 하늘을 쳐다보며 이같이 탄식했다.

"죽는 것은 사람이 두려워하는 바다. 그러나 나는 장 차 죽으리라는 얘기를 들을지라도 내심 조금도 출척(怵 惕 : 두려워함)치 않으리라."

월왕은 곧 배에 올라 곧바로 떠나면서 시종 한번도 고개를 돌리지 않았다.

이때 월왕의 부인은 뱃전에 기대어 울다가 고개를 돌 리던 중 까마귀가 강저(江渚 : 강의 한가운데에 있는 모래섬) 의 흰 새우를 쪼아 먹고 있는 것을 보게 되었다. 까마귀 는 잠시 날아갔다가 또 다시 날아와 흰 새우를 잡아 먹었 다. 월왕의 부인이 이 정경을 보고 울면서 다음과 같이 읊었다.

고개를 들어 나는 새를 보니 까마귀와 솔개라네 仰飛鳥兮烏鳶

높이 창공을 날아다니니 경쾌히 선회하네 凌玄虛號翩翩

강저(江渚)에 머무니 참으로 유유자적하네	集洲渚兮優恣
새우를 쪼아먹고 날개 펴니 구름을 뚫고 치솟네	啄蝦矯翮兮雲間
마음대로 …하니 이리저리 오가네	任厥ㅁㅁ兮往還
천첩은 죄가 없으니 땅을 책망치는 않네	妾無罪兮負地
무슨 죄란 말인가 하늘에 폄적(貶謫)을 당하네	有何辜兮譴天
마구 내달리며 고독하니 서쪽으로 말을 모네	飄飄獨兮西往
누가 귀국하리라는 것을 아는가 어느 해일까	孰知返兮何年
마음이 처참하니 칼로 베어낸 듯하네	心惙惙兮若割
눈물이 흘러내리니 두 눈에 이슬처럼 걸려 있네	淚泫泫兮雙懸

그리고는 다시 이같이 애음(哀吟 : 애통하게 읊음)했다.

저 비상하는 새야 까마귀와 솔개라네	彼飛鳥兮鳶鳥
이미 선회하니 날개 거두고 휴식을 취하네	已迴翔兮翕蘇
마음은 오직 한곳에 두니 흰 새우라네	心在專兮素蝦
왜 가서 먹는가 모두 강호(江湖)에 있는가	何居食兮江湖
선회하다 돌아와 날개짓하니 날으며 노니네	徊復翔兮游颺
갔다가 다시 돌아오니 아, 슬프다	去反返兮於乎
당초 군주를 모시려 하니 친정을 떠났네	始事君兮去家
나의 일생을 보내려 하니 군주의 도성이라네	終我命兮君都
마침내 총애 입느니 얼마나 큰 행운인가	終來遇兮何幸
돌연 나라를 떠나니 구오(勾吳)로 가네	離我國兮入吳
부인은 거친 베옷을 입으니 비녀(婢女)가 되네	妻衣褐兮爲婢
부군은 면류관 벗으니 노복이 되네	夫去冕兮爲奴

세월은 유장하게 끝이 없으니 맺을 길 없네	歲遙遙兮難極
원한으로 비통해하니 마음이 처절하네	冤悲痛兮心惻
장(腸)은 천 마디 있으니 흉중이 답답하네	腸千結兮服膺
아, 슬프다 먹는 것도 잊었네	於乎哀兮忘食
변신키를 바라니 마치 새와 같다네	願我身兮如鳥
몸이 비상하니 두 날개를 힘차게 펴네	身翱翔兮矯翼
내 조국을 떠나니 마음이 불안하네	去我國兮心搖
분하고 원통하니 이를 누가 안단 말인가	情憤惋兮誰識

월왕은 부인의 원가(怨歌 : 원망을 담은 노래)를 듣고 내통(內慟 : 마음 속으로 극히 비통함)해했다. 이에 스스로 이같이 위안했다.

"내가 무엇을 걱정한단 말인가. 나는 이미 6핵(六翮 : 건장한 날개로 자신을 보좌하는 군신들을 상징)을 구비하고 있다."

월왕이 오나라로 들어가 부차를 배견할 때 계수재배(稽首再拜)하며 이같이 말했다.

"동해 가의 천신(賤臣) 구천은 위로는 황천(皇天)에 부끄럽고, 아래로는 후토(后土 : 토지신)에게 면목이 없습니다. 스스로의 힘도 헤아리지 못하고 대왕의 전사들을 오욕(汚辱)하여 변경에서 죄를 범했습니다. 대왕이 저의 커다란 죄를 용서하여 저에게 역신(役臣 : 노역을 하는 노비)이 되어 기소(箕帚 : 곡식을 까부는 키와 빗자루로 집안 일을 하는 것을 의미)를 잡도록 명했습니다. 실로 대왕의 후은을 입어 수유지명(須臾之命 : 짧은 생명)을 얻게 되었으니 앙감부괴(仰感俯愧 : 머리를 들어 은혜에 감격해하고, 머리를 숙여 부끄러워함)치 않을 수 없습니다. 이에 천신 구천은 고두돈수(叩頭頓首 : 머리를 땅에 대고 거듭 조아림)하는 바입니다."

그러자 오왕 부차가 물었다.

"내가 부왕의 원수를 살려두는 것은 잘못이다. 그대는 나의 선군을 죽인 원수라는 것을 생각지 못하는가."

이에 월왕이 이같이 대답했다.

"만일 저더러 죽으라고 하면 죽을 수밖에 없습니다. 오직 대왕이 너그러이 용서해 줄 것을 바랄 뿐입니다."

이때 오자서가 옆에 있다가 갑자기 눈이 표화(熛火 : 불똥이 튐)하고 목소리가 뇌정(雷霆 : 우레)을 치듯이 변하면서 앞으로 나서 이같이 말했다.

"무릇 새가 청운(靑雲) 위에 있으면 격(繳 : 새를 잡을 때 실을 매어 쏘는 화살인 주살에 매달린 실)을 화살에 맨 뒤 쏘아서 잡아야 합니다. 그런데 어찌 지극히 가깝게도 화지(華池 : 합려가 강소성 오현에 판 연못)에 서식하고, 정무(庭廡 : 뜰과 당하의 행랑)에서 노닐게 할 수 있습니까. 월왕을 남산(南山 : 남쪽의 산야)에 풀어놓으면 우리가 도무지 살필 길이 없는 곳에서 노닐 것입니다. 다행히 그가 우리 영토에 발을 들여놓아 우리의 폐곤(槐梱 : 人馬의 출입을 막기 위해 나무를 가로질러 관서 앞에 설치한 울짱) 안으로 들어왔습니다. 이야말로 주재(廚宰 : 주방장)가 요리를 하여 푸짐하게 먹을 때가 된 것인데 어찌 그를 놓칠 수 있겠습니까."

그러자 오왕이 이같이 반대했다.

"내가 듣건대 '투항하여 귀복하는 자를 살해하면 그 재앙이 3대까지 간다'고 했소. 내가 월왕을 아껴 죽이지 않는 것이 아니오. 오직 하늘이 책망할까 두려워하기 때문이오. 그를 교화한 뒤 풀어줄 생각이오."

이에 태재 백비가 이같이 말했다.

"오자서는 일시지계(一時之計 : 일시적으로 대처하는 權宜之計)에 밝을 뿐이고, 안국지도(安國之道 : 나라를 편안케 하는 방략)에는 정통치 못합니다. 원컨대 대왕은 생각한 바대로 밀고 나가기 바랍니다. 군소지구(群小之口 : 소인배들의 책략 없는 논의)에 구애되어서는 안 됩니다."

부차가 드디어 월왕을 죽이지 않은 채 수레를 몰고 말을 기르도록 한 뒤 은밀히 석실(石室 : 오왕이 범리를 수금한 곳으로 전해지는 동굴로 강소성 소주시 서남쪽의 영암산에 현존함)에서 거주케 했다.

3월, 오왕이 월왕에게 입궁하여 배건할 것을 명했다. 이에 월왕이 오왕 부차 앞에 엎드리고 범리가 월왕 옆에

섰다. 그러자 오왕이 범리에게 물었다.

"내가 듣건대 '정부(貞婦 : 정절이 있는 여인)는 파망지가(破亡之家 : 패망하는 집안)로 시집가지 않고, 인현(仁賢 : 어질고 현명한 인재)은 절멸지국(絕滅之國 : 멸망하는 나라)에서 벼슬치 않는다'고 했소. 지금 월왕이 포학무도하여 나라가 이미 망하고, 사직이 무너지고, 그가 죽는 것으로 후사는 단절케 되어 천하인의 웃음거리가 되었소. 그대와 그대의 주군이 모두 노복이 되어 오나라에 귀순케 되었으니 이 어찌 비루한 일이 아니겠소. 나는 그대의 죄를 사면하고자 하니 그대는 마음을 바꿔 스스로를 일신함으로써 월나라를 버리고 오나라로 귀순하는 것이 어떻겠소."

이에 범리가 이같이 대답했다.

"신이 듣건대 '망국지신(亡國之臣)은 감히 어정(語政 : 정사를 논함)치 않고, 패군지장(敗軍之將)은 감히 어용(語勇 : 용맹을 논함)치 않는다'고 했습니다. 신이 월나라에 있을 때 충신(忠信)치 못했습니다. 월왕으로 하여금 대왕의 명을 받들지 말고 용병하여 대왕과 대적케 하여 결국 이같이 획죄(獲罪 : 죄를 짓게 됨)하여 군신이 모두 항복하는 지경에 이르게 되었습니다. 대왕의 홍은(鴻恩 : 커다란 은혜)을 입어 군신이 모두 목숨을 부지하게 되었습니다. 원컨대 대왕이 궁실로 돌아갈 때 저를 시켜 미리 소제(掃

除)케 하고, 대왕이 외출할 때 저를 시켜 추주(趨走 : 급히 달려간다는 뜻으로 노복이 하는 일을 의미)토록 해주기 바랍니다. 이것이 바로 신이 원하는 바입니다."

이때 월왕은 땅 위에 엎드린 채 눈물을 흘리며 드디어 범리를 잃을 것으로 생각했다. 그러나 오왕 부차는 범리가 자신의 신하가 될 수 없다는 사실을 알고 곧 이같이 말했다.

"그대가 자신의 뜻을 바꾸지 않으려 하니 나는 그대를 석실에 수금할 수밖에 없다."

"신은 오직 명을 받들 뿐입니다."

오왕이 몸을 일으켜 궁 안으로 들어가자 월왕과 구천은 송구스런 모습을 하고 작은 걸음으로 급히 석실로 들어갔다.

월왕이 독비고(犢鼻褌 : 가랑이가 없이 끈으로 허리를 매어 입는 바지)를 입고, 초두(樵頭 : 두건처럼 생긴 모자)를 썼다. 부인은 가장자리 장식이 없는 치마를 입고, 좌관(左關 : 왼쪽에서 옷을 여미는 이민족의 左衽으로 중원에서는 죽은 사람의 수의에 사용함)의 저고리를 입었다. 월왕은 착좌양마(斫莝養馬 : 여물을 잘라 베어 말을 기름)하고, 부인은 먹을 물을 긷고 제분쇄소(除糞灑掃 : 말똥을 치우고 물을 뿌려 땅을 청소함)했다.

이같이 하여 3년이 지났으나 이들은 조금도 원망하

거나 노한 모습을 보이지 않았다. 얼굴에는 불만스런 기색이 조금도 없었다. 오왕이 멀리서 고대(高臺)에 올라가 이들을 보니 월왕과 부인, 범리가 말똥 옆에서 일을 하면서도 군신간의 예를 잃지 않고, 부부간의 예도 그대로 지키고 있었다. 이에 오왕이 고개를 돌려 태재 백비에게 이같이 말했다.

"저 월왕은 일절지인(一節之人 : 氣節이 있는 사람)이고, 범리는 일개지사(一介之士 : 節操가 있는 선비)요. 그들은 비록 곤액에 처해 있을지라도 잉연히 군신간의 예를 잃지 않고 있소. 나는 저들로 인해 참으로 비상(悲傷)한 느낌이 드오."

이에 백비가 말했다.

"원컨대 대왕은 성인의 마음으로 궁고지사(窮孤之士 : 곤액에 빠져 고통을 받고 있는 인재)를 애틋하게 여기기 바랍니다."

"내가 그대를 위해 저들을 용서토록 하겠소."

3달이 지난 뒤 오왕이 길일을 택해 월왕 일행을 사면코자 했다. 이에 태재 백비를 불러 이를 상의하며 이같이 말했다.

"월나라와 오나라는 같은 땅 위에 자리잡은 까닭에 강역이 서로 접해 있소. 구천은 우힐(愚黠 : 우매하면서도 교활함)하여 아직도 본인이 직접 나서 나를 해칠 생각을 하고 있소. 과인은 하늘의 신령(神靈)과 선왕의 유덕(遺德)에 힘입어 월나라 적도들을 주토(誅討 : 주살하고 토벌함)하여 저들을 석실에 수금했소. 그러나 과인의 마음은 차마 저들의 곤군(困窘)한 모습을 더 이상 볼 수가 없소. 이에 저들을 사면코자 하는데 그대는 어찌 생각하오."

그러자 백비가 말했다.

"제가 듣건대 '무덕불복(無德不復 : 덕을 베풀지 않으면 돌아오는 보답이 없음)'이라고 했습니다. 대왕이 인애한 은덕을 월왕에게 베풀면 월왕이 어찌 감히 이에 보답치 않겠습니까. 원컨대 대왕은 졸의(卒意 : 뜻을 결정지음)키 바랍니다."

월왕이 이를 전해 듣고는 곧 범리를 불러 이같이 말했다.

"내가 밖에서 이같은 얘기를 듣고 내심 크게 기뻐했소. 그러나 오왕이 끝내 자신의 뜻을 결정치 않을까 걱정이오."

이에 범리가 이같이 말했다.

"대왕은 안심(安心 : 여기서는 흥분을 가라앉힌다는 뜻임)토록 하십시오. 이 일은 약간의 의심스런 구석이 있습니다. 이는 『옥문(玉門 : 점술서의 일종)』에 나오는 제1류(類)에 대응하고 있습니다. 대왕이 이 소식을 들은 날은 올해 12월 무인일(戊寅日)입니다. 시진(時辰)은 태양이 떠오르는 묘시(卯時 : 오전 5~7시)입니다. 무(戊)는 수금된 날입니다. 인(寅)은 태양(太陽 : 극성한 양기)이 지난 뒤의 지지(地支)입니다. 합일(合日)은 경진(庚辰)입니다. 이는 태음(太陰 : 극성한 음기)이 지난 뒤의 합일입니다. 대왕이 무인일에 희소식을 들었습니다. 이로써 가히 하늘이 무(戊)의 죄과로 천간(天干)을 처벌한 것이 아님을 알 수 있습니다. 다만 시진이 묘(卯 : 木을 상징)가 되어 무(戊 : 土를 상징하니 木克土의 원리에 의해 '묘'가 '무'를 친다고 한 것임)를 해치고 공조(功曹 : 기록 담당 관원)가 등사(騰蛇 : 날라다니는 뱀인 螣蛇로 殺伐을 주관함)가 되어 무(戊)에 가까이 다가서게 됩니다. 모리(謀利)하는 일은 청룡(靑龍)에 달려 있습니다. 청룡은 승선(勝先 : 태세가 午에 있다는 뜻임)을 지나 유(酉)에 접근하고 있습니다. 이는 일종의 사기(死氣)로 5행(五行)에서는 인(寅 : 木을 상징하니 金克木의 원리에 의해 '인'을 이긴다고 한 것임)을 이기게 됩니다. 이는 시진(時辰)인 '묘'가 일진(日辰)의 천간인 '무'를 이기는 것일 뿐만 아니라 태세의 운행 등이 이를 돕고 있다는 것을 뜻합니다. 그래서 대왕이 갈구하는 일은 천간과 지지를 종합해 볼 때 모두 걱정할 만한 것입니다. 이 어찌 하늘의 그물이 사방으로 넓게 펼쳐져 모든 사물에 해를 끼치는 시각이 아니겠습니까. 그런데도 대왕은 무엇을 그리 좋아하는 것입니까."

사실 오자서가 과연 이때 오왕에게 이같이 간했다.

"전에 하걸(夏桀)이 상탕(商湯)을 수금하여 죽이지 않고, 은주(殷紂)가 주문왕을 수금해 죽이지 않자 천도(天道)가 다시 반대로 나타나 결국 재난이 복으로 바뀌었습니다. 그래서 하걸은 상탕에게 징벌을 당하고, 상왕조는 주나라에 의해 멸망한 것입니다. 지금 대왕이 이미 월나라 군주를 수금해 놓고도 죽이지 않고 있으니 저는 대왕의 미혹이 매우 심하다고 생각합니다. 어찌 능히 하걸과 은주의 화환(禍患)이 없다고 하겠습니까."

이에 오왕이 월왕을 소견코자 했다. 그러나 시간이 매우 오래 지나도록 접견할 생각을 하지 않았다. 범리와 문종이 이를 두려워하여 점을 치자 점괘가 이같이 나왔다.

"오왕이 우리를 잡으려 한다."

얼마 후 태재 백비가 와 대부 문종과 범리를 보고 월왕을 다시 석실에 수금한다고 통보했다. 이때 오자서가 오왕에게 이같이 말했다.

"제가 듣건대 왕자는 적국을 쳐 이기면 주벌을 가하여 혹여 훗날 있을지도 모르는 보복의 우환을 제거함으로써 자손들의 화환을 미리 제거한다고 했습니다. 지금 월왕은 이미 석실에 잡혀 있으니 응당 조속히 도모해야 할 것입니다. 그를 일찍 도모치 않으면 틀림없이 훗날 오나라의 우환이 될 것입니다.”

그러자 태재 백비가 이같이 반대했다.

“옛날 제환공(齊桓公)은 연장공(燕莊公)이 자신을 마중하기 위해 연나라를 넘어 월경한 지역을 연나라에 주었습니다. 이로써 제환공은 미명(美名)을 얻게 되었습니다. 송양공(宋襄公)은 초나라 군사가 강을 건널 때까지 기다렸다가 싸움으로써 『춘추』는 그의 높은 도의를 찬양했습니다. 제환공은 공을 세우는 동시에 명성을 드높였고, 송양공은 비록 전쟁에 패하기는 했으나 그 덕행을 널리 전하게 되었습니다. 만일 지금 대왕이 월왕을 사면하면 그 공덕은 5패(五霸)의 위에 있게 되고, 그 명성은 이전의 모든 사람보다 높게 될 것입니다.”

이에 오왕이 이같이 말했다.

“내 병이 치유되는 즉시 그대를 위해 저들을 사면토록 하겠소.”

1달이 지난 후 월왕이 석실에서 나왔다. 그리고는 곧 범리를 소견하며 이같이 말했다.

“오왕이 발병하여 3달이 지나도록 낫지 않고 있소. 내가 듣건대 신도(臣道)란 주질신우(主疾臣憂 : 군주가 병이 나면 신하는 이를 걱정함)하는 것이라 했소. 하물며 오왕이 나를 대하면서 그 은덕이 심후(深厚)하기 그지없소. 나는 그의 병이 계속 치유되지 못할까 염려스러우니 공이 한번 점을 쳐주기 바라오."

그러자 범리가 말했다.

"오늘의 일진음양(日辰陰陽)을 보니 상하가 화친하고, 서로 침범하는 기운이 없습니다. 점복서의 법언에 이르기를, '하늘이 구하려 하니 무엇을 두려워하는가' 라고 했습니다. 오왕이 죽지 않는 것은 분명합니다. 사일(巳日)이 되면 병세가 호전될 것입니다. 대왕은 이를 유념키 바랍니다."

이에 월왕이 말했다.

"내가 곤경에 처하고도 잉연히 죽임을 당하지 않는 것은 공의 계책에 의지하고 있기 때문이오. 그런데 지금 공은 반만 말하고 유예(猶豫 : 머뭇거리며 결정을 내리지 못함)하고 있소. 이것이 어찌 고(孤)의 뜻일 수 있겠소. 일이 가히 행할 수 있는 것이오, 그렇지 않은 것이오. 원컨대 공이 한번 그 방법을 생각토록 해보시오."

그러자 범리가 이같이 말했다.

"신이 보건대 오왕은 실로 사람이 아닙니다. 그는 누차 세 방향을 트고 한 방향만을 막으며 사냥한 성탕(成湯 : 탕왕)의 덕행을 얘기하면서 실제로는 그리 하지 못하고 있습니다. 원컨대 대왕은 그에게 문병을 가 배견케 되면 그 분변(糞便 : 똥과 오줌)을 받아 직접 맛보면서 그의 안색을 살펴보고, 곧 하례(賀禮)를 올리기 바랍니다. 이어 그에게 죽지는 않을 것이고 병세도 점차 호전될 것이라고 말한 뒤 자리에서 일어날 날짜를 그와 약속키 바랍니다. 대왕의 말이 그대로 맞아떨어지게 되면 대왕은 무엇을 염려할 필요가 있겠습니까."

다음날 월왕이 태재 백비에게 이같이 말했다.

"수신(囚臣 : 죄인의 자칭)이 오왕을 만나 그의 병환을 문후(問候)코자 합니다."

이에 태재 백비가 곧 이를 오왕에게 알렸다. 오왕이 곧 월왕을 소견(召見)코자 했다. 마침 오왕이 대소변을 보자 태재 백비를 이를 들고 밖으로 나오다가 방문 밖에서 월왕과 만나게 되었다. 그러자 월왕이 읍례(揖禮)를 하며 이같이 말했다.

"제가 대왕의 변을 보고 대왕 병세의 길흉을 판단해 보도록 하겠습니다."

그리고는 손으로 소변과 대변을 각각 떠서는 한번씩 맛본 뒤 곧 안으로 들어가 이같이 말했다.

"하수신(下囚臣 : 죄인의 겸손한 자칭) 구천이 대왕에게 축하의 말씀을 올립니다. 대왕의 병은 사일(巳日)이 되면 곧 호전될 것입니다. 그래서 3월 임신일(壬申日)에 이르면 병환이 완전히 치유될 것입니다."

"그것을 어찌 아오."

"하신(下臣)이 일찍이 변을 통해 병세를 알아맞히는

사람으로부터 그 방법을 배운 적이 있습니다. 분변은 먹는 곡물의 맛을 좇아야 하니, 시령(時令)의 원기(元氣)를 거스르는 사람은 곧 죽게 됩니다. 분변이 시령의 원기를 좇게 되면 곧 살아나게 됩니다. 지금 신이 개인적으로 대왕의 분변을 맛보았습니다. 대변의 맛은 쓰고 맵고 십니다. 이 맛은 봄과 여름 사이의 원기에 응하는 것입니다. 이로써 저는 대왕의 병세가 3월 임신일이 되면 완전히 나을 것을 알 수 있었습니다."

그러자 오왕이 매우 기뻐하며 이같이 말했다.

"참으로 인인(仁人)이오."

이에 곧 월왕을 사면하여 석실에서 나와 자신의 궁궐로 오게 한 뒤 이전처럼 말을 기르는 일을 맡게 했다. 월왕은 분변을 맛본 이후 구취병(口臭病 : 입에서 구린내가 나는 병)을 앓게 되었다. 범리가 곧 좌우에게 명하여 즙산(蕺山 : 절강성 소흥시 동북쪽)에 나는 잠초(岑草 : 구린내가 나는 삼백초로 흉년 때는 그 뿌리를 먹음)를 캐 씹어 먹음으로써 월왕의 입에서 나는 냄새를 중화시켰다.

이후 오왕은 월왕이 예측한 날이 가까워 오자 병이 거의 낫게 되었다. 이에 마음 속으로 늘 월왕의 충성을 담아두었다가 조정에서 정무를 처리한 뒤 곧 문대(文臺)에서 큰 잔치를 벌이고는 질펀하게 술을 마셨다. 이때 오왕이 이같이 출령(出令 : 명령을 발포함)했다.

"오늘 월왕을 북면하여 앉게 하라. 군신들은 귀빈의 예로써 그를 대하도록 하라."

이에 오자서가 추출(趨出 : 작은 걸음으로 급히 문 밖으로 달려나감)하여 집으로 돌아가서는 연회석에 배석치 않았다. 술이 한창 무르익었을 때 태재 백비가 오자서를 이같이 헐뜯었다.

"참으로 이상한 일입니다. 오늘 참석한 사람은 각자 모두 할 말이 있을 것입니다. 불인자(不仁者)는 도주하고, 인자(仁者)는 남아 있습니다. 제가 듣기로 '동성상화(同聲相和 : 같은 소리는 서로 호응해 화음을 이룸)하고, 동심상구(同心相求 : 같은 생각은 서로 호응하며 추구함)한다'고 했습니다. 지금 국상(國相 : 相國으로 오자서를 지칭)은 강용(剛勇 : 의지가 굳고 용감함)한 사람입니다. 그러나 지인(至仁 : 지극히 어진 사람으로 월왕 구천을 지칭)이 함께 자리를 하자 내심 부끄러운 나머지 배석치 않은 것입니다. 이 어찌 옳은 일이라 하겠습니까."

"옳은 말이오."

오왕이 이같이 맞장구를 치자 범리와 월왕 구천이 함께 일어나 위왕을 위해 축수(祝壽)하면서 이같이 말했다.

"하신(下臣) 구천과 종소신(從小臣 : 수종하는 신하) 범리는 술잔을 들어 대왕의 천세지수(千歲之壽)를 경하(敬賀)코자 합니다."

그리고는 이같이 송축(頌祝)했다.

대왕이 위에서 명을 내리니	皇在上令
빛이 사시(四時)를 밝게 비추네	昭下四時
일심으로 자애로운 정을 살피니	幷心察慈
어진 자는 바로 대왕이라네	仁者大王
친히 홍은(鴻恩)을 베푸니	躬親鴻恩
의를 세우고 인정(仁政)을 펴네	立義行仁
9덕(九德 : 많은 덕)이 두루 차니	九德四塞
군신들을 위복(威服)시키네	威服群臣
아, 아름다운 경사로다	於乎休哉
전해지는 덕이 끝이 없구나	傳德無極
위로 태양을 감동시키니	上感太陽
길상(吉祥)이 수없이 내리네	降瑞翼翼
대왕이 만세토록 장수하니	大王延壽萬歲
오나라를 영원히 보전하리	長保吳國
해내(海內)가 모두 명을 받드니	四海咸承
제후들이 모두 귀순하네	諸侯賓服
이미 축배를 한잔 했으니	觴酒旣升
만복을 영원히 향유하소서	永受萬福

그러자 오왕이 크게 기뻐했다.

다음날 오자서가 궁으로 들어가 이같이 간했다.

"어제 대왕은 무엇을 보았습니까. 제가 듣건대 '속으로 호랑지심(虎狼之心 : 호랑이 및 이리의 흑심)을 지니고, 밖으로 미사지설(美詞之說 : 화려하게 꾸민 언사)을 구사하는 것은 표정을 위장해 생명을 유지하려는 것에 불과하다. 시(豺 : 승냥이)는 결코 염결(廉潔)하다고 할 수 없고, 낭(狼 : 이리)은 결코 가까이 할 수 없다'고 했습니다. 지금 대왕은 수유지설(須臾之說 : 일시적으로 귀를 즐겁게 하는 얘기)을 듣고 기뻐하며 만세지환(萬歲之患 : 만 년에 걸친 우환)을 생각지 않고 있습니다. 또한 충직지언(忠直之言 : 충직한 간언)을 버리고 참부지어(讒夫之語 : 소인배의 참언)를 청용(聽用 : 받아들여 시행함)하고 있습니다. 대왕은 역혈지구(瀝血之仇 : 피로써 복수를 맹서한 원수)를 멸하지 않고, 가슴 속에 원한을 품은 원수를 근절치 않고 있습니다. 이는 마치 머리털을 화로 속의 숯불 위에 올려놓고 타지 않기를 바라고, 계란을 1천 균(鈞 : '1균'은 30근)이나 나가는 물건 밑에 놓고 온전키를 바라는 것이나 같습니다. 이 어찌 위태롭지 않겠습니까. 신이 듣건대 '하걸(夏桀)은 높은 곳에 올라가 자신이 매우 위험한 곳에 있다는 것을 알면서도 오히려 자신을 안전케 하는 방법을 몰랐다. 앞에 백인(白刃 : 시퍼런 칼날)이 다가오자 자신이 죽게 된 것을 알면서도 오히려 자신을 보전하는 방법을 몰랐다. 만일 미혹된 사람이 돌아가는 길을 알게 되

조 무령왕(趙武靈王)이 호복을 입고 말에서 활을 쏘는 모습 복원도

진 · 동마차

면 잃어버린 길은 그리 멀지 않다'고 했습니다. 원컨대 대왕은 이를 명찰(明察)키 바랍니다."

이에 오왕이 이같이 대답했다.

"내가 병으로 3달 동안 누워 있을 때 끝내 상국(相國)으로부터 한 마디도 듣지 못했소. 이는 상국의 부자(不慈 : 자애롭지 못함)를 보여준 것이오. 또한 내가 좋아하는 음식을 진헌치 않고 마음 속으로 나의 건강을 염려치 않았으니, 이는 상국의 불인(不仁)을 보여준 것이오. 신하가 되어 불인부자(不仁不慈)하니 어찌 능히 월왕이 충신(忠信)한 사람이라는 것을 알 수 있겠소. 월왕은 한때 미혹했으나 변경을 수비하는 일을 버리고 직접 신민(臣民)들을 이끌고 과인에게 귀순했으니, 이는 그에게 도의가 있음을 보여준 것이오. 그는 스스로 노복이 되어 부인을 비녀(婢女)로 만들고도 마음 속으로 나에게 원한을 품지 않고, 내가 병에 걸리자 직접 나의 분변을 받아 입으로 맛보았소. 이는 그의 자애로움을 보여준 것이오. 또한 부고(府庫)를 털어 자신이 갖고 있던 보폐(寶幣 : 진귀한 보물과 예물)을 바치면서 과거의 은원을 생각지 않았으니 이는 그의 충신을 보여준 것이오. 이같은 3가지 덕을 이미 갖추고 이로써 과인을 봉양했소. 만일 내가 상국의 말을 듣고 그를 죽였다면 이는 과인의 부지(不智 : 현명치 못함)가 되고, 오직 상국 한 사람의 마음만 통쾌하게 만드는 결과를 낳았을 것이오. 이 어찌 하늘을 저버리는 일이 아니겠소."

그러자 오자서가 이같이 반박했다.

"어찌하여 대왕은 반대로 얘기하는 것입니까. 무릇 호랑이의 비세(卑勢 : 몸을 낮추는 자세)는 장차 먹이를 가격키 위한 것이고, 살쾡이의 비세는 장차 먹이를 사냥키 위한 것입니다. 꿩이 현치(眩眵 : 눈이 침침해지고 눈곱이 낌)하면 시선이 가려져 새그물에 걸리는 법이고, 물고기가 일시적인 통쾌함을 추구하면 미끼에 유인되어 죽기 마련입니다. 대왕은 당초 임정(臨政 : 조정에서 정무를 봄)을 시작하면서 『옥문』의 제9류(類)를 어겼습니다. 이는 실로 일의 실패가 예정되어 있는 것이니 다시 책망할 필요도 없는 것입니다. 대왕이 이번에 임정한 날은 올해 3월 갑술일(甲戌日)이고, 시진은 닭이 우는 때인 인시(寅時 : 오전 3~5시)였습니다. 갑술일은 태음이 지난 뒤의 불길한 3월의 합일(合日)입니다. 그러나 오히려 대왕을 견제할 수 있습니다. 올해의 태음은 정해(丁亥)이니 태세는 기유(己酉)에 해당합니다. 덕(德 : 천간)은 기(己)로 토(土)에 해당하고, 형(刑 : 지지)은 유(酉)로 금(金)에 해당합니다. 갑술일은 태세의 천간을 해치는 것입니다. 그래서 저는 그 아비에게 불순지자(不順之子 : 불효자)가 나오고, 군주에게 역절지신(逆節之臣 : 역적)이 나오게 된다는 것을 알 수 있습니다. 대왕은 월왕이 오나라에 귀순한 것을 의(義)로 생각하고, 분변을 맛본 것을 자(慈)로 여기고, 부고를 비운 것을 인(仁)으로 여기고 있습니다. 그래서 다른 사람을 사랑치 않는다고 여겨지는 인물은 대왕과 친하게 지낼 수 없습니다. 대왕은 면청모관(面聽貌觀 : 표면적인 말만 듣고 겉모습만 봄)함으로써 월왕의 목숨을 살려주었습니다. 월왕이 오나라에 와 노복이 된 것은 그의 모획(謀劃)이 심원하다는 것을 보여주는 것입니다. 부고를 헐면서 원망하는 기색을 내비치지 않은 것은 대왕을 속이기 위한 것입니다. 아래에서 대왕의 소변을 마신 것은 위에 있는 대왕의 심장을 먹은 것이고, 아래에서 대왕의 대변을 먹은 것은 위에 있는 대왕의 간을 먹은 것입니다. 월왕이 이처럼 대왕을 존중하는 것은 그 속셈이 참으로 중대하기 때문입니다. 대왕은 장차 그에게 포로로 잡히고 말 것입니다. 대왕은 부디 그를 유의(留意)하여 살피기 바랍니다. 신은 감히 죽음을 피하기 위해 선왕을 저버릴 수는 없습니다. 일단 사직이 폐허가 되고 종묘가 가시밭이 되면 후회한들 미치지 못할 것입니다."

이에 오왕이 말했다.

"상국은 이 일을 옆으로 치워두고 다시는 거론치 마오. 나는 이같은 얘기를 두 번 다시 들을 만한 인내심이 없소."

오왕이 마침내 월왕을 석방하여 귀국케 했다. 사문(蛇門) 밖에서 송별할 때 군신들이 조도(祖道)를 올렸다. 이 때 오왕이 이같이 말했다.

"과인이 그대를 사면하여 귀국토록 했으니 그대는 반드시 전후의 인과(因果)를 생각해 노력하도록 하시오."

그러자 월왕이 계수(稽首)하며 말했다.

"지금 대왕이 신의 고궁(孤窮)을 애긍(哀矜)히 여겨 목숨을 부지한 채 귀국토록 은덕을 베풀었습니다. 저는 문종과 범리 등의 무리와 함께 곡하(轂下 : 각하 등과 같은 존칭)를 위해 목숨을 바칠 것입니다. 하늘이 위에 있으니 저는 감히 하늘의 뜻을 저버릴 수는 없습니다."

이에 오왕이 말했다.

"아, 내가 듣건대 '군자는 한 번 만에 일을 결정하고 두 번 말하지 않는다'고 했소. 지금 이미 가게 되어 있으니 그대는 노력하도록 하시오."

월왕이 재배한 뒤 땅 위에 엎드리자 오왕이 그를 일으켜 수레에 태웠다. 범리가 손에 채찍을 들고 수레를 몰아 마침내 귀국케 되었다. 삼진(三津 : 三江口의 나루터)에 도착하자 월왕이 고개를 들어 하늘을 쳐다보고 크게 탄식하며 눈물을 비오듯 흘리자 옷깃이 온통 눈물로 젖게 되었다. 이때 월왕이 이같이 탄식했다.

"슬프다, 나의 시운이 둔액(屯厄 : 간난과 곤액)에 있었으니 내가 다시 살아서 이 나루터를 건너리라고 그 누가 상상이나 했겠는가."

이어 범리에게 이같이 말했다.

"오늘은 윤 3월 갑진일(甲辰日)이고 시진은 태양이 서쪽으로 기울기 시작하는 미시(未時 : 오후 1~3시)요. 나는 하늘의 뜻을 받아 고국으로 귀국케 되었소. 그러니 장차 반드시 후환이 없도록 해야 할 것이오."

그러자 범리가 말했다.

"대왕은 의심치 마십시오. 직시직행(直視直行 : 똑바로 앞만 보고 달려감)하면 될 뿐입니다. 월나라는 장차 복이 있을 것이고, 오나라는 우환이 있을 것입니다."

절강의 강가에 이르러 멀리 대월(大越)을 바라보니 산천이 거듭 수려한 경색(景色)을 드러내고, 천지가 다시 청명한 모습을 보였다. 그러자 월왕이 부인과 함께 이같이 탄식했다.

"우리들은 일찍이 절망할 때만 하더라도 백성들과 영원히 결별할 것으로 생각했소. 그러니 어찌 다시 돌아와 고국에 이르게 되리라 상상이나 할 수 있었겠소."

말을 마치고는 손으로 얼굴을 가린 채 눈물을 흘리자 얼굴이 눈물로 범벅이 되었다. 이때 월나라 백성들이 모두 천지가 떠나갈 듯이 기뻐하고, 군신들도 모두 나와 월왕의 귀국을 경하(慶賀)했다.

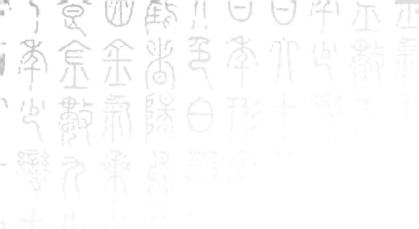

 ## 8. 구천귀국외전 句踐歸國外傳

　구천 7년(기원전 490년이나 1년 뒤인 구천 8년으로 보는 것이 옳음), 월왕 구천이 오나라에서 노복으로 있다가 3년 만에 월나라로 귀국케 되었다. 이때 백성들이 모두 거리로 나와 월왕 일행에게 궤배(跪拜)하며 이같이 말했다.

　"대왕은 이제 고통을 겪는 일이 없을 것입니다. 지금 대왕이 하늘의 복을 받게 되었으니 월나라로 귀국한 것을 계기로 패왕의 업적이 이뤄지기 시작할 것입니다."

　그러자 월왕이 말했다.

　"과인은 근신하여 하늘의 교령(敎令)을 받아들이지 못했소. 백성에게도 덕을 베풀지도 못했소. 지금 수고스

럽게도 수많은 백성들로 하여금 기로(岐路 : 갈림길)에서
에워싸도록 만들었으니 장차 무슨 덕으로 이들 백성들
에게 보답한단 말이오.”

월왕이 다시 고개를 돌려 범리를 바라보며 말했다.

“지금은 12월 기사일(己巳日)이고, 시진은 사시(巳時 :
오전 9~11시)요. 나는 이 시각에 도성에 이를 것으로 생각
했는데 그대는 어찌 생각했소.”

그러자 범리가 이같이 말했다.

“대왕은 잠시 걸음을 멈추십시오. 제가 이날의 길흉
을 점쳐 보도록 하겠습니다.”

점을 친 뒤 범리가 월왕 앞으로 나아가 이같이 말했
다.

“대왕이 선택한 이날은 참으로 기이합니다. 대왕은
응당 서둘러 말을 몰아 달려가도록 하십시오. 수행원 역
시 쾌속으로 달아나야 합니다.”

이에 월왕이 말에 채찍을 가해 급히 수레를 몰자 얼
마 후에 곧 궁중에 도착케 되었다. 오나라는 사방 1백 리
의 땅을 월나라에 봉지로 내렸다. 동쪽으로 탄독(炭瀆 :
절강성 소흥시 동쪽), 서쪽으로 주종(周宗 : 절강성 소흥시 서
쪽), 남쪽으로 구승산(勾嵊山 : 절강성 제기현)에 이르고 북
쪽으로는 동해(東海 : 지금의 杭州灣을 지칭) 가에 접근하
게 되었다.

이때 월왕이 범리에게 말했다.

"나는 줄곧 몇 년 동안 굴욕을 당해 왔소. 그 정황은 나를 죽게 만들기에 충분했소. 그러나 다행히 상국의 계책을 써 비로소 다시 남쪽 고국으로 돌아올 수 있게 되었소. 지금 나는 국도(國都)를 확정하여 성벽을 수축할 생각이오. 그러나 사람이 부족하니 공업(功業)을 세우고자 하면 이를 건립치 못할 듯하오. 이를 어찌하면 좋겠소."

그러자 범리가 이같이 말했다.

"당요(唐堯 : 陶唐氏로 곧 요임금)와 우순(虞舜 : 순임금)은 점복(占卜)으로 건도(建都)할 땅을 골랐습니다. 하후(夏后 : 夏禹를 지칭)와 상탕(商湯)은 국도의 주변에 흙을 쌓아올려 경계를 만들고, 고공단보(古公亶父)는 주원(周原)에 성곽을 쌓았습니다. 그들의 위세는 1만 리 밖의 사람들까지 굴복시킬 만했고, 그들의 덕화는 8극(八極)에까지 이르렀습니다. 그러니 어찌 단지 강대한 적을 깨뜨리고 인국(鄰國)을 취하는 것에 만족하려 했겠습니까."

이에 월왕이 말했다.

"선군 무여(無餘)는 국도를 진망산(秦望山 : 회계산의 한 산봉우리)의 남쪽, 사직과 종묘는 장호(長湖 : 절강의 동북쪽에 위치)의 남쪽에 세웠소. 나는 선군의 제도를 계승커나 덕행을 닦아 자신을 보전하는 일 등을 하지 못했소. 망중파군(亡衆破軍 : 백성들을 도망가게 하고 병사들이 공파를 당하게 함)한 뒤 몸을 회계산 속에 숨기고, 다른 사람에게 목숨을 보전시켜 줄 것을 구하여 이내 커다란 치욕을 당하며 오나라의 방사(房舍)에 수금되는 신세가 되고 말았소. 지금 요행히 고국에 돌아왔으나 오왕은 나에게 사방 1백 리의 봉지만을 내려주었소. 나는 장차 선군의 뜻을 받들어 다시 회계산으로 들어감으로써 오나라가 내린 땅을 버리고자 하오."

그러자 범리가 말했다.

"옛날 공류(公劉 : 주왕실의 선조로 不窋의 손자)는 태(邰) 땅에 거주하다가 하나라 백성들의 난을 만나 태 땅을 버리고 서융을 평정한 뒤 백성들을 이주시켜 빈(豳)에 도읍을 세웠습니다. 이에 그의 품덕을 하왕조에서 한층 현양할 수 있었습니다. 고공단보는 땅을 양보함으로써 그 명성이 기산(岐山) 아래에서부터 널리 퍼지지 시작했습니다. 지금 대왕은 국도를 확정하여 건립하면서 적국이 봉지로 내린 땅을 버리려 하고 있습니다. 그러나 평이지도(平易之都 : 땅이 평탄하여 타국으로 진출하기에 용이한 성읍)와 사달지지(四達之地 : 사방으로 통하는 땅)에 거처하지 않고 장차 어떻게 패왕의 사업을 이루려 하는 것입니까."

이에 월왕이 말했다.

"나의 계획은 아직 확정된 것은 아니오. 나는 다만 내

성과 외성을 수축하여 이려(里閭 : 백성들이 사는 마을)를 곳곳에 나눠 설치코자 하는 것일 뿐이오. 나는 이 일을 상국인 그대에게 위촉(委屬)할 생각이오.”

범리가 천문(天文)을 관찰한 뒤 자궁(紫宮 : 紫微宮으로 상제가 머무는 곳)을 본떠 작은 성을 축성했다. 둘레가 1천 1백20보이고, 1원3방(一圓三方 : 1면은 둥글고 다른 3면은 각이 짐)의 모양이었다. 서북쪽으로 비익지루(飛翼之樓 : 후대의 望海亭으로 절강성 소흥시 구부산 산정에 위치)를 세웠다. 이는 천문(天門)을 상징했다. 동시에 지붕의 양 끝은 2마리의 요(蠟 : 꿈틀거리는 용)가 감싸게 했다. 이는 용의 뿔을 상징했다. 능문(陵門 : 땅과 연결된 문)은 사방으로 뚫려 있었다. 이는 8풍(八風 : 8개 방향으로 부는 바람)을 상징했다. 외성은 4면에 성벽을 올리면서 서북쪽 방향은 쌓지 않았다. 이는 오나라에 대한 신복(臣服)을 드러내기 위해 감히 쌓지 못한 것이다. 그러나 실은 이를 이용해 오나라를 공취(攻取)하려는 것이었다. 이에 서북쪽 방향은 성벽을 올리지 않은 것이나 오나라는 이같은 속셈을 전혀 눈치채지 못했다.

월왕이 북쪽 오나라를 향해 칭신하면서 자신의 목숨을 오나라의 처분에 맡겼다. 그래서 성내의 배치는 모두 통상적인 것과 완전히 뒤바꾼 것이었다. 왼쪽에 있어야 할 것이 오른쪽에 배치되는 등 정상적인 위치가 뒤바뀐

것은 이로써 월나라의 신속(臣屬)을 드러내기 위한 것이
었다. 성이 완성되자 괴산(怪山 : 절강성 소흥시 남쪽)이 저
절로 옮겨 왔다. 괴산은 원래 낭야군(琅琊郡 : 산동성 교남
현과 제성현 일대) 동무현(東武縣)의 바다에 있던 산인데
하루 저녁에 스스로 날아온 것이다. 백성들이 모두 이를
괴이하게 생각해 이같이 명명한 것이다. 그 형상이 거북
의 모양을 닮아 구산(龜山)으로 불리기도 했다. 이때 범
리가 월왕에게 이같이 말했다.

"신이 성곽을 쌓은 것은 천의(天意)에 응하기 위한 것
입니다. 곤륜산의 모습도 이 안에 있습니다."

그러자 월왕이 이같이 물었다.

"과인은 곤륜산이 천지의 진주(鎭柱 : 가장 큰 主山)라
고 들었소. 이 산은 위로는 천제의 명에 응하며 천하를
향해 운기를 토하고, 아래로는 후토(后土 : 토지신)에 거주
하며 모든 사물을 그 안에 내포하고 있다 하오. 이 산은
성인을 배양하고 신선을 낳으니 제왕을 무육(撫育)하는
도회(都會 : 모든 것이 모인 곳)라 할 수 있소. 그래서 5제(五
帝)가 그 양륙(陽陸 : 남쪽을 향한 육지)에 살고, 3왕(三王)이
정지(正地 : 정면에 있는 대지) 위에 거주했던 것이오. 우리
의 국도는 편벽되게도 천지 사이의 한쪽 구석을 차지하
고 있소. 오직 동남쪽의 이 먼 구석에 기댐으로써 북두칠
성과 북극성이 멀리 북쪽에 떨어져 있으니 이 어찌 분토

지성(糞土之城 : 비천한 도성)이 아니겠소. 또한 제왕이 머물던 도회와 비교해 보더라도 어찌 융성할 수 있겠소."

이에 범리가 이같이 대답했다.

"군주는 한낱 겉만 보고 그 내면의 실질을 보지 못하고 있습니다. 저는 천문(天門)에 응하여 성곽을 축성함으로써 후토(后土)의 원기에 부합코자 했습니다. 숭산준령(崇山峻嶺)의 정경은 이미 설치가 끝났습니다. 이제 곤륜산의 정경이 드러나면 월나라의 칭패를 볼 수 있게 될 것입니다."

"만일 상국이 말한 바와 같이 된다면 이 또한 나의 명운일 것이오."

"천지간의 사물은 명칭을 붙임으로써 그 실질을 드러내게 되어 있습니다."

그리고는 곧 괴산의 명칭을 동무(東武)라 하고, 산 위에 유대(游臺 : 유람용 누대)를 세웠다. 또 그 동남쪽에 사마문(司馬門)을 세우고, 산의 정상에 천문을 관측키 위해 3층으로 된 영대(靈臺)를 세웠다. 회양(淮陽 : 회계현 동남쪽 일대)에 이궁을, 고평(高平 : 회계현 동쪽)에 중숙대(中宿臺)를, 성구(成丘 : 회계현 부근)에 가대(駕臺 : 월왕의 수레를 두는 곳)를 차례로 세우고, 악야(樂野 : 회계현 부근)에는 수렵용 원유(苑囿)를 조성했다. 이어 커다란 바위 동굴 속에 연대(燕臺 : 연회를 위한 장소)를, 금산(襟山 : 회계현 동쪽

53리)에 재대(齋臺 : 齋戒를 위한 곳)를 세웠다. 구천은 출유(出遊)할 때마다 연대에서 쉬면서 빙주(氷廚 : 얼음창고로 연대 안의 깊숙한 곳에 위치)에 저장한 음식을 먹었다.

하루는 월왕이 상국 범리와 대부 문종, 대부 제계영(諸稽郢)을 불러 이같이 물었다.

"고는 오늘 명당(明堂 : 제왕이 政敎를 宣明하는 곳)에 올라 국정을 처리하고, 포은치령(布恩致令 : 은혜를 베풀고 명을 발포함)하여 백성들을 안무코자 하오. 어느 날이 적당할 것 같소. 세 분이 기강유지(紀綱維持 : 통괄하여 파악함)해 주기 바라오."

이에 범리가 말했다.

"오늘은 병오일(丙午日)입니다. 병(丙)은 양장(陽將 : 양기를 주도하는 으뜸)입니다. 이날은 길일인 데다가 시진 또한 좋습니다. 신의 생각으로는 이날이 적합하다고 봅니다. 이날은 무시유종(無始有終 : 시작하는 날은 없고 끝나는 날은 있음)으로 천하지중(天下之中 : 천하의 정중앙이라는 뜻으로 병오일의 '午'가 12支의 7번째로 정중앙에 위치한 데서 이같이 말한 것임)에 위치하게 됩니다."

그러자 문종이 말했다.

"앞서 가는 수레가 이미 뒤집히면 뒤에 가는 수레는 반드시 이를 경계로 삼아야 합니다. 원컨대 대왕은 이를 심찰(深察)키 바랍니다."

이에 범리가 이같이 반박했다.

"부자(夫子 : 문종을 지칭)는 실로 나머지 하나를 보지 못하고 있습니다. 우리 대왕은 오늘 병오일에 다시 새롭게 임정(臨政)하면서 그의 원기를 회복케 됩니다. 이것이 첫 번째 적합한 이유입니다. 금덕(金德)은 그 개시일인 경자(庚子 : '庚'은 金, '子'는 시작을 의미)에서 조성되었습니다. 지금 화덕(火德)의 병오(丙午)로써 그 종료되는 날인 신해(辛亥 : '辛'은 金, '亥'는 마지막을 의미)를 구하게 될 것입니다. 이것이 두 번째 적합한 이유입니다. 형살(刑殺)을 관장하는 금덕이 쌓이는 데 따르는 우려는 신해 다음에 임자(壬子 : '壬'과 '子' 모두 水임)가 오게 됨으로써 수덕(水德)으로 변화하니 큰 문제가 없습니다. 이것이 세 번째 적합한 이유입니다. 군신지간에는 일정한 등급차이가 있으니 지금 그 이치를 잃지 않고 있습니다. 이것이 네 번째 적합한 이유입니다. 군주와 상국이 함께 일어나니 천하의 통치질서가 세워집니다. 이것이 다섯 번째 적합한 이유입니다. 원컨대 대왕은 서둘러 명당에 올라 임정키 바랍니다."

월왕이 이날 병오일에 명당에 올라 입정(立政 : 苙政, 臨政)했다. 익익소심(翼翼小心 : 끊임없이 조심스런 모습을 보임)하여 밖으로 나갈 때에는 감히 사치하지 않고, 안으로 들어와서는 감히 방종치 않았다.

　월왕이 오나라에 대해 보복을 하려 한 것은 일조일석의 일이 아니었다. 그는 늘 고신로심(苦身勞心 : 몸과 마음을 다해 일을 수행함)하여 밤낮으로 열심히 이를 생각했다. 졸음이 올 때는 요(蓼 : 매운 맛이 나는 여뀌)를 이용해 잠을 쫓아내고, 다리가 차가울 때는 끓인 물에 발을 담가 추위를 몰아냈다. 겨울에는 늘 포빙(抱氷 : 얼음을 껴 안음)하고, 여름에는 오히려 악화(握火 : 불을 곁에 둠)했다. 종일토록 자신의 마음을 수심에 차게 만들고, 각고의 노력으로 자신의 의지를 더욱 굳건히 하면서 문을 출입할 때는 부단히 입 속으로 이를 되뇌었다. 한밤에는 늘 잠읍(潛泣 : 몰래 눈물을 흘림)하고, 울음이 끝나면 하늘을 쳐다보며 길게 탄식했다. 이에 군신들이 모두 입을 모아 말했다.

　"군왕은 어찌하여 수심이 그리도 깊은 것입니까. 무릇 복수모적(復讎謀敵 : 원수를 갚고 적에게 대항함)은 군왕이 우려해야 할 일이 아니라 본래 신하들이 응당 해야 할 급무(急務 : 급선무)입니다."

　이에 월왕이 이같이 말했다.

　"오왕은 이체(螭體 : 뿔없는 용을 지칭하는 것으로 제왕의 몸을 뜻하는 龍體와 같은 말임)에 좋은 옷을 걸치기를 좋아하나 나는 갈의(葛衣)를 입고자 하오. 여공(女工)들을 시켜 세포(細布 : 정교한 삼베)를 만든 뒤 이를 오왕에게

바쳐 그의 환심을 사고자 하오. 그대들은 어찌 생각하
오.”

그러자 군신들이 입을 모아 칭송했다.

“옳은 생각입니다.”

이에 월나라의 모든 남녀들이 산 속으로 들어가 채갈
(采葛 : 칡을 캠)했다. 칡에서 누런 실을 뽑아내 정교한 세
포(細布)를 만들어 오왕에게 바치려 한 것이다.

사자가 아직 오나라로 가기 전에 오왕은 월왕이 마음
을 다해 분수를 지키고, 2가지 이상의 음식을 먹지 않고,
2가지 이상의 실로 짠 옷을 입지 않고, 비록 5대(五臺 : 영
대와 중숙대, 가대, 연대, 재대)로 가 유람을 하지만 일찍이
하루종일 논 적이 없다는 얘기를 듣게 되었다. 이에 사람
을 시켜 다음과 같은 서찰을 전하게 했다.

“나는 그대에게 이 서신을 보내면서 그대의 봉지를
더욱 넓혀주고자 한다. 동으로 구용(勾甬), 서로 취리(檇
李), 남으로 고말(姑末 : 姑蔑로 절강성 구주시 동북쪽), 북으
로 평원(平原 : 武原으로 절강성 해염현)에 이르니 종횡(縱
橫)으로 8백여 리에 해당한다.”

그러자 월왕이 이내 대부 문종을 사자로 보내 갈포
(葛布) 10만 필(疋), 감밀(甘蜜) 9당(檔 : ‘당’은 나무로 만든
통), 문사(文笥 : 무늬 있는 대나무 상자) 7매(枚), 호피(狐皮)
5쌍(雙), 진죽(晉竹 : 화살용 대나무인 箭竹) 10수(廋 : 船)를

바침으로써 봉지 확장에 보답케 했다.

오왕이 이같은 예물을 받고 이같이 말했다.

"나는 줄곧 월나라가 멀리 변경에 위치해 무슨 진보(珍寶)가 있을까 생각했다. 지금 그들이 공물을 바치며 답례의 예물로 삼았으니, 이는 월왕이 세심하고도 신중하게 나의 공덕을 생각하며 오나라를 잊지 않고 있다는 증거이다. 무릇 월나라는 본래 건국할 때 사방 1천 리에 달했다. 내가 비록 그에게 약간의 땅을 봉지로 내렸으나 아직 그의 영토를 완전히 회복시켜 주지는 못했다."

오자서가 이 얘기를 듣고는 곧바로 퇴청하여 집으로 돌아와 누우면서 시종에게 이같이 말했다.

"우리 군주는 석실의 죄수를 풀어주어 그가 남쪽의 숲속에서 횡행토록 해주었다. 지금 그가 단순히 호표(虎豹 : 호랑이와 표범)가 횡행하는 산야를 근거로 황외지초(荒外之草 : 극히 멀리 떨어진 들)로 나아가기만 한다면 그가 무슨 해를 끼칠까 걱정하겠는가. 그러나 그는 결코 그리 하지 않을 것이다."

오왕은 갈포(葛布)를 예물로 받은 후 다시 월나라의 봉지를 확장시켜 주고, 월왕에게 우모(羽毛)로 만든 깃발과 궤장(几杖 : 앉을 때 팔을 얹는 작은 탁자와 지팡이), 제후의 복장을 내려주었다. 이에 월나라 사람들이 크게 기뻐했다. 이때 채갈(采葛)하던 여인들이 월왕의 용심지고(用

心之苦 : 마음을 졸이는 고통)에 가슴 아파하며 다음과 같은 「고지시(苦之詩)」를 지었다.

칡 꽃받침이 줄기와 이어져 무성키만 하니	葛不(=柎)連蔓莱台台
우리 군주 용심(用心)하여 명운이 바뀌네	我君心苦命更之
쓸개를 핥아도 쓰지 않고 달기가 엿과 같으니	嘗膽不苦甘如飴
우리에게 채갈하여 직물을 짜라 하네	令我采葛以作絲
허기져도 밥 먹을 짬 없어 팔다리가 피곤하니	飢不遑食四體疲
여공들이 직물을 짜며 감히 태만치 못하네	女工織兮不敢遲
갈포가 비단보다 가벼워 마치 날아갈 듯하니	弱於羅兮輕霏霏
이를 치소(絺素)라 하는가 장차 바칠 것이라네	號絺素兮將獻之
월왕이 기뻐하여 죄인을 제거할 일조차 잊으니	越王悅兮忘罪除
오왕은 환회하며 척서(尺書)를 날려 보내네	吳王歡兮飛尺書
봉지가 더해지고 하사된 우모(羽毛)가 아름다우니	增封益地賜羽奇
궤장·인욕(茵褥 : 돗자리)이 제후의 모습이라네	几杖茵褥諸侯儀
군신들이 배무(拜舞)하자 천안(天顏)이 편안하니	群臣拜舞天顏舒
대왕은 무슨 수심 있어 이를 떨치지 못하는가	我王何憂能不移

이에 월왕이 조정 내에서 덕행을 닦고, 조정 밖에서 백성 교화(敎化)를 시행했다. 군주는 자신의 작업을 정교(政敎)라 칭하지 않고, 신하들은 자신들의 작업을 모책(謀策)이라 칭하지 않고, 백성들은 자신들의 작업을 사역(使役)이라 칭하지 않고, 관원들은 자신들의 작업을 사군(事

君)이라 칭하지 않았다. 국내가 탕탕(蕩蕩 : 텅 비어 있음)하고, 정령도 없었다. 월왕이 국내에서 부고(府庫)를 튼튼히 하고, 전주(田疇)를 개간하자 백성들이 부유해지고 나라가 강해졌다. 백성들이 안락해지자 치리(治理)가 그대로 관철되었다.

월왕이 드디어 8명의 대신과 그들의 친구들을 스승으로 삼아 수시로 그들에게 문정(問政 : 치국의 방략 등을 물음)했다. 이에 대부 문종이 이같이 말했다.

"치국지도는 오직 애민(愛民)일 뿐입니다."

"어찌하면 그리 할 수 있소."

"그들에게 이익을 주며 해를 가하지 않고, 그들의 일을 성사시키며 패망케 하지 않고, 그들을 살려주며 죽이지 않고, 그들에게 나눠주되 빼앗지 않으면 됩니다."

"보다 자세히 듣고 싶소."

그러자 문종이 이같이 설명했다.

"백성들이 좋아하는 것을 빼앗지 않는 것이 곧 이익을 주는 것입니다. 백성들로 하여금 농사 지을 때를 어기지 않도록 하는 것이 그들의 일을 성사시켜 주는 것입니다. 형법을 줄이고 징벌을 면제하는 것이 그들을 살리는 것입니다. 부렴(賦斂)을 가벼이 하는 것이 그들에게 나눠주는 것입니다. 고대(高臺)를 많이 세우지 않고 그곳에 놀러가지 않는 것이 그들을 즐겁게 만드는 것입니다. 안정된 모습을 견지하며 가혹하게 대하지 않는 것이 그들을 기쁘게 만드는 것입니다. 그러나 그들이 좋아하는 물건을 빼앗는 것은 그들에게 해를 가하는 것입니다. 농사철을 빼앗는 것은 그들의 일을 패망케 하는 것입니다. 죄를 지은 자에게 형벌을 가하며 사면치 않는 것은 그들을 죽이는 것입니다. 부세(賦稅)를 무겁게 하여 많이 거두는 것은 그들로부터 빼앗는 것입니다. 많은 고대를 지어 그곳으로 자주 놀러가면서 백성들을 지치게 만드는 것은 그들에게 고통을 주는 것입니다. 백성들을 동원해 민력(民力)을 피폐케 만드는 것은 그들을 화나게 만드는 것입니다. 제가 듣건대 나라를 잘 다스리는 사람은 백성들 대하기를 마치 부모가 자식 대하듯이 하고, 형이 동생을 사랑하듯 한다고 했습니다. 백성들이 기한(飢寒)으로 고통을 겪는다는 얘기를 들으면 그들을 위해 애통(哀痛)해 하고, 그들의 노고(勞苦)를 보면 그들을 위해 비상(悲傷)한 마음을 가져야 합니다."

이에 월왕이 형법을 관대히 하여 형벌을 감경하고 부렴을 가벼이 했다. 그러자 인민(人民)들이 은부(殷富)해지고, 모두 개갑지용(鎧甲之勇 : 갑옷을 입고 적진으로 뛰어드는 용기)을 지니게 되었다.

구천 9년(기원전 488) 정월, 월왕이 5명의 대부를 소견하면서 이같이 말했다.

"전에 월나라가 패주하며 종묘를 버릴 때 나는 궁로 (窮虜 : 감옥에 갇힌 죄인)가 되고 말았소. 나의 수치에 대해서는 천하인이 모두 듣고, 나의 굴욕에 관한 얘기는 여러 제후국에 그대로 전해졌소. 지금 내가 오나라에 대해 복수를 하려는 것은 마치 벽자(躄者 : 절름발이)가 달리는 것을 연연해 하며 잊지 않고, 맹자(盲者)가 보는 것을 연연해 하며 잊지 않는 것과 같소. 다만 나는 지금 오나라에 대적할 수 있는 책모(策謀)가 어떤 것인지 잘 모르겠소. 청컨대 대부들이 나를 교회(敎誨)해 주기 바라오."

이에 부동(扶同)이 말했다.

"옛날 월나라가 망해 백성들이 사방으로 떠돌게 되었을 때 천하인 중 이 사실을 모르는 사람이 한 사람도 없었습니다. 그러나 지금 계책을 세우면서 결코 이 사실이 사전에 누설되는 일이 있어서는 안 될 것입니다. 제가 듣건대 '맹금(猛禽)은 날기 전에 먼저 부복(俯伏)하고, 맹수(猛獸)는 공격하기 전에 반드시 미모첩복(弭毛帖伏 : 털을 모으고 순순히 땅에 엎드림)한다. 지조(鷙鳥 : 수리)는 먹이를 가격하기 전에 반드시 비비집익(卑飛戢翼 : 낮게 날며 날개를 거둠)한다. 성인은 행동하기 전에 반드시 순사화중(順辭和衆 : 언사를 순순하게 하여 중인들과의 관계를 부드럽게 함)한다'고 했습니다. 성인의 계책은 그 형적을 볼 수 없고, 그 내정(內情)을 알 수 없습니다. 전쟁이 일어났

을 때 비로소 앞서 세운 계책에 따라 싸움을 하니 앞으로
는 표과지병(剽過之兵 : 진격로의 허리를 자르는 적군)이 없
고, 뒤로는 복습지환(伏襲之患 : 복병에 의해 기습을 당하는
우환)이 없습니다. 지금 대왕은 적을 앞에 두고 오나라를
공파하려면 응당 말을 줄여야 하고, 이같은 애기가 누설
되게 해서는 안 됩니다. 제가 듣건대 오왕의 병력은 제ㆍ
진(晉) 두 강국과 비견할 만하고, 일찍이 초나라와 결원(結
怨)했다고 합니다. 대왕은 제나라와 가까이 하고, 진나라
와 깊이 사귀고, 은밀히 초나라와 관계를 강화하고, 오나
라를 두터운 예로써 섬겨야만 합니다. 오왕의 성정은 맹
교(猛驕 : 흉포하고 교만함)하고 자긍(自矜 : 自高自大)하니
반드시 제후들을 가벼이 여기고 인국을 능멸할 것입니다.
제ㆍ진ㆍ초 3국이 한번 결권(決權 : 역량을 비교해 겨루기로
결단함)하면 모두 오나라의 적국이 될 것입니다. 그리 되
면 그들은 틀림없이 오나라와 각세교쟁(角勢交爭 : 힘을 겨
루며 강약을 다툼)할 것입니다. 이때 월나라는 오나라가
지친 틈을 타 공격하면 틀림없이 이길 수 있을 것입니다.
설령 5제(五帝)가 용병할지라도 이보다 나은 계책은 없
을 것입니다."

그러자 범리가 말했다.

"신이 듣건대 '다른 나라를 도모하고 적을 깨뜨리기
위해서는 행동할 때 상서로운 조짐이 있는지를 관찰한

진시황상

진시황(기원전 259년~기원전 210년)은 기원
전 221년에 6국을 통일하여 중국의 첫번째 중
앙집권의 봉건국가를 건립하였다. 진은 전국
을 통일한 후 분봉제를 폐지하여 군현제로 바
꾸고, 법률·화폐·문자·도량형·마차 바퀴
를 통일하고, 도로를 정비하고 만리장성을 수
축하였다. 이러한 실시는 국가의 통일을 공고
히하고 경제·문화발전과 민족 융합에 중요한
역할을 하였다.

굴원상

굴원은 전국시대의 초나라 사람으로 일찍이
좌도와 삼려대부(三閭大夫) 등의 관직을 지냈
다. 그는 중국 역사상 가장 유명하며 실증될
수 있는 위대한 시인이다. 그는 일생 동안 제
도를 바꾸어 나라를 부강시키고자 하는 이상
을 품었으나, 오히려 소인배의 모함을 받고 어
리석은 군왕에게 방축까지 되어 최후에는 강
에 투신하여 자살하였다.

다'고 했습니다. 맹진지회(孟津之會 : 주무왕이 은주를 토벌할 때 8백 명의 제후들과 맹진에서 회맹한 사건) 당시 제후들은 모두 가능하다고 했으나 주무왕은 오히려 이를 사양했습니다. 바야흐로 지금 오나라는 초나라와 결원하여 화해할 수 없는 상황에 있습니다. 제나라는 오나라와 가깝지 않은데도 표면상 오히려 오나라에 지원을 보내고 있습니다. 진나라는 비록 오나라에 기대고 있지는 않으나 그들의 도리를 하고 있습니다. 오나라의 대신들이 계책을 꾸며 회보키로 결정하면 인국들은 오나라와 교통하고 있어 지원을 그치지 않을 것입니다. 이것이 오나라가 패업을 이루고 제후국들이 오왕을 추숭(推崇)하는 이유입니다. 신이 듣건대 '높이 솟은 산은 무너지고, 가지가 무성한 나무는 부러진다. 해가 중천에 오르면 아래로 내려가고, 달이 차면 기울게 된다'고 했습니다. 춘·하·추·동의 4계는 동시에 성할 수 없고, 금·목·수·화·토의 5행은 동시에 운행할 수 없습니다. 음양이 서로 주도적인 자리를 바꿈에 따라 자연계의 원기는 성쇠(盛衰)의 순환을 하는 것입니다. 물이 제방을 가득 채우게 되면 더 이상 그 수량(水量)을 막을 길이 없고, 이미 다 타버린 숯은 다시 치열(熾烈)을 회복할 수 없는 것입니다. 물이 고요하면 구영지노(漚瀯之怒 : 거품이 이는 큰 물의 기세)가 없고, 불이 꺼지면 희모지열(熹毛之熱 : 치열하

게 머리털을 태우는 화력)이 사라지게 됩니다. 지금 오왕은
제후들의 위세에 기대어 천하를 호령하고 있습니다. 그
러나 그는 자신의 덕박은천(德薄恩淺 : 공덕이 박하고 베푼
은정이 얕음)으로 인해 도협원광(道狹怨廣 : 갈수록 길이 좁
아지며 원망만 커짐)과 권현지쇠(權懸智衰 : 권세가 높으나
지력이 더욱 쇠퇴해짐), 역갈위절(力竭威折 : 힘이 소진하면
서 위세가 떨어짐), 병좌군퇴(兵挫軍退 : 진격이 저지되어 패
퇴함), 사산중해(士散衆解 : 병사들이 패주해 군대가 와해됨)
가 일어나고 있다는 사실을 모르고 있습니다. 제가 우리
군사를 한번 순시하고 사병들을 정비하여 오나라의 기
력이 쇠퇴해질 때를 기다려 습격토록 하겠습니다. 그리
하면 병사들이 병기에 피를 묻히지도 않고 선종(旋踵 : 발
꿈치를 돌려 도주함)치도 않고, 오나라의 군신을 모두 포로
로 잡을 수 있습니다. 원컨대 대왕은 목소리를 낮추고,
그 움직임을 보이지 말고, 조용히 무위(無爲)하는 모습만
을 내보이기 바랍니다."

이어 대부 고성(苦成)이 말했다.

"물은 능히 초목을 물 위에 띄울 수 있습니다. 그러나
동시에 이를 가라앉힐 수도 있습니다. 땅은 능히 만물을
생장시킬 수 있습니다. 그러나 동시에 이들을 모두 죽일
수도 있습니다. 강해(江海)는 능히 물을 계곡물로 머물게
만들 수 있습니다. 그러나 동시에 격류가 되어 자신에게

몰려오도록 만들 수도 있습니다. 성인은 능히 백성들을 순종시킬 수 있습니다. 그러나 동시에 그들을 부릴 수도 있습니다. 지금 오나라는 합려의 군사제도와 오자서의 전교(典敎 : 법칙과 교화)를 계승하고 있습니다. 정치가 안정되어 아직 쇠퇴할 조짐이 나타나지 않고 있습니다. 싸움에서 줄곧 승리해 아직 실패한 적이 없습니다. 대부 백비는 광녕(狂佞 : 광망되고 아첨에 능함)한 자로 모략에 밝으나 조정의 정사를 경시하고 있습니다. 오자서는 전쟁에 몰두하며 목숨을 걸고 규간(規諫)하고 있습니다. 이 두 사람이 함께 권력을 잡으면 반드시 파탄이날 수밖에 없습니다. 청컨대 대왕은 허심자닉(虛心自匿 : 마음쓰는 모습을 보이지 않고 스스로를 감춤)하여 계모가 드러나지 않도록 유의하기 바랍니다. 그리 하면 장차 오나라를 멸할 수 있을 것입니다."

대부 호(浩 : 皓)가 말했다.

"지금의 오나라로 말하면 군주는 교만하고, 신하는 사치하고, 백성들은 종일 포식하고, 장병들은 멋대로 행동하고 있습니다. 밖으로는 변경을 침공하려는 적이 있고, 안으로는 권력과 이익을 놓고 다투는 신하들이 요무양위(耀武揚威 : 무력 시위로 위세를 보여줌)하고 있습니다. 그러니 가히 공벌할 수 있습니다."

대부 구여(句如 : 皐如)가 말했다.

"하늘에는 4시(四時)가 있고, 사람에게는 5승(五勝 : 5행의 相生)의 원칙이 있습니다. 옛날 상탕과 주무왕은 4시의 유리함을 이용해 하걸(夏桀)과 은주(殷紂)를 제복했습니다. 제환공과 진목공은 5승의 편리함을 이용해 능히 열국의 위계를 정했습니다. 이 모두 시기(時機)를 틈타 승리를 거둔 것입니다."

이에 월왕이 이같이 말했다.

"지금 우리들은 아직 4시의 유리함과 5행의 편리함을 얻지 못했소. 원컨대 대부들은 각자의 자리로 돌아가 주기 바라오."

9. 구천음모외전 句踐陰謀外傳

　구천 10년(기원전 487) 2월, 월왕이 옛날 오나라에서
모욕받은 일과 다행히 하늘의 지복(祉福)을 받아 월나라
로 돌아오게 된 사실에 대해 심념원사(深念遠思 : 깊이 되
새겨 생각함)했다. 군신들이 월왕을 교회(敎誨)하고, 각자
한 가지씩 계책을 낸 뒤 사합의동(辭合意同 : 논의가 일치
하고 뜻이 같음)하면 월왕이 이를 경종(敬從 : 정중히 좇음)
했다. 이로써 월나라가 부강하게 되었다.

　구천이 월나라로 돌아온 지 몇 년이 지났으나 아직
감사지우(敢死之友 : 자신을 위해 목숨을 던질 친구)가 있다
는 얘기를 듣지 못했다. 어떤 사람은 대부들 모두가 오직

자신의 몸만 아낀다는 얘기를 하기도 했다. 이에 구천은
군신들과 함께 점대(漸臺 : 익사의 위험이 있는 수상 누각으
로 '감사지우'를 찾아보기 위해 점대로 간 것임)에 올라가 대
신들이 두려워하는지 여부를 관찰했다. 상국 범리와 대
부 문종, 고여(皐如) 등은 모두 엄연(儼然 : 의젓함)히 자리
에 앉아 있었다. 비록 내심 약간의 두려운 마음이 있었으
나 그 기색이 얼굴에 드러나지 않았다.

　이때 갑자기 월왕이 명종경격(鳴鐘警檄 : 경종을 울리
며 급히 부르는 격문을 보냄)하며 군신들을 불러모았다. 그
리고는 이들과 함께 이같이 맹서했다.

　"과인은 치욕을 당해 위로는 주왕(周王)에게 부끄럽
고, 아래로는 진(晉)·초 두 나라에 부끄럽다. 다행히 여
러 대부들의 계책에 힘입어 고국으로 돌아와 열심히 정
사를 돌본 덕분에 이제는 백성들의 생활을 풍족케 하고,
많은 현사(賢士)들을 양성케 되었다. 그러나 여러 해가
지나도록 나를 위해 목숨을 내던지겠다는 용사와 설욕
에 나서겠다는 현사가 있다는 얘기를 듣지 못했다. 과연
어찌해야 공을 세울 수 있겠는가."

　그러자 군신들이 묵연히 아무 대답도 하지 못했다.
이에 월왕이 하늘을 쳐다보며 이같이 탄식했다.

　"고가 듣건대 '주우신욕(主憂臣辱 : 주군에게 우환이 있
으면 신하는 주군을 위해 치욕을 견딤)하고, 주욕신사(主辱臣

死 : 주군이 치욕을 당하면 신하는 주군의 설욕을 위해 목숨을 바침)한다'고 했소. 지금 고는 친히 노복이 되는 곤액을 당하고, 몸이 수금되고 나라가 공파당하는 치욕을 당했소. 이에 고는 스스로 보좌할 길이 없어 수현임인(廋賢任仁 : 현사를 기다리고 어진 자를 임용함)한 이후에 오나라를 토벌하려 했소. 이를 위해 여러 대부들을 깊이 신뢰했으나 대부들은 어찌하여 이득난사(易得難使 : 쉽게 얻었으나 부리기가 곤란함)인 것이오."

이때 계연(計硏)은 나이도 어리고 관위도 낮아 뒷자리에 앉아 있었다. 월왕의 말이 끝나자 계연이 갑자기 손을 번쩍 들고 추주(趨走 : 작은 걸음으로 빨리 걸어나옴)했다. 이어 방석을 밟으며 앞으로 나와서는 이같이 진언했다.

"대왕의 말이 크게 틀렸습니다. 대부들은 '이득난사'가 아닐 뿐만 아니라 대왕은 그들을 부릴 능력도 없습니다."

"그게 무슨 뜻이오."

그러자 계연이 이같이 대답했다.

"무릇 관위와 재폐(財幣), 금상(金賞 : 황금의 포상)은 군주가 가벼이 보는 것입니다. 조봉리인(操鋒履刃 : 손에 병기를 들고 발로 예리한 칼날을 밟음)하고, 애명투사(艾命投死 : 참수를 당하고 몸을 던져 죽음)하는 것은 선비들이 중시

285

하는 것입니다. 지금 대왕은 가벼이 보아야 할 것을 세세히 따지면서, 오히려 선비들이 중시하는 것을 바라고 있으니 이 얼마나 위험한 일입니까."

이에 월왕이 묵연히 아무 말도 하지 않은 채 속으로 민민불락(悶悶不樂 : 속으로 끓으며 불쾌해함)했으나 얼굴에 부끄러운 기색이 드러났다. 오왕은 곧 군신들에게 사죄하고는 계연을 앞으로 불러놓고 이같이 물었다.

"내가 사심(士心 : 선비들의 마음)을 얻은 것은 어느 정도나 되오."

그러자 계연이 이같이 대답했다.

"무릇 백성을 다스릴 때 인의자(仁義者)를 존중하는 것은 치국의 관건(關鍵)입니다. 사민(士民)은 군주가 입신할 수 있는 근본(根本)입니다. 치국의 관문(關門)을 열고 입신의 뿌리를 공고히 하는 데에는 정신(正身 : 몸을 바르게 함)보다 나은 것이 없습니다. '정신'의 요체는 '근좌우(謹左右 : 주변의 신하를 신중히 선발함)'에 있습니다. 좌우의 근신(近臣)은 군주의 성쇠(盛衰)를 좌우하는 근원입니다. 대왕은 좌우를 명선(明選 : 현명하게 선발함)하여 유덕자(有德者)를 임용하면 되는 것입니다. 옛날 태공(太公 : 呂尙)은 나이가 90세가 되도록 아무런 공도 이루지 못했습니다. 반계(磻溪 : 강태공이 주문왕을 만나기 전까지 낚시를 하던 강으로 섬서성 보계시 동남쪽을 지나 渭水로 유입하는

潢河를 지칭)에 있을 때에는 끼니가 없어 아사(餓死)할 상황에 처해 있었을 뿐입니다. 그러나 서백(西伯 : 주문왕)은 그를 임용하여 왕업을 이뤘습니다. 관중은 당초 노나라로 도망간 죄수에 불과했습니다. 더구나 당시 그는 자신을 추천한 포숙아(鮑叔牙)와 소시적에 장사를 하면서 이익을 나눌 때 자신의 몫을 크게 했다는 불명예까지 안고 있었습니다. 그러나 제환공은 그를 얻음으로써 패업을 이뤘습니다. 그래서 고서(古書)에 이르기를, '현능지사(賢能之士)를 잃으면 쇠망하고 얻으면 창성한다'고 한 것입니다. 원컨대 대왕은 좌우의 근신을 심찰(審察 : 상세히 관찰함)하기 바랍니다. 어찌하여 군신들의 '불사(不使)'를 걱정하는 것입니까."

이에 월왕이 말했다.

"나는 덕이 있는 사람을 부리고 능력 있는 사람을 임용하면서 그들의 직책을 서로 다르게 배정했소. 나는 오로지 한마음으로 오나라에 보복할 수 있는 계책을 듣고자 했소. 그러나 지금 그대들은 모두 익성은형(匿聲隱形 : 소리를 죽이고 형체를 감춤)하고 있소. 이에 아무런 얘기도 들을 수가 없었으니 이 잘못은 어디에서 비롯된 것이오."

그러자 계연이 말했다.

"현능한 사람을 발탁하고 책사의 전모를 파악하는

데에는 상이한 목적에 따른 다양한 고찰방안이 있습니다. 먼저 먼 곳으로 가 곤란한 임무를 수행토록 하면 이로써 그들의 충성심을 알아낼 수 있습니다. 조정에서 비밀을 요하는 일을 애기해 주면 이로써 그들을 신뢰할 수 있는지를 알아낼 수 있습니다. 그들과 정사를 토론하면 이로써 그들의 지혜를 알아낼 수 있습니다. 술자리에서 술을 먹게 하면 이로써 그들이 혼란(昏亂)한 사람인지 여부를 알 수 있습니다. 모종의 직무를 맡겨 이를 수행토록 하면 이로써 그들의 재능을 알아낼 수 있습니다. 자신의 안색을 그들에게 보이면 이로써 그들의 태도를 알아낼 수 있습니다. 군주의 얼굴에 나타나는 5색(五色 : 여기서는 여러 가지 안색을 의미)을 보여주게 되면 책사들은 곧 자신들의 전모와 속셈을 드러내고, 능력 있는 사람은 자신의 지모를 다하기 마련입니다. 능력 있는 자의 지모를 알고 책사의 전모와 속셈를 확연히 파악할 수 있다면 대왕은 무엇을 염려하겠습니까.”

이에 월왕이 말했다.

“책사들이 자신의 전모와 속셈을 드러내고, 능력 있는 자가 그들의 지모를 다하는 것에 의지코자 할지라도 책사 중에는 마음을 다하여 나에게 유익한 계책을 내려고 하지 않는 자가 있을 것이오.”

그러자 계연이 말했다.

"범리는 총명하여 능히 국내의 실정을 파악할 능력을 지닌 사람입니다. 문종은 원견탁식(遠見卓識 : 앞 일을 멀리 내다보는 뛰어난 식견)으로 국외의 정황을 파악할 수 있는 사람입니다. 원컨대 대왕은 대부 문종을 불러 그와 한번 깊이 논의하기 바랍니다. 그러면 패왕지술(覇王之術)이 거기에서 나올 것입니다."

월왕이 이를 좇아 곧 대부 문종을 불러 물었다.

"나는 전에 그대의 계책을 이용해 궁액(窮厄)의 상황에서 빠져나올 수 있었소. 지금 나는 다시 한 번 그대의 불기지계(不羈之計 : 고삐에 얽매이지 않는 뛰어난 계책)를 받들어 나의 숙수(宿讎 : 오랫동안 원한을 품은 원수)를 없애고자 하오. 어찌하면 성공할 수 있겠소."

이에 문종이 이같이 대답했다.

"신이 듣건대 '높이 나는 새는 미식(美食 : 맛있는 먹이)으로 인해 죽고, 깊은 물 속의 물고기는 향이(香餌 : 향내 나는 미끼)으로 인해 죽는다'고 했습니다. 지금 오나라를 치려면 반드시 먼저 오왕이 좋아하는 것을 구하여 그의 환심을 얻어야 합니다. 연후에 비로소 능히 그의 땅과 재물을 취할 수 있습니다."

"좋아하는 것을 얻고자 하는 것이 설령 그의 소원이라 할지라도 어찌하여 그로써 사람을 사지(死地)로 몰아갈 수 있다는 것이오."

그러자 문종이 이같이 반문했다.

"원수에게 보복하여 원한을 풀고 오나라를 공파해 적을 없애고자 하면 모두 9가지 방법이 있습니다. 대왕 은 이를 알고 있습니까."

"나는 치욕을 당한 이후 가슴에 우수(憂愁)를 품게 되 었소. 안으로는 조정 대신들에게 부끄럽고, 밖으로는 여 러 제후들에게 부끄럽소. 내심 미혹(迷惑)되어 정신이 공 허한 상황이오. 설령 9가지 방법이 있다 할지라도 어찌 이를 알 수 있겠소."

이에 문종이 이같이 말했다.

"그 9가지 방법은 상탕(商湯)과 주문왕이 왕업을 이루 고, 제환공과 진목공이 패업을 이룬 비법이기도 합니다. 그들의 공성취읍(攻城取邑 : 성읍을 공략함)은 이어탈극(易 於脫屨 : 신발을 벗는 것보다 쉬움)이었습니다. 원컨대 대왕 은 이를 알아두기 바랍니다."

그리고는 이같이 설명했다.

"첫째는 존천사귀(尊天事鬼 : 하늘을 존중하고 귀신을 섬 김)하여 복을 구하는 것입니다. 둘째는 두터운 예물을 그 나라 군주에게 보내고, 많은 재물을 뇌물로 보내 그 신하 들의 환심을 사는 것입니다. 셋째는 그 나라를 텅 비게 만들 정도로 치솟은 가격을 제시해 속고(粟藁 : 糧草)를 사들임으로써 그 군주를 방탕하게 만들고, 그 나라 백성을 지치게 만드는 것입니다. 넷째는 미녀를 보내 그 군주의 마음을 미혹케 하고, 계책을 어지럽게 만드는 것입니다. 다섯째는 교공(巧工 : 뛰어난 장인)과 좋은 목재를 보내 궁실을 세우게 함으로써 그 나라의 재부를 고갈되게 만드는 것입니다. 여섯째는 유신(諛臣 : 아첨을 잘 하는 신하)을 보내 그 군주로 하여금 쉽게 다른 나라와 싸움을 벌이도록 만드는 것입니다. 일곱째는 권간(勸諫)을 잘하는 신하를 부추겨 더욱 강경한 태도를 취하게 하여 끝내 자살토록 만드는 일입니다. 여덟째는 군왕의 나라를 부유하게 만들어 병기를 크게 정비하고 확충하는 것입니다. 아홉째는 군사를 정예하게 훈련시켜 저들이 지친 때를 틈타 공격을 가하는 것입니다. 이들 9가지 방법은 군왕이 폐구무전(閉口無傳 : 입을 다물어 밖으로 새지 않게 함)해야 하는 것으로 오직 마음 속으로만 이를 깊이 이해해야만 하는 것입니다. 그리 하면 취천하(取天下 : 천하를 탈취함)도 어려운 일이 아니게 됩니다. 하물며 오나라쯤이야 말할 것이 있겠습니까."

"참으로 좋은 말이오."

이에 곧 첫 번째 방법을 구사했다. 동교(東郊)에 사묘(祠廟)를 세워 양기(陽氣)의 신을 제사지내고 그 명칭을 동황공(東皇公)이라 했다. 서교(西郊)에 사묘를 세워 음기(陰氣)의 신을 제사지내고 그 명칭을 서왕모(西王母 : 『산

해경』에는 호랑이 이빨을 지닌 괴물로 등장하나 이때에는 이미 일종의 신선으로 승화되어 있었음)라 했다. 회계산에서 산릉(山陵)의 신에게 제사지내고, 강주(江州 : 浙江의 안에 있는 모래톱)에서 수택(水澤)의 신에게 제사지냈다. 귀신을 섬긴 지 1년이 되자 나라는 두 번 다시 재해를 입지 않았다. 월왕이 문종을 이같이 칭송했다.

"대부의 계책이 참으로 좋소. 다른 계책에 대해서도 다시 논의했으면 하오."

그러자 문종이 이같이 말했다.

"오왕은 궁실 영건(營建)을 좋아하여 공장(工匠)들에 대한 사역이 그치지 않고 있습니다. 대왕은 명산에서 자라는 신재(神材 : 사계 내내 푸르름을 유지하고 수명이 긴 松柏 종류의 나무를 지칭)를 얻은 뒤 이를 정중히 예를 갖춰 보내기 바랍니다."

월왕이 이내 목공 3천여 명을 산으로 보내 나무를 벌목케 했다. 1년 동안 벌목공들은 처자식 등을 전혀 만날 수가 없었다. 이들이 모두 집으로 돌가가고픈 생각에 원망지심(怨望之心)을 품고「목객지음(木客之吟)」을 읊었다. 그러자 어느 날 저녁 한 쌍의 신목(神木)이 저절로 자라났다. 나무 둘레는 20위(圍 : '1위'는 양손의 엄지와 식지로 그리는 원의 둘레), 높이는 50심(尋 : '1심'은 8척)이나 되었다. 양기를 띤 한 그루는 무늬가 있는 재수(梓樹 : 가래

나무)였고, 음기를 띤 한 그루는 편남(楩楠 : 녹나무)이었
다. 솜씨 좋은 목공이 이를 다뤘다. 그는 규승(規繩 : 컴퍼
스와 먹줄)으로 줄을 그어 나무를 자른 뒤 커다란 원형으
로 조각하고, 각삭마롱(刻削磨礱 : 깎고 다듬고 갈음)하고,
주사(朱砂) 등을 이용해 단청(丹靑)을 입히고, 다시 그 위
에 여러 문장(文章 : '문'은 청색과 적색의 무늬, '장'은 적색
과 백색의 무늬)을 그리고, 백벽(白璧 : 흰색의 玉璧)을 위에
두르고, 겉에 황금을 상감(象嵌)해 넣었다. 그 모습이 마
치 용사(龍蛇)를 닮았고, 무늬와 색채는 화려한 빛을 발
했다.

　월왕이 곧 대부 문종을 보내 이를 오왕에게 바치게
하면서 이같이 말하게 했다.

　"동해 가의 노복인 신고(臣孤 : 신하인 군주) 구천이 저
문종을 시켜 감히 하리(下吏 : 하속 관원)를 통해 좌우에게
보고하기를, '대왕의 힘을 빌려 저는 사적으로 조그마한
궁전을 지었습니다. 지금 제법 많은 재목이 남게 되어 삼
가 대왕에게 재배하며 이를 바칩니다'라고 하게 했습니
다."

　이에 오왕이 크게 기뻐했다.

　그러자 오자서가 이같이 간했다.

　"대왕은 이를 받아서는 안 됩니다. 옛날 하걸(夏桀)이
영대(靈臺)를 짓고 상주(商紂)가 녹대(鹿臺)를 짓자 음양

이 서로 조화를 이루지 못하고, 한서(寒暑)가 때를 잃고, 5곡이 익지 않게 되었습니다. 하늘이 그들에게 재해를 내리자 백성들이 모두 빈핍(貧乏)하게 되고, 나라에 변란이 일어나게 되었습니다. 이에 그들은 곧 스스로 멸망하고 말았습니다. 만일 대왕이 이들 목재를 받게 되면 틀림없이 월왕에게 죽임을 당할 것입니다."

그러나 오왕은 오자서의 말을 듣지 않고 이들 목재를 받아들여 고소대(姑蘇臺)를 영건했다. 3년의 시간을 들여 목재를 수집하자 5년이 지나서야 이내 완성되었다. 고소대는 동서로 멀리 2백 리나 떨어진 곳을 훤히 내다볼 수 있을 정도로 높았다. 그러나 길을 가던 사람들은 길 위에서 죽어가는 목공과 거리에서 통곡하는 그 가속들을 쉽게 만날 수 있었다. 이에 사람들의 탄식이 끊이지 않게 되었다. 민피사고(民疲士苦 : 서민들이 사역에 지치고 士人들이 고통을 당함)로 인해 사람들이 살아나갈 길이 막막하게 되었다.

이때 월왕이 말했다.

"두 번째 계책이 참으로 좋다."

구천 11년(기원전 486), 월왕이 심념영사(深念永思 : 깊이 걱정하며 오랫동안 생각함)하여 오직 오나라 공벌만을 생각했다. 이에 계연을 불러 이같이 말했다.

"내가 오나라를 치고자 하나 장차 그들을 치지 못할

진·청동마차

지금까지 중국에서 발견된 것 중 최초의 것으로 제작형태가 몹시 크며 동재질로 마차와 사람과 말의 구성이 가장 완전하다. 마차의 전체 길이는 3.28m이며, 높이는 1.04m로 그 크기는 진짜 마차와 말과 사람의 2분의 1 크기이다. 말의 몸은 백색 바탕이고 위에는 채색그림을 그려넣었다. 동차 위의 둥근 우산은 아마도 거북이 껍질인 듯한데, 길조와 장수를 뜻하고 있으며 사각형 마차와 서로 잘 배합되고 있다. 구성면에서도 위는 둥글고 아래는 네모난 마차의 몸통은 중국 고대의 "하늘은 둥글고 땅은 네모나다"는 의식과 부합하고 있다.

까 걱정이오. 그래서 곧 군사를 일으키기에 앞서 먼저 그 대의 생각을 묻고자 하는 것이오."

그러자 계연이 말했다.

"무릇 흥사거병(興師擧兵 : 군사를 일으켜 전쟁을 함)하 려면 반드시 먼저 안으로 5곡을 비축하고, 금은재보를 충분히 준비하고, 창고와 무기고를 충실히 채워놓고, 갑 병(甲兵 : 갑옷과 병기)을 정비해야 합니다. 이 4가지 조건 이 구비되면 천지의 절기를 잘 관찰하고, 사물의 음양을 연구하고, 일진(日辰)의 고허(孤虛 : 일진의 '일'은 天干, '진'은 地支를 뜻하는 것으로 '고허'는 일진이 완전치 못한 소 위 空亡을 의미)를 살피고, 존망의 조건을 세밀히 관찰해 야 합니다. 그래야만 가히 적과 역량을 비교할 수 있는 것입니다."

"그대가 말하는 '천지의 절기'와 '존망의 조건' 등은 무엇을 말하는 것이오."

"소위 천지의 절기는 사물의 생사를 말하는 것입니 다. 사물의 음양을 연구한다고 하는 것은 사물의 귀천을 말하는 것입니다. 일진의 고허를 살핀다고 하는 것은 회 제(會際 : 시운을 만남)를 아는 것을 말합니다. 존망의 조 건을 세밀히 관찰한다고 하는 것은 진위를 가리는 것을 말합니다."

이에 월왕이 물었다.

"그대가 말하는 '생사'와 '진위'는 무엇을 말하는 것이오.

"봄날에 각종 곡물을 파종하고, 여름에 곡물이 생장하면 이를 보양(保養)하고, 가을에 곡물이 익으면 이를 거둬들이고, 겨울에 비축하여 저장하는 것입니다. 무릇 자연의 시령(時令)에는 생장할 조건을 갖춘 봄이 있는데, 이때 파종치 않으면 이는 첫 번째 죽는 길입니다. 여름에는 곡물이 생장하는데, 이때 싹을 이앙(移秧)치 않으면 이는 두 번째 죽는 길입니다. 가을에 곡물이 익는데, 이때 거둬들이지 않으면 이는 세 번째 죽는 길입니다. 겨울에는 곡물을 저장해야 하는데, 이때 쌓아두지 않으면 이는 네 번째 죽는 길입니다. 설령 요순과 같은 현덕(賢德)이 있을지라도 이같이 하지 않으면 달리 방법이 있을 수 없습니다. 자연의 시령에는 만물이 생장할 조건을 갖춘 시기가 있습니다. 이때 노인들은 권면(勸勉)을 하고, 젊은이들은 열심히 경작함으로써 절기에 따른 자연의 이치에 응하고, 곡물이 생장하는 이치를 어기지 않고 파종합니다. 이것이 첫 번째 사는 길입니다. 유의해 보살피고, 근면히 묘예(苗穢 : 잡초)를 없애야 합니다. 묘예가 제거되면 화묘(禾苗)가 무성하게 됩니다. 이것이 두 번째 사는 길입니다. 거둘 시기가 다가오기 전에 모든 준비를 마치고, 추수한 곡물이 도착하면 이를 잘 저장합니다. 국내에는 포세(逋稅 : 조세를 포탈함)하는 자가 없고, 백성들은 모두 익은 곡식을 거두게 됩니다. 이것이 세 번째 사는 길입니다. 이미 흙으로 창고를 깨끗이 바르고 제진입신(除陳入新 : 묵은 곡식을 꺼내고 새 곡식을 채워넣음)하면 군주는 즐겁고, 신민은 기뻐하고, 남녀는 서로 믿게 됩니다. 이것이 네 번째 사는 길입니다. 음양은 태음(太陰 : 太歲)이 머무는 해에 일어나 국내에 머물며 3년 동안 활동을 멈추는 것을 뜻합니다. 이같이 하면 귀천이 선명히 드러나게 됩니다. 고허(孤虛)는 천문지호(天門地戶)를 말하고, 존망의 조건은 곧 군주의 도덕을 말하는 것입니다."

그러자 월왕이 이같이 감탄했다.

"그대는 나이도 어리면서 어찌하여 사물에 대해 마치 장자(長者)처럼 그토록 아는 것이 많은 것이오."

"유미지사(有美之士 : 재덕과 학식이 뛰어난 인물)는 나이의 대소와는 상관이 없는 것입니다."

"도리에 관한 그대의 언급은 참으로 뛰어나오."

이에 고개를 들어 천문을 관찰한 뒤 사람을 모아 위수(緯宿 : '經'에 대칭되는 '緯'는 5星을 의미하고, '위수'는 곧 5星 28宿를 지칭하는 星宿를 의미)를 관찰해 역법을 추산케 하고, 천체 운행의 현상을 관측케 하고, 4계가 교체하는 시각을 확정케 하고, 지상의 사물을 천상의 성수(星宿)에 비유케 하고, 사방에 방대한 규모의 창고를 설치케 하고, 음기가 성해질 때 창고에 곡식을 수장하며 양기가 성해질 때 곡식을 내놓게 하고, 가장 좋은 계책을 세우게 했다. 이같이 3년 동안 하자 곡식 저장량이 당초의 5배에 달하게 되었다. 이에 월나라는 치부(熾富 : 크게 부유하게 됨)케 되었다. 그러자 구천이 감개(感慨)한 어조로 이같이 탄복했다.

"패업을 이루고자 하는 나에게 계연의 계책은 참으로 좋다."

구천 12년(기원전 485), 월왕이 대부 문종에게 말했다.

"내가 듣건대 오왕은 멋대로 방탕하여 여색을 좋아하고, 혹란침면(惑亂沈湎 : 미혹되어 어지럽고 술에 빠짐)하여 정사를 돌보지 않는다 하오. 이를 틈타 오나라를 도모하는 것이 어떻겠소."

"가합니다. 오왕이 방탕하여 여색을 탐하고, 태재 백비가 교언(巧言)과 아첨으로 오왕을 사로잡고 있습니다. 그러니 미녀를 바치면 그들이 틀림없이 받아들일 것입니다. 원컨대 대왕은 2명의 미인을 선발해 그들에게 바치도록 하십시오."

"좋은 생각이오."

그리고는 관상을 잘 보는 사람을 보내 국내에서 찾아 보게 하자 곧 저라산(苧羅山 : 절강성 제기현 남쪽)에서 육신(鬻薪 : 땔감을 내다 팔아 생활함)하는 서시(西施 : 이름은

夷光으로 저라산 밑에 있는 施氏 兩村의 서쪽에 산데서 '서시'라는 이름을 얻게 되었음)와 정단(鄭旦)이라는 두 여인을 찾아냈다. 이에 두 여인에게 나곡(羅縠 : 성기게 짠 얇은 비단과 무늬가 들어 있는 명주)을 입히고, 용보(容步 : 예쁘게 분장하고 길을 걸음)를 가르쳤다. 토성(土城 : 서시 등이 머문 궁으로 절강성 소흥시 동쪽에 위치)에 머물며 이를 습득하고, 도항(都巷 : 도성의 거리)으로 가 학습을 참관케 했다. 3년 동안 가르치자 서시와 정단 모두 능숙하게 적응케 되었다. 이에 그녀들을 오왕에게 바치면서 상국 범리를 시켜 이같이 진언케 했다.

"월왕 구천에게는 사적으로 2명의 유녀(遺女 : 하늘이 내린 여인)가 있었습니다. 월나라는 지세가 낮고 군신이 곤박(困迫 : 궁박)하여 감히 계류(稽留 : 머물게 함)할 수 없었습니다. 그래서 저 범리를 시켜 두 여인을 대왕에게 바치게 했습니다. 만일 대왕이 두 여인을 비루침용(鄙陋寢容 : '비루'는 추함, '침용'은 못생김)하다고 여기지 않는다면 부디 거두어 기추지용(箕帚之用 : 청소하는 데 사용한다는 뜻으로 처첩으로 삼는다는 의미임)으로 쓰기 바랍니다."

오왕이 크게 기뻐하여 이같이 말했다.

"월나라가 두 여인을 바치니 이는 구천이 오나라에 충성스런 증거이다."

그러자 오자서가 간했다.

"불가합니다. 대왕은 받아들여서는 안 됩니다. 신이 듣건대 '5색(五色 : 여기서는 다양한 색채를 의미)은 사람의 눈을 어둡게 하고, 5음(五音 : 여러 가지 음악을 지칭)은 사람을 귀먹게 한다'고 했습니다. 옛날 하걸은 상탕을 가벼이 여기다가 패망하고, 상주(商紂)는 주문왕을 가벼이 여기다가 패망했습니다. 만일 대왕이 이 두 미인을 받아들이게 되면 이후 반드시 재앙이 뒤따를 것입니다. 제가 듣건대 월왕은 조서불권(朝書不倦 : 낮에 글로써 공무를 보며 피곤함을 모름)하고 회송경야(晦誦竟夜 : 저녁에는 전적을 읽으며 밤을 새움)한다 합니다. 더구나 감사지사(敢死之士 : 죽음을 두려워하지 않는 용사)를 수만 명이나 모았다고 합니다. 그가 죽지 않으면 그는 반드시 자신의 소원을 이루고 말 것입니다. 월왕은 복성행인(服誠行仁 : 성실히 집무하며 仁政을 펼침)하여 간언을 받아들이고 현인을 발탁한다 합니다. 그가 죽지 않으면 그는 반드시 커다란 명성을 얻게 될 것입니다. 월왕은 여름에는 모구(毛裘 : 털로 덮인 가죽 외투), 겨울에는 치격(絺綌 : 고운 베옷과 거친 베옷)을 걸치고 지낸다 합니다. 그가 죽지 않으면 그는 반드시 우리의 대극(對隙 : 仇敵)이 되고 말 것입니다. 제가 듣건대 '현사는 국보(國寶 : 나라의 보물)이나 미녀는 국구(國咎 : 나라의 재난)이다'라고 했습니다. 하걸은 말희(妹喜)로 인해 망했고, 상주는 달기(妲己)로 인해 망했고,

주유왕(周幽王)은 포사(褒姒)로 인해 망했습니다."

그러나 오왕은 오자서의 말을 듣지 않았다. 이에 곧 월나라 미녀들을 받아들였다.

그러자 오왕이 이같이 말했다.

"세 번째 계책이 참으로 좋다."

구천 13년(기원전 484), 월왕이 대부 문종에게 물었다.

"내가 그대의 계책을 받아들이자 도모코자 하는 일이 모두 성사되어 일찍이 뜻에 부합치 않은 것이 하나도 없었소. 지금 다시 오나라를 도모코자 하는데 어찌 생각하오."

"대왕은 먼저 오왕에게 이르기를, '월나라는 미비(微鄙 : 작고 야비함)한 데다가 올해는 곡식이 익지 않아 수확을 하지 못했습니다. 원컨대 대왕이 월나라에 식량을 팔면 저의 바람을 만족시킬 수 있습니다'라고 하십시오. 만일 하늘이 오나라를 버릴 생각이라면 오나라는 틀림없이 대왕의 제의에 응할 것입니다."

월왕이 곧 대부 문종을 오나라에 사자로 보내면서 태재 백비를 통해 오왕을 만날 때 이같이 말하게 했다.

"월나라는 지세가 낮고 수한(水旱 : 홍수와 한발)이 자주 일어나 곡식이 익지 못하고 있습니다. 백성들이 기핍(飢乏 : 기아로 궁핍함)하게 되자 길 위에는 기뇌(飢餒 : 굶주린 사람)가 가득 차 있습니다. 이에 대왕에게 약간의 양식을 팔 것을 청하고자 합니다. 내년에 즉시 귀국의 창고에 반환토록 하겠습니다. 대왕이 저희들의 궁군(窮窘 : 군색한 처지)을 구해주기 바랍니다.”

이에 오왕이 말했다.

“월왕은 참으로 신성(信誠 : 신의가 있고 성실함)한 사람으로 도의를 굳게 지키면서 나에게 두 마음을 품지 않고 있소. 지금 곤경에 처하여 고충을 얘기하는데 내가 어찌 재물을 아껴 그의 바람을 헛되이 만들 수 있겠소.”

이때 오자서가 간했다.

“불가합니다. 오나라가 월나라를 취하지 않으면 월나라는 틀림없이 오나라를 취할 것입니다. 그러니 두 나라 사이에는 길왕흉래(吉往凶來 : 길한 것이 월나라로 가면 흉한 것이 오나라로 오게 됨)가 이뤄질 수밖에 없습니다. 양식을 파는 것은 적구(敵寇)를 키워 나라를 망하게 만드는 길입니다. 양식을 그들에게 준다고 하여 그들과 친근해지는 것도 아니고, 주지 않는다고 하여 원한을 사는 것도 아닙니다. 월나라에는 성신(聖臣)인 범리가 있습니다. 그는 용감하고도 모략에 뛰어납니다. 이번 일은 장차 저들의 진공을 호도하기 위해 양식 구입을 구실로 우리의 빈틈을 정찰코자 하는 것입니다. 월왕이 사자를 보내 식량 구입을 청하도록 한 것을 살펴보건대, 월나라는 정말로 국빈민곤(國貧民困 : 나라가 빈곤하여 백성이 곤경에 처함)하여 식량 구입을 청하는 것이 아닙니다. 이는 이를 구실로 우리나라에 들어와 대왕의 허점을 깊이 탐색코자 하는 것입니다."

그러자 오왕이 말했다.

"과인이 월왕을 비복(卑服 : 고개를 숙이고 복종함)시켜 그의 백성을 장악하고 그의 나라를 옹유(擁有)함으로써 구천을 한없이 참괴(慚愧)케 만들었소. 구천은 기복(氣服 : 충심으로 굴복함)하여 나의 말안장을 지으면서 각행마전 (却行馬前 : 말 앞에서 뒷걸음질로 공경을 표시하며 길을 열음)했소. 제후들치고 이 얘기를 듣지 않은 자가 없소. 지금 내가 그를 귀국시켜 종묘를 받들고 사직을 다시 세우게 했는데 어찌 감히 과인의 기대를 배반할 수 있겠소."

이에 오자서가 말했다.

"제가 듣건대 '선비는 궁하면 쉽게 억심하인(抑心下人 : 자신의 생각과 감정을 누르고 다른 사람에게 거듭 몸을 굽힘)하고 이후에 격인지색(激人之色 : 우쭐대는 기세로 남을 능멸하는 안색)을 보인다'고 했습니다. 만일 들은 바대로 월왕이 굶주려 있고 백성들이 곤궁한 처지에 있다면 지금이야말로 오히려 이를 틈타 적을 깨뜨릴 수 있는 절호의 기회입니다. 그런데도 지금 천도(天道)를 행하지 않고 지리(地理)를 따르지 않은 채 오히려 양식을 주고자 하니 이는 본래 대왕의 명운인 듯합니다. 이는 마치 여우와 꿩이 서로 희롱하는 모습과 닮아 있습니다. 여우가 자신의 몸을 낮추자 꿩은 이를 사실로 믿었습니다. 여우가 목적을 달성하면 꿩은 반드시 죽을 수밖에 없습니다. 그러니 어찌 신중하지 않을 수 있겠습니까."

그러나 오왕은 이같이 반박했다.

"구천이 자기 나라를 걱정하기에 과인이 그에게 식량을 공급코자 하는 것이오. 은혜를 베풀면서 의로써 이를 행하면 나의 덕행은 크게 빛날 터인데 무엇을 심려한단 말이오."

"제가 듣건대 '낭자야심(狼子野心 : 이리는 의리를 모르고 해를 끼치려는 본성을 지님)이니, 적대하는 사람을 가까이 해서는 안 된다'고 했습니다. 호랑이는 먹이를 주어 기를 수 없고, 복사(蝮蛇 : 살모사)는 마음대로 부릴 수가 없습니다. 지금 대왕은 나라의 복을 버리고 조금도 도움이 되지 않는 적을 풍족케 만들려 하고 있습니다. 충신의 말을 버리고 적의 의도에 부응하려 하고 있습니다. 저는 월나라가 틀림없이 오나라를 공파하리라는 것이 눈에 보입니다. 치록(豸鹿 : 뱀과 같이 발 없는 동물과 사슴과 같이 뛰어다니는 동물)이 고소대에서 뛰어놀고 형진(荊榛 : 가시나무와 개암나무덤불)이 궁궐에 가득 찰 것입니다. 원컨대 대왕은 주무왕이 상주(商紂)를 친 고사를 깊이 생각하기 바랍니다."

이때 태재 백비가 옆에 있다가 끼어들어 이같이 말했다.

"주무왕은 상주의 신하가 아니었습니까. 그런데도 그는 결국 제후들을 이끌고 자신의 군주를 친 것입니다. 비록 그가 상주에게 승리를 거두었다 할지라도 그것이 어찌 도리에 맞다고 할 수 있겠습니까."

그러자 오자서가 반박했다.

"그러나 주무왕은 이로써 자신의 명성을 이룰 수 있었습니다."

이에 백비가 말했다.

"그는 직접 나서 군주를 죽이는 것으로 이름을 얻었습니다. 나는 그의 이같은 행동을 차마 인정할 수 없습니다."

"도국자(盜國者 : 나라를 탈취하는 자)는 제후에 봉해지고, 도금자(盜金者 : 금은 등의 재물을 훔치는 자)는 주살을 당하는 법입니다. 만일 주무왕이 도의를 몰랐다면 주왕조가 어찌하여 기자(箕子)와 비간(比干), 상용(商容 : 은나라의 현인이나 상주가 그를 등용치 않음) 등의 3인을 표창했겠습니까."

오자서의 이 말에 백비가 이같이 반박했다.

"오자서는 신하된 자로 한낱 간군지호(干君之好 : 군주가 좋아하는 것에 저촉됨)와 불군지심(咈君之心 : 군주의

마음을 거스름)으로써 자신의 주장이 원만히 이뤄졌다고
생각하고 있습니다. 실로 그와 같다면 군주는 어찌하여
자신의 잘못을 알지 못하는 것입니까."

그러자 오자서가 이같이 말했다.

"태재 백비는 본래 이같은 기회를 이용해 월왕의 친
애(親愛)를 얻고자 하고 있습니다. 전에 그는 석실(石室)
의 죄수로 있는 월왕을 풀어주었고, 월나라가 보내는 재
보와 미녀를 받았습니다. 밖으로 적국과 결교(結交)하고,
안으로 군주를 미혹케 만들었습니다. 청컨대 대왕은 이
를 자세히 살펴 주변의 소인배에게 모욕당하는 일이 없
기 바랍니다. 지금 대왕은 어린 아이를 세수시키는 것에
비유할 수 있습니다. 설령 어린 아이가 울고 소리친다 해
도 이를 들어주어서는 안 되듯이 대왕은 태재 백비의 말
을 듣지 말기 바랍니다."

그러나 오왕은 이같이 말했다.

"태재 백비의 말이 옳소. 그대는 과인의 말을 잘 듣지
않으니 이는 충신지도(忠信之道)가 아니오. 오히려 영유
지인(佞諛之人)과 같은 것이오."

이에 태재 백비가 말했다.

"제가 듣건대 '인국에 급한 일이 생기면 1천 리를 달
려가 구한다'고 했습니다. 이것이 왕자(王者)가 망국의
후예를 제후로 봉하고, 5패가 멸망한 나라의 후예를 도

와준 이유입니다.”

오왕이 월나라에 1만 석의 곡식을 건네주면서 문종에게 이같이 말했다.

“나는 군신들의 반대를 무릅쓰고 양식을 월나라에 주는 것이오. 풍년이 들면 다시 나에게 돌려주도록 하오.”

“저는 봉사(奉使 : 사명을 받들고 나아감)하여 귀국한 뒤 세등(歲登 : 많은 수확을 거둠)하면 서둘러 빌려준 곡식을 갚도록 하겠습니다.”

대부 문종이 월나라로 귀국하자 월나라 군신들이 모두 소리 높여 외쳤다.

“만세.”

이에 곧 곡식을 군신들에게 상으로 나눠준 뒤 나머지 곡식은 백성들에게 분배했다.

곡식을 빌린 이듬해(기원전 483), 월나라가 풍년이 들어 많은 곡식을 거두게 되었다. 이에 상등의 곡식을 거둬 이를 증기로 찐 뒤 오나라에 돌려주었다. 이때 같은 수량의 곡식을 대부 문종을 시켜 오왕에게 돌려주었다. 오왕이 월나라의 곡식을 받은 뒤 크게 탄식하며 태재 백비에게 말했다.

“월나라 땅은 비옥하여 그런 것인지 품종이 참으로 좋소. 이를 남겨두었다가 백성들에게 파종토록 하시오.”

이에 오나라는 월나라의 곡식을 심었다. 그러나 곡식은 이내 모두 말라 죽고 하나도 발아(發芽)하지 못했다. 오나라 사람들이 커다란 기황(饑荒)에 처하게 되었다. 그러자 월왕이 말했다.

"저들이 이미 곤경에 처했으니 가히 진공할 만하다."

그러나 대부 문종이 만류했다.

"아직 안 됩니다. 오나라는 지금 빈곤해지기 시작했을 뿐입니다. 충신들이 아직 건재합니다. 천기(天氣)가 아직 그 조짐을 나타내지 않고 있습니다. 좀더 기다려야만 합니다."

월왕이 상국 범리를 불러 물었다.

"나는 오나라에 보복할 계책을 갖고 있소. 만일 수전(水戰)을 하게 되면 배를 타고, 육행(陸行 : 육상 행진)을 하게 되면 수레를 이용하면 되오. 다만 배와 수레가 편리하기는 하나 병노(兵弩 : 병기와 쇠뇌)에 비할 수는 없소. 지금 그대는 나를 위해 모사(謀事)하면서 오류를 범하지 않은 적이 없었소."

이에 범리가 대답했다.

"제가 듣건대 옛 성군들은 모두 공전(攻戰)을 습득하고 용병에 뛰어났다고 합니다. 다만 행진(行陣 : 군사 행렬의 대형) · 대오(隊伍 : 군사조직 편제로 '1대'는 2백 명, '1오'는 5명으로 구성) · 군고(軍鼓) 등에 관한 일과 길흉에 관한

일은 해당 분야에 밝은 인재들을 통해 결정했습니다. 지
금 제가 듣건대 월나라의 남림(南林 : 절강성 소흥시 남쪽)
에 한 처녀가 있는데, 국인(國人)들 모두 그녀의 무예가
출중하다고 칭송한다 합니다. 원컨대 대왕은 그녀를 불
러 한번 만나보기 바랍니다."

월왕이 이내 사자를 보내 처녀를 부르면서 장차 검극
지술(劍戟之術)에 대해 묻고자 했다. 처녀가 북쪽으로 가
월왕을 만나려고 하던 중 길에서 자칭 원공(袁公)이라고
하는 노인을 만났다. 이때 원공이 처녀에게 물었다.

"내가 듣건대 그대가 칼을 잘 쓴다 하니 한번 보고 싶
소."

그러자 처녀가 이같이 대답했다.

"소녀는 감히 감출 것이 없습니다. 공이 한번 시험해
보도록 하십시오."

이에 원공이 곧 임어죽(箖箊竹 : 대나무의 일종)을 뽑아
들었다. 이때 대나무 윗부분이 말라 있던 까닭에 끝부분
이 땅 위에 떨어져 나갔다. 처녀가 곧바로 떨어져 나간
대나무 끝부분을 집어들자 원공이 손에 대나무를 들고
처녀를 찔러 들어왔다. 이는 처녀가 틈을 보여 원공으로
하여금 찔러 들어오게 한 것이다. 원공이 3차례 찔러 들
어오는 사이 처녀가 대나무 끝을 들고 원공을 찔렀다. 원
공이 곧바로 나무 위로 뛰어오른 뒤 한 마리 흰색 원숭이

로 변했다. 그러자 처녀가 흰색 원숭이에게 작별을 고한 뒤 곧바로 길을 재촉해 월왕을 배견케 되었다. 이에 월왕이 처녀에게 물었다.

"검도(劍道)란 과연 어떤 것이오."

그러자 소녀가 이같이 대답했다.

"소녀는 심산의 밀림 속에서 태어나 사람이 살지 않는 들에서 자란 까닭에 소녀에게서 배울 만한 것은 아무것도 없습니다. 더구나 소녀는 제후들과 교왕(交往)한 적도 없습니다. 소녀는 단지 사적으로 격검지술(擊劍之術)을 좋아해 줄곧 쉬지 않고 이를 염송(念誦 : 입으로 되뇌임)해 왔을 뿐입니다. 이 격검지술은 다른 사람으로부터 배운 것이 아니고 문득 스스로 터득한 것입니다."

"격검지술은 어떤 것이오."

이에 소녀가 이같이 말했다.

"그 방법은 매우 미묘하면서도 쉽습니다. 그 취지는 매우 은밀하면서도 심오합니다. 격검지술에는 문호(門戶 : '문'은 커다란 것으로 大道, '호'는 작은 것으로 小道를 지칭)의 구별이 있습니다. 여기에는 각각 음양이 포함되어 있습니다. 개문폐호(槪聞閉戶 : 대도를 행하며 소도를 폐함)하면 음기가 쇠하고 양기가 흥하게 됩니다. 무릇 직접 싸움에 참여할 때는 몸 안으로 정신을 충족시키고, 몸 밖으로 안온하면서도 장중한 의표를 드러내는 것이 원칙입니다. 겉으로 볼 때는 온순한 미녀이나 싸움이 벌어졌을 때는 겁 먹은 호랑이를 닮았습니다. 체기(體氣)의 상황을 보아 몸을 안배한 뒤 정신과 함께 보조를 맞춰 앞으로 나아갑니다. 이에 마치 해와 같이 고원(高遠)하고, 등토(騰兎 : 날 듯이 뛰어가는 토끼)와 같이 경쾌하면서도 민첩합니다. 또한 사람을 추격할 때 형체가 오고 그림자가 가듯이 검광(劍光)이 있는 듯도 하고 없는 듯도 합니다. 호흡할 때 기를 토하고 마시듯이 법금(法禁)을 어기는 적이 없습니다. 종횡으로 오가며 정공(正攻)을 가하거나 역공(逆攻)을 가하듯이 곧바로 찌르는 것이나 재차 반격하는 것이나 모두 사람에게 들키지 않습니다. 이같은 검술은 능히 한 사람으로 하여금 1백 인을 대적케 하고, 1백 인이 1만 인을 대적케 만들 수 있습니다. 대왕이 이를 시험하고 싶으면 그 증험(證驗)이 곧바로 드러날 것입니다."

월왕이 크게 기뻐하면서 즉시 처녀에게 명호(名號)를 내려주었다. 그 명호는 바로 '월녀(越女)'였다. 이에 곧 5교(五校 : 여러 군대의 총칭)의 대장과 고재(高才 : 능력이 뛰어난 사람)에게 명하여 월녀를 찾아가 검술을 배우게 한 후 그들로 하여금 병사들을 가르치게 했다. 사람들은 모두 이를 두고 '월녀지검(越女之劍)'이라 칭했다.

이때 범리는 또 활을 잘 쏘는 명궁 진음(陳音)을 추천했다. 진음은 본래 초나라 사람이었다. 월왕이 진음을 소견하면서 이같이 물었다.

"내가 듣건대 그대는 활을 잘 쏜다 하니 그같은 도는 어디서 얻은 것이오."

"신은 초나라의 비인(鄙人 : 야인)입니다. 일찍이 활 쏘는 기술을 연마한 적은 있으나 아직 그에 관한 것을 모두 알지는 못하고 있습니다."

이에 월왕이 이같이 청했다.

"설령 그렇다 할지라도 그대가 이에 대해 간략히 설명해 주기 바라오."

"신이 듣건대 노(弩 : 쇠뇌)는 궁(弓)에서 나오고, 궁은 탄궁(彈弓 : 탄환을 쏘는 활)에서 나오고, 탄궁은 옛날 한 효자(孝子)가 만들었다고 합니다."

"효자가 탄궁을 만든 이유는 무엇이오."

그러자 진음이 이같이 설명했다.

"옛날에 사람들은 질박하여 배가 고프면 곧 금수를 잡아 먹고, 목이 마를 때는 곧 이슬을 마셨습니다. 죽으면 백모(白茅 : 흰 띠풀)로 둘둘 말아 들에 내다 버렸습니다. 효자는 부모의 시신이 짐승들에게 뜯어먹히는 것을 차마 볼 수 없어 탄궁을 만들어 부모의 시신을 지켰습니다. 이에 금수의 침해가 끊겼습니다. 그래서 옛 사람이 노래하기를, '대나무를 잘라 나무에 연접시킨 뒤 토환(土丸 : 흙으로 만든 탄환)을 날려 금수를 내쫓는다' 라고 했습니다. 이같이 하여 마침내 죽은 자들이 새와 여우의 침해를 당하는 일이 없게 되었습니다. 이후 황제(黃帝)가 활줄을 나무에 매어 호(弧 : 나무 활)를 만들고 나무를 깎아 시(矢 : 나무로 만든 화살, 대나무 화살은 箭)를 만들자 호시(弧矢)의 날카로움이 천하인들을 두렵게 만들었습니다. 황제 이후 초나라에 호보(弧父)가 나타났습니다. 호보는 초나라의 형산(荊山 : 호북성 남장현 서쪽)에서 태어났으나 출생 이후 부모를 보지 못했습니다. 어린 아이가 되었을 때 궁시(弓矢)에 능숙해져 짐승을 쏘면 맞지 않는 것이 없었습니다. 그는 이를 예(羿)에게 가르쳤습니다. 예는 봉몽(逢蒙)에게, 봉몽은 초나라의 금씨(琴氏)에게 이를 전수했습니다. 금씨는 궁시만으로는 천하인을 두렵게 하기에 부족하다고 생각했습니다. 당시 제후들은 서로 공벌을 하면서 무기를 부딪치며 접전하기는 했으나 궁시의 위력으로는 이미 상대방을 제복할 수 없게 되었습니다. 이에 금씨는 활을 가로놓아 나무 위에 부착한 위에 화살을 발사하는 기(機 : 쇠뇌의 화살을 쏘는 장치)를 만들고, 거기에 곽(郭 : 기의 부속품으로 목표물을 조준하는 望山을 지지함)을 설치했습니다. 금씨가 만든 노(弩)는 원래의 궁(弓)에 더욱 힘을 가해 발사했기 때문에 이후 제후들을 능히 제복할 수 있었습니다. 금씨는 이 기술을 대위(大魏)에게 전수하고, 대위는 초나라의 3후(三侯 : 초왕 熊渠

의 세 아들)인 소위 구단(句亶 : 호북성 강릉현)과 악(鄂 : 호
북성 악성현), 예장(豫章 : 漢水의 동쪽)에게 전수했습니다.
후세 사람들이 이들을 각각 미후(糜侯)와 익후(翼侯), 위
후(魏侯)로 불렀습니다. 초나라의 3후로부터 계속 전수
되어 초영왕(楚靈王)에 이를 때까지 초나라의 역대 군주
는 모두 복숭아나무로 활을 만들고 대추나무로 화살을
만들어 인국의 침략에 대비했습니다. 초영왕 이후 활 쏘
는 기술이 여러 유파로 갈라져 각 파의 재능 있는 자들이
모두 활과 화살을 사용했으나 그 정확한 원칙을 터득한
자는 한 사람도 없게 되었습니다. 저의 조상은 초나라에
서 이 기술을 배워 저에 이르기까지 5대에 걸쳐 전수시
켰습니다. 저는 비록 궁노(弓弩)의 도리를 자세히 알지는
못하나 원컨대 대왕이 한번 시험해 보기 바랍니다."

"노의 모습과 효능은 과연 어떻소."

이에 진음이 이같이 설명했다.

"노의 곽(郭)은 마치 방형의 외성을 닮았습니다. 이는
성을 지키는 신하에 해당합니다. 오(敖 : 쇠뇌의 곽 밑에 달
린 일종의 방아쇠 부분)는 인군에 해당합니다. 명이 여기서
나오기 때문입니다. 아(牙 : 화살을 거는 부분)는 집법(執法)
에 해당하니 사병들을 관장하는 역할을 수행합니다. 우
근(牛筋 : 탄성을 강화하기 위해 활의 안쪽에 부착한 소의 힘
줄)은 중장(中將)으로 활의 안 부분을 관장합니다. 관(關 :

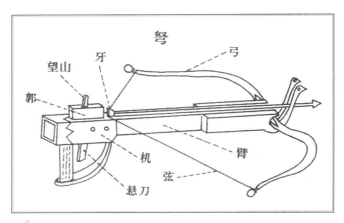

弩
弓
牙
望山
郭
机
臂
弦
懸刀

🌿 쇠뇌의 주요부분 명칭

쇠뇌의 꾸 밑에 설치한 부분)은 제동장치로서 화살을 쇠뇌 위에 고정시킵니다. 의(錡 : 쇠뇌의 틀)는 시종과 같이 군주의 명을 받듭니다. 비(臂 : 화살을 걸치는 부분)는 도로와 같이 화살이 지나가도록 합니다. 궁(弓)은 장군으로 막중한 책임을 지고 있습니다. 현(弦)은 군사(軍師)와 같이 병사에 해당하는 화살을 통제합니다. 시(矢 : 화살)는 비객(飛客 : 날 듯이 앞으로 뛰어가는 협객)으로 명을 받은 대로 사명을 행합니다. 금(金 : 화살촉)은 적을 꿰뚫는 역할을 수행하기 때문에 오직 용감하게 앞으로만 나아갈 뿐 멈추지 않습니다. 위(衛 : 화살 끝의 갈라진 부분에 꽂힌 깃털) 는 부사(副使 : 화살이 날아가는 것을 보조한 데서 이같이 표현한 것임)로 궤도를 바르게 하면서 동시에 명을 접수하여 화살이 제대로 발사될 수 있는지 여부를 압니다. 부(拊 : 손을 잡는 줌통 부분)는 도위(都尉)에 해당하여 활의 좌우 양측을 통제합니다. 이리 하면 화살이 백발백중하니 시끄러울 일이 없습니다. 새도 날 틈이 없고 들짐승도 도망갈 여가가 없습니다. 쇠뇌가 조준한 목표물은 죽지 않는 것이 없습니다. 저는 비록 우열(愚劣)하기는 하나 제가 알고 있는 이치는 바로 이와 같습니다."

"정사도(正射道 : 바르게 활을 쏘는 방법)에 대해 듣고 싶소."

그러자 진음이 이같이 설명했다.

 "신이 듣건대 정사도는 그 기술이 복잡하고도 미묘하다고 합니다. 옛 성인은 궁노가 발사되기 전에 적중할 사물을 미리 예측했습니다. 신은 옛 성인과 같을 수는 없으나 그 요령을 모두 설명토록 하겠습니다. 무릇 활을 쏘는 방법은 먼저 몸이 나무판자를 머리에 이고 있는 것과 같이 똑바로 서서, 머리는 격앙(激昻)된 듯한 모습을 취하는 데서 시작합니다. 왼쪽 다리는 수직으로 하여 앞을 향하고, 오른쪽 다리는 가로 방향으로 하여 뒤에 둡니다. 왼손은 나뭇가지를 잡듯이 쭉 펴고, 오른손은 마치 어린애를 안은 듯이 둥글게 합니다. 궁노를 들어 적을 조준할 때는 정신을 집중한 채 호흡을 멈춥니다. 화살이 자신의 숨소리와 함께 떠나게 함으로써 화살로 하여금 숨소리의 화평(和平)을 얻게 만들어야 합니다. 정신을 집중하여 잡념을 없애고 화살을 날릴 것인지를 분명히 해야 합니다. 오른손이 쇠뇌의 기(機)를 놓는 것을 왼손이 모르게 해야 합니다. 한 사람 몸의 각 부분도 모두 서로 다른 명을 봉행하는데 하물며 2인 이상인 경우야 더 이상 말할 것이 있겠습니까. 이것이 바로 화살을 정확히 날리고 쇠뇌를 올바로 잡는 방법입니다."

 "다시 한 번 적의 동정을 살펴 투분비시(投分飛矢 : 자신이 뜻하는 바와 합치되게 화살을 날림)하는 방법에 관해 듣고 싶소."

이에 진음이 이같이 말했다.

"활을 쏘는 방법은 먼저 자신이 뜻하는 것에 근거해 적의 동정을 살피고, 양측 군사가 교전할 때에는 화살 3개를 연속으로 쏘는 방법을 써야 합니다. 노에는 두석(斗石 : 쇠뇌를 당기는 힘을 재는 단위로 '두'는 12~15근, '석'은 120근에 가까움)이 있고, 화살에는 경중이 있습니다. 당기는 힘이 120근에 달하는 쇠뇌는 1량(兩 : 16량이 1근)의 화살을 사용합니다. 이같은 비례가 가장 적당합니다. 목표물의 원근고저(遠近高低)에 따라 수분(銖分 : 12粟이 1分, 12분이 1銖, 24수가 1兩임)의 차이를 찾아내 조절합니다. 활을 쏘는 요령은 모두 여기에 있습니다. 저는 한 마디도 빼놓지 않고 모두 말씀드렸습니다."

"그대는 자신이 알고 있는 지식을 하나도 빼놓지 않고 말해 주었으니 참으로 훌륭하오. 그대가 이를 우리 병사들에게 모두 가르쳐 주기 바라오."

그러자 지음이 이같이 말했다.

"지식은 사물에서 나오는 것이고, 일의 성패는 사람의 노력에 달려 있습니다. 사람이 반복하여 기술을 익히면 신기하지 않은 것이 없게 됩니다."

이에 월왕은 곧 진음을 시켜 북교(北郊) 밖에서 병사들에게 활 쏘는 법을 가르치게 했다. 3달 후 병사들이 모두 궁노를 사용하는 방법을 터득했다.

　　진음이 죽자 월왕이 크게 애도했다. 그를 도성 서쪽
의 산 위에 장사지낸 뒤 그가 묻힌 곳을 '진음산(陳音
山)'이라 칭했다.

 10. 구천벌오외전 句踐伐吳外傳

구천 15년(기원전 482), 월왕이 오나라를 칠 생각으로 대부 문종에게 이같이 말했다.

"나는 그대의 계책을 채택해 하늘이 내리는 징벌을 피해 귀국하게 되었소. 나는 실제로 이미 국인들에게 이 얘기를 들려주었소. 그러자 국인들이 모두 크게 기뻐했소. 전에 그대는 나에게 이르기를, '천기(天氣 : 여기서는 하늘이 내리는 절호의 기회)가 이르면 저에게 말씀하십시오'라고 한 적이 있소. 지금은 그 응험(應驗)이 나타날 때가 되지 않았소."

그러자 문종이 말했다.

"오나라가 강했던 것은 아직 오자서가 있었기 때문입니다. 지금 오자서가 오왕에게 충간을 하다가 죽었으니, 이는 천기가 미리 오나라의 멸망을 시사한 증거라 하겠습니다. 원컨대 대왕은 온 마음을 기울여 이를 국인들에게 설득시키기 바랍니다."

이에 월왕이 말했다.

"내가 국인들을 설득키에 앞서 그대가 먼저 그 말을 들어주기 바라오. 나는 국인들을 설득키를, '과인은 전에 자신의 역량이 대국에 보복키에 충분치 못하다는 것을 알지도 못하고 많은 백성들의 시골(尸骨)을 산야에 폭로(暴露 : 햇볕과 비바람에 그대로 노출시킴)케 만들었소. 이는 과인의 죄요. 과인은 성의를 다해 반드시 자신의 책략을 바꾸도록 하겠소'라고 할 것이오. 이에 나는 장사문상(葬死問傷 : 전사자를 매장하고 부상자를 위문함)하면서 우환을 당한 사람에게는 애도를 표하고, 희사(喜事)를 만난 사람에게는 경하의 뜻을 전할 것이오. 외국으로 가는 사람을 환송하고, 월나라로 오는 사람을 영접하고, 백성들에게 해가 되는 것을 제거할 것이오. 연후에 비사(卑辭)로써 오왕 부차를 섬기고, 환사(宦士 : 노복) 3백 명을 오나라에 보낼 것이오. 오나라가 나를 사방 1백 리의 땅에 봉했을 때 나는 월나라의 부형들에게 맹서키를, '과인이 듣건대 옛날 현군이 다스리자 사방의 백성들이 마치 강

하(江河)의 물이 아래로 흘러내리듯 귀순했다 하오. 과인
은 위정을 잘 하지 못하오. 장차 그대들과 함께 많은 후
손들을 두도록 노력하겠소'라고 했소. 이에 곧 영을 내
려 장정은 나이 많은 여인을 부인으로 취하지 못하고, 나
이 많은 사람은 젊은 여인을 처로 맞아들이지 못하게 했
소. 여자가 17세가 되도록 시집을 가지 못하면 그 부모에
게 죄를 묻고, 장부가 20세가 되도록 결혼을 하지 않으면
그 부모에게 죄를 물었소. 출산이 임박한 임부가 보고하
면 나는 의생(醫生)을 보내 이를 돕게 했소. 동시에 2명의
아들을 낳는 사람에게는 일호주(一壺酒 : 호리병에 담긴 술
1병)와 개 1마리를 보내고, 동시에 2명의 딸을 낳는 사람
에게는 일호주와 돼지 1마리를 보냈소. 한꺼번에 3명의
자식을 낳는 사람에게는 유모를 붙여주고, 2명의 자식을
낳는 사람에게는 밥을 지어줄 사람을 보냈소. 어느 집안
의 장자가 죽으면 나는 3년 동안 정무를 보지 않고 그를
위해 상례를 지켰고, 계자(季子 : 작은 아들)가 죽으면 3달
동안 정무를 보지 않고 그를 위해 상례를 지켰소. 나는
통곡 속에서 그를 매장하면서 마치 내 자식의 죽음을 대
하듯이 했소. 고아와 과부, 병자, 빈자 등에게는 그 자식
을 관(官)에 바치도록 했소. 관원이 되어 나라를 위해 공
을 세우고자 하는 사람을 위해서는 살 집을 주고, 화려한
복장을 입게 해주고, 풍족히 먹을 수 있도록 해주고, 도

의로써 그들을 단련시켰소. 밖에서 현사가 투항해 오면 반드시 조정에서 그를 접견하며 예로써 대했소. 나는 배에 밥과 국을 싣고 국내를 순행하면서 돌아갈 집이 없어 유랑하는 아이를 만나면 곧 밥과 국 등을 나눠주며 나의 친애하는 마음을 베풀고 그들의 이름을 물었소. 이는 훗날 그들을 발탁키 위한 것이었소. 나는 내가 직접 심은 곡식으로 지은 밥이 아니면 먹지 않았소. 또한 나의 부인이 짠 옷이 아니면 입지 않았소. 10년 동안 백성들로부터 세금을 거두지 않았소. 이에 나라의 민가(民家)가 모두 3년 분의 양식을 비축할 수 있게 되었소. 남자들이 모두 즐겁게 노래 부르면 여인들은 모두 회심의 미소를 지었소. 지금 나라의 부형들은 모두 매일 나에게 청하기를, '전에 부차가 여러 제후들 앞에서 우리 군주에게 모욕을 주어 늘 천하인의 웃음거리가 되었습니다. 지금 월나라가 이미 풍족해졌고, 대왕은 또 더욱 절검하니 저희들이 가서 보치(報恥 : 원수를 갚아 치욕을 설욕함)토록 허락해주기 바랍니다' 라고 하고 있소. 이에 고가 사양키를, '전에 내가 치욕을 당한 것은 그대들의 죄가 아니오. 과인과 같은 사람이 어찌 감히 백성들에게 수고스럽게도 나의 숙수(宿讎 : 오랜 원수)를 갚아달라고 청할 수 있겠소' 라고 했소. 그러면 부형들이 또 청하기를, '월나라 안의 사방에 있는 자는 모든 우리 군왕의 아들입니다. 아들이 부

친을 위해 원수를 갚고 신하가 군주를 위해 원한을 푸는
데 어찌 감히 진력(盡力)치 않겠습니까. 저희들이 다시
싸워 군왕의 원수를 갚도록 허락해 주기 바랍니다' 라고
했소. 이에 나는 흔쾌히 응답했소."

그러자 문종이 이같이 말했다.

"저는 당시 오왕이 제·진(晉) 두 나라에서 목적을 달
성한 뒤 우리 땅에 발을 들여놓을 수 있다고 말하면서 군
사를 이끌고 우리 국경에 접근하는 것을 목도했습니다.
다만 지금 그는 파사휴졸(罷師休卒 : 군사를 해산시켜 병사
들에게 휴식을 취하게 함)한 뒤 1년이 지나도록 용병을 하
지 않고 있습니다. 이는 이미 우리를 잊은 것입니다. 다
만 우리는 이로 인해 태만해서는 안 될 것입니다. 제가
일찍이 하늘을 향해 점복을 친 적이 있습니다. 지금 오나
라 백성들은 이미 군사동원으로 인해 크게 지쳐 있고 잇
단 전쟁에서 커다란 어려움을 겪었습니다. 시장에는 쌓
아둔 적미(赤米 : 현미)가 없고, 국름(國廩 : 나라의 식량창
고)은 텅텅 비어 있습니다. 이에 백성들은 모두 이사할
마음을 지닌 채 궁상맞게 동해 가로 가 포라(蒲蠃 : 창포
와 같은 수초류와 소라 등의 패류)를 먹고 있습니다. 제가 하
늘을 향해 친 점복에도 그같은 징조가 나타났고, 지금 인
사(人事 : 세상사)에 바로 그같은 조짐이 현실로 나타나고
있는 것입니다. 만일 대왕이 기병하면 가히 오나라와 교

전하여 이익을 얻고 오나라 변경을 침공할 수 있으나 이는 지금 해서는 안 되는 것입니다. 오왕은 비록 우리나라로 진공할 마음이 없기는 하나 그를 노하게 만들어서는 안 됩니다. 그가 방심한 틈을 이용해 접근하면서 그의 심사를 탐지하느니만 못합니다."

이에 월왕이 이같이 대답했다.

"나도 아직은 오나라를 정벌할 생각이 없소. 다만 국인들이 오나라 공벌을 요청한 지 이미 3년이 되어 부득불 민인(民人 : 인민)들의 기대를 따랐던 것이오. 그러다가 지금 그대로부터 아직은 이 일이 곤란하다는 얘기를 듣게 된 것이오."

이때 월나라 부형들이 다시 월왕에게 이같이 권했다.

"오나라는 가히 칠 수 있습니다. 만일 승리하면 오나라를 멸하면 될 것이고, 이기지 못하면 그들의 군사를 곤경에 처하게 하는 것만으로도 가할 것입니다. 만일 오나라가 강화를 청하면 대왕은 그들과 곧 강화토록 하십시오. 이리 하면 대왕은 제후들 사이에서 공명을 크게 떨칠 수 있습니다."

"그리 하도록 하겠소."

월왕이 곧 군신들을 모두 모아놓고 이같이 명했다.

"만일 나의 오나라 공벌을 저지코자 하는 자가 있으면 엄벌을 내리고 용서치 않을 것이다."

그러자 범리와 문종이 서로 이같이 얘기했다.

"우리의 간언이 이미 채택되지 않고 있소. 이제 군왕의 명을 들을 수밖에 없게 되었소."

월왕이 회군열사(會軍列士 : 병사들을 소집해 대열로 편제함)하여 대계(大誡 : 정중한 어조로 훈계함)한 후 이같이 맹서했다.

"과인이 듣건대 옛날 현군은 병사의 숫자가 많지 않은 것을 걱정하지 않고, 병사의 지행(志行 : 의지와 행동)에 치욕스런 일이 있을까 걱정했다고 한다. 지금 부차는 수서(水犀 : 무소의 일종)의 가죽으로 만든 갑옷을 착용한 병사가 13만 명이 있다고 하나 그들의 지행에 치욕이 있을까 걱정하는 일도 없다. 오직 병사의 숫자가 적을까 염려하고 있을 뿐이다. 지금 과인은 하늘을 도와 부차를 징벌코자 한다. 나는 작은 필부지용(匹夫之勇)을 결코 바라지 않는다. 나는 병사들이 전진할 때는 오직 포상받을 일만 생각하고, 후퇴할 때에는 형벌을 면키 위해서라도 함부로 궤주(潰走)해서는 안 된다는 생각을 갖기 바란다."

이에 월나라의 민부(民父 : 일반 백성의 부친)는 자신의 자식에게, 형은 동생에게 이같이 권했다.

"오나라는 가히 깨뜨릴 수 있다."

이때 월왕이 다시 범리를 불러 이같이 물었다.

"오왕이 이미 오자서를 죽이자 도유자(導諛者 : 아첨

으로 군주의 뜻에 영합하는 자)가 매우 많소. 또한 우리 백
성들이 나에게 오나라 공벌을 적극 권하고 있소. 이제는
가히 깨뜨릴 수 있지 않겠소."

그러자 범리가 이같이 대답했다.

"아직 안 됩니다. 내년 봄까지 기다려야 합니다. 그
이후에는 가능할 것입니다."

"왜 그렇소."

이에 범리가 이같이 설명했다.

"제가 보건대 오왕이 북쪽 황지(黃池)에서 제후들과
회맹케 되자 정예병은 모두 오왕을 따라갔습니다. 이에
오나라 내부는 비어 있고 늙고 약한 자들만이 남아 태자
와 함께 도성을 지키고 있습니다. 그러나 오왕의 군사가
출경(出境)한 지 얼마 안 됩니다. 만일 월나라가 오나라
의 공허(空虛 : 빈 틈)를 노려 기습했다는 얘기를 들으면
군사들이 어렵지 않게 돌아올 것입니다. 그래서 명년 봄
까지 기다리느니만 못한 것입니다."

이해의 여름 6월 병자일(丙子日 : 기원전 482년 6월 11
일), 구천이 범리에게 문의하자 범리가 이같이 대답했다.

"이제 가히 칠 만합니다."

이에 구천은 습류(習流 : 수전에 능한 수군) 2천 명, 준사
(俊士 : 지략이 출중한 전사) 4만 명, 군자(君子 : 오왕이 자식
처럼 키운 고아 출신 사병) 6천 명, 제어(諸御 : 마부와 취사병

등의 각종 시종) 1천 명을 동원했다.

을유일(乙酉日 : 6월 20일), 오나라 군사와 교전했다.

병술일(丙戌日 : 6월 21일), 오나라 태자 우(友)를 포로로 잡은 뒤 살해했다.

정해일(丁亥日 : 6월 22일), 오나라 도성으로 쳐들어가 고소대를 불태웠다. 이에 사람을 급히 부차에게 보내 고급(告急)했다. 부차는 마침 황지에서 제후들과 회맹중이었다. 그는 천하의 제후들이 이 소식을 들을까 우려해 이를 비밀로 하여 누설되지 않게 했다. 황지에서의 회맹이 끝나자 비로소 사람을 월나라에 보내 강화를 청했다. 구천은 아직 오나라를 이길 수 없다고 판단해 곧 이에 응했다.

구천 19년(기원전 478년) 7월, 월왕이 다시 국내의 전 병사를 동원해 오나라를 치고자 했다. 이때 마침 초나라 대부 신포서(申包胥)가 월나라에 사자로 왔다. 이에 월왕이 신포서에게 물었다.

"오나라를 가히 칠 수 있겠소."

"저는 책모(策謀)에 어두워 월나라가 이길지 여부를 알 수 없습니다."

그러자 월왕이 이같이 물었다.

"오나라는 부도(不道)하여 우리의 사직을 무너뜨리고 종묘를 뒤엎어 평원으로 만들고는 월나라 조종의 신령들이 혈식(血食 : 희생을 바치는 제사상)을 받지 못하게 만들었소. 나는 종묘사직을 위해 하늘의 복을 구하고자 하오. 다만 지금 여마(輿馬 : 병거와 戰馬) · 병혁(兵革 : 무기와 갑옷) · 졸오(卒伍)가 모두 구비되었으나 아직 이를 사용할 방법이 없소. 나는 실로 전쟁에 관한 얘기를 듣고 싶소. 어찌해야 비로소 가능할 수 있겠소."

이에 신포서가 이같이 대답했다.

"저는 실로 우매하여 알 길이 없습니다."

그러나 월왕이 굳이 대답을 원하자 신포서가 이같이 반문했다.

"오나라는 양국(良國 : 선량한 나라)으로 제후국들이 모두 오나라의 덕을 칭송하고 있습니다. 제가 감히 묻건대 군왕은 무엇을 믿고 오나라와 싸우려는 것입니까."

"나는 주육(酒肉)을 먹을 때 내 주변 사람에게 일찍이 이를 나눠주지 않은 적이 없고, 밥을 먹을 때 5미(五味)를 갖춘 음식을 먹은 적이 없고, 음악을 들을 때 5성(五聲)을 모두 갖춘 음악을 들은 적이 없소. 이는 오나라에 보복키 위한 것이오. 나는 이로써 오나라와 싸울 것이오."

그러자 신포서가 이같이 말했다.

"그 방법이 좋기는 합니다만 그것을 믿고 오나라와 싸울 수는 없습니다."

이에 월왕이 말했다.

"월나라 내에서 나는 박애(博愛)로써 백성들을 자식처럼 대하고, 충혜(忠惠 : 충후하고 자비로움)로써 그들을 봉양하고 있소. 또 법령을 정비하고 형벌을 관대하게 하여 백성들이 원하는 바를 베풀고, 백성들이 싫어하는 바를 제거했소. 백성들의 선행을 찬양하고, 그들의 죄악을 덮어주었소. 이는 오나라에 보복키 위한 것이오. 나는 이로써 오나라와 싸울 것이오."

"그 방법이 좋기는 합니다만 아직 그것만으로는 오나라와 싸울 수 없습니다."

그러자 월왕이 말했다.

"월나라 내에서 나는 부자들을 안정시키고, 빈자들에게는 은혜를 베풀어 그들의 어려움을 구해주었소. 부족한 것을 구해주고, 남는 것을 덜어주어 빈부 모두 자신들의 이득을 잃지 않게 했소. 이는 오나라에 보복키 위한 것이오. 나는 이로써 오나라와 싸울 것이오."

"그 방법이 좋기는 합니다만 아직도 그것만으로는 오나라와 싸울 수 없습니다."

이에 월왕이 이같이 말했다.

"우리 월나라는 천하의 중심국으로 남쪽으로 초나라와 결교하고, 서쪽으로 진(晉)나라에 의부하고, 북쪽으로 제나라를 섬기고 있소. 춘추로 예물을 올리면서 옥백(玉帛)과 자녀(子女 : 여기서는 어린 소녀)로써 공헌(貢獻)했소.

이같은 공헌을 감히 일찍이 끊기게 한 적이 없소. 이는 오나라에 보복키 위한 것이오. 나는 이로써 오나라와 싸울 것이오."

그러자 신포서가 이같이 말했다.

"좋은 일입니다. 이보다 더한 것은 없을 것입니다. 다만 아직도 싸울 수는 없습니다. 무릇 전도(戰道 : 전쟁의 방법)는 우선 지혜(智慧)가 가장 중요하고, 그 다음으로 인애(仁愛), 이어 용단(勇斷)이 필요합니다. 군주가 군사를 지휘하면서 지혜가 없으면 권변(權變 : 상황에 따른 임기응변)의 계책으로 중과지수(衆寡之數 : 병사 숫자의 다과에 따른 전술변화)를 가려낼 수 없게 됩니다. 또한 인애하지 않으면 3군(三軍)과 함께 기한(飢寒)이 닥칠 때 의식(衣食)을 줄이며 동고동락할 수 없게 됩니다. 이어 용단이 없으면 거취지의(去就之疑 : 진퇴의 판단이 쉽지 않은 사안)와 가부지의(可否之議 : 가부를 결정하는 논의)에서 결단을 내릴 수 없게 됩니다."

이에 월왕이 말했다.

"삼가 가르침을 좇도록 하겠소."

이해 겨울 10월, 월왕이 8명의 대부들을 불러놓고 이같이 말했다.

"전에 오나라가 포학무도하여 우리 종묘를 무너뜨리고 사직을 뒤엎어 평지로 만들자 조종의 신령들이 혈식을 받지 못하게 되었소. 나는 종묘사직을 위해 하늘의 복을 구하고자 했소. 지금 병혁(兵革)이 모두 갖춰졌으나 아직 이를 사용할 방법이 없소. 내가 신포서에게 자문을 구하자 그가 나에게 가르침을 내려주었소. 나는 감히 대부들의 견해를 듣고자 하는데 어찌 생각하오."

그러자 먼저 대부 예용(曳庸)이 말했다.

"심상(審賞 : 포상을 세밀히 함)하면 가히 싸울 수 있을 것입니다. 심상을 하고 신상(信賞 : 공을 세운 자에게 반드시 상을 내림)을 분명히 함으로써 공을 세우지 못한 자는 결코 상을 받을 수 없고 공을 세운 자는 틀림없이 상을 받게 해야 합니다. 그리 하면 병사들이 결코 나태해질 리가 없습니다."

월왕이 말했다.

"사리에 통달한 얘기요."

이어 대부 고성(苦成)이 말했다.

"심벌(審罰 : 형벌을 세밀히 함)하면 가히 싸울 수 있을 것입니다. 심벌을 하면 병사들이 군왕을 볼 때 두려운 나머지 감히 군명을 어길 생각을 하지 못할 것입니다."

"용감하기 그지없는 얘기요."

대부 문종이 말했다.

"심물(審物 : 사물의 내실을 세밀히 파악함)하면 가히 싸울 수 있을 것입니다. 심물을 하면 장병들로 하여금 시비를 분명히 가리게 할 수 있습니다. 시비가 분명해지면 다른 사람들이 결코 장병들을 미혹케 만들 수 없습니다."

"가히 변별이 뛰어난 얘기요."

대부 범리가 말했다.

"심비(審備 : 방어준비를 주밀하게 갖춤)하면 가히 싸울 수 있을 것입니다. 심비를 하면서 신수(愼守 : 신중하게 방어에 나섬)하면 적과 대적하면서 불측의 일을 당할 염려가 없게 됩니다. 방어준비가 완전하고 수비가 견고하면 어떠한 전화(戰禍)에도 견딜 수 있습니다."

"신중하기 그지없는 얘기요."

대부 고여(皐如)가 말했다.

"심성(審聲 : 신중히 명성을 지킴)하면 가히 싸울 수 있을 것입니다. 심성을 하면 능히 청탁(淸濁 : 명성을 지키는 고결함과 명성을 떨어뜨리는 오욕을 지칭)을 가릴 수 있습니다. 청탁을 분명히 하면 군왕의 고결한 명성이 주왕실에까지 들리게 할 수 있고, 제후들로 하여금 우리 군왕에 대한 원망을 밖으로 드러낼 수 없게 만들 수 있습니다."

"덕행이 담겨 있는 얘기요."

대부 부동(扶同)이 말했다.

"광은지분(廣恩知分 : 은덕을 크게 베풀고 자신의 직분을 이해함)하면 가히 싸울 수 있습니다. 광은(廣恩)하면 사방에 두루 은덕을 베풀 수 있게 되고, 지분(知分)하면 월조

대포(越俎代庖 : 주제넘게 나서서 남의 일을 대신함)하는 일이 없게 됩니다."

"참으로 신묘한 얘기요."

대부 계연이 말했다.

"후천찰지(候天察地 : 천문을 관측하고 지리를 관찰함)한 뒤 이를 참고하여 천지의 변화를 좇아 응변(應變)하면 가히 싸울 수 있습니다. 천기가 어떻게 변화하는지, 지형이 과연 적응할 만한지, 인도(人道 : 도덕규범)가 주어진 상황에 따른 행동에 과연 유리한지 등을 미리 살필 수 있으면 가히 싸울 수 있을 것입니다."

"총명하기 그지없는 얘기요."

이에 구천은 곧 퇴조(退朝)하여 재계(齋戒)하면서 국인들에게 이같이 하령했다.

"내가 장차 불우지의(不虞之議 : 의외의 뛰어난 계책)를 낼 것이니 가까운 곳으로부터 먼 곳에 이르기까지 모든 사람이 나를 알게 될 것이다."

그리고는 관원 및 국인들에게 다시 이같이 하령했다.

"승명자(承命者 : 명을 받은 자)에게는 상을 내릴 것이니 모두 도성의 문 앞으로 오도록 하라. 정해진 기일이 다 되도록 명을 좇지 않는 자는 장차 현륙(顯戮 : 처결한 뒤 시신을 사람들에게 보여줌)할 것이다."

구천은 백성들이 믿지 않을 것을 우려해 사자를 주왕

실로 보내 무도한 사례를 보고케 하고 제후들로 하여금
다시는 자신에 대한 원망을 밖으로 드러내지 못하게 했
다. 그리고는 다시 국인들에게 이같이 하령했다.

"5일 이내에 이르는 자는 나의 양민(良民)이다. 그러
나 5일이 지나 이르는 자는 나의 백성이 아니기에 주벌
(誅罰)을 내릴 것이다."

구천은 교령(敎令)이 시행되자 곧 후궁으로 가 부인
에게 명했다. 구천은 병(屛 : 밖에서 대문 안을 보지 못하도
록 세운 벽으로 천자는 문 밖에 外屛을 설치하고, 제후는 문 안
에 內屛을 설치함)을 등지고 북향(北向)했다. 부인이 병을
마주하여 남향(南向)하자 구천이 이같이 당부했다.

"오늘 이후 후궁의 일이 밖으로 새어 나가서는 안 되
고, 외조(外朝)의 국사가 후궁 내로 유입되어서도 안 되
오. 각자 자신의 직책을 충실히 수행함으로써 자신에 대
한 신뢰에 손상이 가지 않도록 모든 노력을 기울여야 하
오. 후궁 내에서 치욕스런 일이 있게 되면 이는 부인의
책임이오. 나라 밖 1천 리 떨어진 곳에서 치욕스런 일이
발생하면 이는 나의 책임이오. 나는 여기에서 부인을 마
주 보고 명백히 경계한 만큼 결코 이를 소홀히 해서는 안
될 것이오."

월왕이 후궁을 나갈 때 부인은 월왕을 배웅하면서 침
문(寢門 : 후궁의 대문)의 내병(內屛)을 넘어서지 않았다.

이에 월왕이 침문 밖으로 나가 문을 닫은 뒤 사람들을 시켜 흙을 발라 문을 막게 했다. 이때 부인은 비녀를 제거한 뒤 측석(側席 : 우환이 있는 사람이 홀로 앉는 자리)에 앉아 안심무용(安心無容 : 조용히 후궁의 일을 생각하며 화장을 하지 않음)했다. 그리고는 3달 동안 소지(掃地 : 마당을 청소함)하지 않았다.

월왕이 후궁을 나온 후 원(垣 : 외조 및 관청의 낮은 담장)을 등진 채 서자 대부들이 원(垣)을 향해 공경히 예를 올렸다. 이에 월왕이 대부들에게 이같이 하령했다.

"현사들을 공양하면서 고르지 못하고 땅을 개간치 않는 것은 나로 하여금 안에서 치욕을 당하게 하는 것이다. 이는 그대들의 죄이다. 적과 대적하면서 싸우지 않고, 병사들이 목숨을 걸고 싸우지 않는 것은 제후들의 면전에서 나에게 치욕을 안기고 천하를 향해 나의 공업을 무너뜨리는 것이다. 이는 나의 책임이다. 오늘 이후 내정(內政)에 관한 일이 밖에 나가 있는 나에게 전해지거나, 외정(外政 : 여기서는 전쟁을 의미)에 관한 일이 안으로 전해지는 일은 없을 것이다. 이에 그대들에게 특별히 경계하는 것이다."

그러자 대부들이 입을 모아 말했다.

"대왕의 명을 공경히 따르겠습니다."

월왕이 곧 왕궁을 나서자 대부들이 그를 배웅하면서

원(垣)을 넘어서지 않았다. 월왕은 외궁(外宮)의 문을 넘어선 뒤 곧 밖에서 문을 닫고는 흙으로 이를 봉했다. 이에 대부들이 측석(側席)에 앉아 5미(五味)를 갖춘 음식을 먹지 않은 채 자신의 일만 할 뿐 다른 사람의 권고에 대꾸도 하지 않았다.

이에 구천이 다시 부인과 대부들에게 이같이 명했다.

"나라를 잘 수어(守禦 : 방비)해야 한다."

이때 월왕은 행군에 앞서 노단(露壇 : 열병을 위해 노천에 쌓은 단)에 앉아 좌우를 시켜 북을 나란히 세운 뒤 이를 동시에 울리게 했다. 그러자 병사들이 일제히 행렬을 짓고는 곧 3명의 죄수를 죽인 뒤 이를 군중(軍中)에 전시(傳尸 : 시체를 돌려 여러 사람에게 보임)했다. 이에 구천이 이같이 하령했다.

"나의 명을 듣지 않는 자는 이같이 될 것이다."

이튿날 구천이 군영을 교외로 옮긴 뒤 다시 3명의 죄수를 죽이고는 그 시체를 군중에 전시케 했다. 그리고는 이같이 하령했다.

"나의 명을 듣지 않는 자는 이같이 될 것이다."

이에 월왕은 국내에 남아 출정치 않는 사람들을 불러 모은 뒤 그들과 작별을 하며 이같이 말했다.

"그대들은 안토수직(安土守職 : 안심하고 본토에 머물며 맡은 바 직책을 수행함)토록 하오. 우리들은 곧 우리 종묘

사직의 오랜 원수들을 정토(征討)할 것이오. 이에 그대들에게 작별을 고하고자 하오."

그리고는 또 국인들에게 명하여 각자 자신의 자제들을 교외의 경계에서 송별토록 했다. 장병들 역시 각자 자신의 부형곤제(父兄昆弟)와 취결(取訣 : 작별)했다. 국인들이 모두 비통해하며 작별하는 아픔을 이같이 노래했다.

급공해 오랜 치욕 씻자니 창 들고 수레 몰아치네	躁躁摧長戀兮擢戟馭殳
재난 만나 투항치 않으니 대왕의 분노 발설하네	所離不降兮以泄我王氣蘇
3군이 한번 날듯이 가니 가는 곳마다 모두 죽네	三軍一飛降兮所向皆殂
병사들 죽기로 싸우니 일당백(一當百)이라네	一士判死兮而當百夫
하늘이 유덕자를 보우하니 적군이 서로 죽이네	道佑有德兮吳卒自屠
대왕의 치욕을 씻으니 천하 사방이 모두 놀라네	雪我王宿恥兮威振八都
그대로 진공하니 세가 흉맹한 비추(貔貅)라네	軍伍難更兮勢如貔貅
각 행대(行隊)가 노력하니 아, 어찌 질 수 있는가	行行各努力兮於乎於乎

이때 이를 지켜 보는 사람들치고 처측(悽惻 : 비통하고 마음 아파함)해 하지 않는 자가 없었다.

그 이튿날 다시 군영을 국경 근처로 옮긴 뒤 3명의 죄수를 죽이고는 그 시체를 군중에 전시케 했다. 그리고는 이같이 하령했다.

"만일 명을 듣지 않는 자가 있으면 이같이 될 것이다."

3일이 지나자 다시 군영을 취리(檇李) 부근으로 옮긴 뒤 3명의 죄수를 죽이고는 그 시체를 군중에 전시케 했다. 그리고는 이같이 하령했다.

"음심익행(淫心匿行 : 생각이 올바르지 못하고 행위가 비열함)하여 적을 물리치지 못하는 자는 바로 이같이 될 것이다."

이때 구천이 유사(有司)들에게 명하여 대거 순군(徇軍 : 군영을 두루 돌아다님)하면서 이같이 말하게 했다.

"부모만 있고 형제들이 없는 사람은 나에게 고하도록 하라. 나에게 지금 대사(大事 : 오나라 정벌을 지칭)가 있자 그대들은 부모 봉양도 못하고, 연로한 부모를 섬기지도 못하고, 나라의 위급한 일에 몸을 던졌다. 만일 그대들이 적군의 수중에 떨어지면 그대들의 부모는 병을 앓는 것과 같게 될 것이다. 나는 이를 보며 내 부모가 병을 앓는 것처럼 생각지 않을 수 없다. 만일 그들 중 사망자가 나오면 나는 내 부모가 죽으면 예를 다해 장사지내듯이 그 시신을 빈송(殯送 : 염을 하고 영구를 내보냄)하여 정중히 장사지낼 것이다."

이튿날 다시 유사들이 순군하며 이같이 말했다.

"병사들 중 질병이 있어 종군키 어려운 자가 있으면 내가 의약(醫藥)을 내려주고, 미죽(糜鬻)을 공급하고, 그들과 함께 식사할 것이다."

이튿날 다시 유사들이 순군하며 이같이 말했다.

"근력이 부족하여 갑옷과 무기의 중량을 이기지 못하는 자와 지행(志行)이 부족하여 왕명을 좇기 어려운 자에 대해서는 중량을 줄여주고, 그 임무를 늦춰줄 것이다."

이튿날 월왕이 군영을 송강(松江) 남쪽으로 옮긴 뒤 재차 엄법을 발포하면서 5명의 죄인을 죽이고는 유사를 시켜 순군하며 이같이 말하게 했다.

"나는 병사들을 사랑한다. 설령 내 자식일지라도 이보다 더하지는 않을 것이다. 다만 사죄(死罪)를 범했을 때에는 내 자식일지라도 사면치 않을 것이다."

월왕은 병사들이 오직 법령을 두려워하여 심복치 않은 나머지 필요한 때 마음대로 부리지 못할 것을 우려했다. 이에 병사들이 사력을 다하는 상황에 이르지 못했다고 판단했다. 이때 길에서 한 마리 개구리가 배를 내밀고 화를 내며 끝내 싸울 기세를 보이는 것을 보고는 곧 머리를 숙이고 수레 앞의 횡목(橫木 : 수레 위에 손을 얹도록 가로로 걸쳐놓은 나무)을 잡은 채 몸을 굽히며 개구리에게 경의를 표했다. 그러자 그의 병사들 중 한 사람이 월왕에게 이같이 물었다.

"군왕은 어찌하여 개구리와 같이 작은 동물을 존중하여 횡목을 잡고 몸을 굽히며 경의를 표하는 것입니까."

그러자 월왕이 이같이 말했다.

"나는 병사들이 발분(發憤)하기를 기다린 지 매우 오래되었소. 그러나 아직 나의 뜻에 부합하는 병사를 본 적이 없소. 지금 이 개구리는 지혜가 없는 동물에 불과하나 적을 보고는 분노하는 기색을 보였소. 그래서 개구리에게 횡목을 잡고 몸을 굽혀 경의를 표한 것이오."

이때 병사들이 이 얘기를 전해 듣고는 회심낙사(懷心樂死 : 즐겨 죽기로 싸울 마음을 품음)치 않는 자가 없었다. 병사들 모두 기꺼이 목숨을 내걸고 싸우겠다는 각오를 다지게 되었다.

이에 유사(有司)와 장군들이 순군하면서 이같이 말했다.

"모든 대(隊 : 支隊)는 각기 자신의 부(部 : 분대)에 명하고, 모든 부는 각기 병사들에게 이같이 명하도록 하라. '귀영(歸營)하라는 명에 귀영치 않고, 정지하라는 명에 정지하지 않고, 전진하라는 명에 전진치 않고, 후퇴하라는 명에 후퇴치 않고, 좌향하라는 명에 좌향치 않고, 우향하라는 명에 우향치 않는 자는 모두 명령에 불복종한 자로 곧바로 참수할 것이다.'"

이때 오나라는 전병력을 모두 송강의 북안(北岸)에 배치했다. 월나라 군사는 송강 남안에 주둔했다. 그러자 월왕은 군사를 좌군과 우군 둘로 나눈 뒤 병사들로 하여

금 모두 시갑(兕甲 : 코뿔소 가죽으로 만든 갑옷)을 착용케
했다. 또 안광지인(安廣之人 : 의지가 굳고 신체가 건장한 병
사)으로 하여금 석갈지시(石碣之矢 : 돌로 간 촉을 단 화살)
를 패용하고, 노국(盧國 : 호북성 양양현 서남쪽)에서 만든
강노(强弩)를 당기도록 했다. 이어 자신은 친히 직계부대
의 정예병 6천 명을 이끌고 중군이 되었다.

　이튿날 송강에서 전투가 벌어졌다. 월왕은 하루 전날
황혼 무렵 좌군에게 명하여 입에 함매(銜枚)한 채 강을 5
리 가량 거슬러 올라가 오나라 군사가 오기를 기다리게
했다. 또 우군에게 명하여 함매한 채 도강하여 10리 가량
행군한 뒤 오나라 군사가 오기를 기다리게 했다. 한밤이
되어 월왕이 좌군과 우군에게 명하여 도강을 하며 북을
치게 했다. 그리고는 강 가운데에서 오나라 군사가 출동
하기를 기다렸다. 오나라 군사들이 북소리를 듣고는 내
심 크게 두려워하며 서로 이같이 말했다.

　"지금 월나라 군사가 둘로 나뉘어 우리를 협공하려
한다."

　그리고는 곧 어둠 속에서 군사를 둘로 나눠 월나라
군사를 포위코자 했다. 그러자 월왕이 은밀히 좌군과 우
군에게 명하여 오나라 군사와 망전(望戰 : 공개적으로 도전
함)하면서 오나라 군사가 모두 들을 수 있도록 크게 북을
울리게 했다. 이어 자신의 직계부대 6천 명을 시켜 몰래

강을 건넌 후 함매한 채 북소리를 내지 말고 몰래 오나라 군사를 기습케 했다. 이에 오나라 군사가 대패케 되었다. 뒤이어 월나라의 좌군과 우군이 합세해 공격을 가함으로써 송강에서 오나라 군사를 대파했다. 다시 오나라 교외에서 오나라 군사를 대파한 데 이어 또 다시 오나라 국도 외성의 나루터에서 오나라 군사를 대파했다. 오나라 군사는 이같이 3차례에 걸친 싸움에서 연패하자 이내 궤주(潰走)하고 말았다. 월나라가 군사가 곧바로 오나라 도성으로 쳐들어가 서쪽 성벽 아래에서 오나라 군사를 포위했다.

　　오왕이 크게 두려워한 나머지 곧 밤에 몰래 도주했다. 월왕이 그 뒤를 추격해 오나라 군사를 공파하고는 이내 송강 북쪽에 있는 송릉(松陵 : 강소성 오강현의 吳淞江 남쪽)으로 들어간 뒤 서문(胥門 : 오자서의 머리가 걸려 있던 문으로 강소성 소주시 서남쪽에 위치)으로 진공코자 했다. 서문까지 6~7리 가량 남아 있었을 때 멀리 오나라 도성의 남쪽 성벽이 드러나면서 오자서의 머리가 마치 수레바퀴처럼 커다랗게 보이기 시작했다. 이때 오자서의 눈이 마치 섬광(閃光)처럼 눈부시게 빛을 내고 수염과 머리카락이 서쪽을 향해 휘날렸다. 오자서의 눈에서 나오는 빛이 멀리 10리 밖까지 훤히 비췄다.

　　월나라 군사가 크게 두려워하여 곧 진격을 멈추고는

오자서의 신령에게 빌어 가도(假道)코자 했다. 이날 한밤 중에 갑자기 폭풍질우(暴風疾雨)가 휘몰아치면서 뇌성이 천지를 진동시키고 번개가 머리 위로 떨어졌다. 돌과 모래가 마치 쇠뇌에서 화살을 끊임없이 쏘아대듯 하늘 위로 날아다녔다. 월나라 군사의 대오가 무너져 송릉으로 퇴각했다. 병사들이 죽어 나자빠지고 사방으로 흩어지는데도 누구 하나 이를 막을 수가 없었다. 범리와 문종이 곧 계상육달(稽顙肉袒 : 사죄키 위해 이마를 땅에 대고 절하며 웃옷을 벗어 어깨를 드러나게 함)한 채 오자서의 신령에게 사죄하고, 가도를 허락해 달라고 빌었다. 그러자 오자서의 신령이 두 사람에게 이같이 말했다.

"나는 월나라가 반드시 오나라로 쳐들어올 것을 알았다. 그래서 내 머리를 남문에 매달도록 한 것이다. 이는 너희들이 오나라를 깨뜨리는 것을 똑똑히 보려고 한 것이다. 그러나 이같이 한 것은 오직 부차를 궁지에 몰아넣기 위한 것이었다. 실로 너희들이 우리나라로 쳐들어오는 것을 나는 차마 볼 수가 없다. 그래서 폭풍질우를 불러 너희 군사들을 돌아가게 한 것이다. 그러나 월나라가 오나라를 토벌하는 것은 본래 하늘이 정한 것이다. 그러니 내가 어찌 이를 막을 수 있겠는가. 만일 월나라 군사가 입성코자 하면 동문쪽으로 가면 가능할 것이다. 내가 장차 너희들에게 길을 열어주고 성벽을 뚫어줄 것이

다. 이로써 너희들이 나아가는 길이 훤히 뚫려 아무런 장
애물도 없게 될 것이다.”

이에 월나라 군사가 이튿날 다시 송강에서 나와 해양
(海陽 : 절강성 소주시 동남쪽 北岸의 上壇浦)으로 들어갔다.
이어 다시 삼강구(三江口 : 강소성 소주시 동남쪽 30리에 위
치)의 적수(翟水 : 삼강구가 서북방향으로 흘러 소주를 지나는
물길)에서 빠져나와 오나라 국도의 동남쪽 구석을 관통
해 이내 오나라 도성 안에 이르게 되었다. 월나라 군사가
마침내 오왕을 포위케 되었다.

월나라 군사가 오나라를 포위한 지 3년이 되는 사이
오나라 군사는 월나라 군사에게 연패했다. 이에 오왕은
고소산 위로 몸을 피하게 되었다. 오왕이 왕손 낙(駱)을
시켜 육단슬행(肉袒膝行 : 항복의 표시로 육단하여 무릎으로
기어감)하여 월왕 앞으로 나아가 강화를 청하면서 이같
이 말하게 했다.

“고신(孤臣) 부차는 감히 복심(腹心 : 여기서는 마음 속
의 얘기)을 진술코자 합니다. 전에 회계산에서 군왕에게
득죄했을 때 부차는 감히 군왕의 명을 어기지 않고 군왕
과 화약을 맺고 돌아갔습니다. 지금 군왕이 군사를 일으
켜 신을 토벌코자 왔으니 고신은 군왕의 명에 절대 복종
코자 합니다. 고신은 군왕이 오늘 고소산의 일을 이전의
회계산 때와 같이 처리해 줄 것을 기대합니다. 만일 고신

이 하늘의 복을 받아 죽음을 면하게 되면 오나라 군신 모두 월나라의 신첩(臣妾)이 되고자 합니다."

구천이 이 말을 듣고 차마 야박하게 대하지 못하고 이내 강화를 허락코자 했다. 그러자 범리가 나서 이같이 만류했다.

"회계산의 일은 하늘이 월나라를 오나라에 내린 것입니다. 그러나 오나라는 이를 받아들이지 않았습니다. 지금 하늘이 오나라를 우리 월나라에게 주려고 하는데 월나라가 어찌 천명을 거역할 수 있겠습니까. 하물며 대왕은 매일 조조안파(早朝晏罷 : 일찍 조회하고 늦게 退朝함)하여 절치명골(切齒銘骨 : 이를 갈고 뼈 속 깊이 새김)하며 20여 년 동안 오왕을 도모코자 했습니다. 그러니 이를 어찌 오늘 하루아침에 무산시킬 수 있겠습니까. 오늘 이 기회에 오히려 그같은 계책을 버리고자 한다면 이것이 과연 옳겠습니까. 흔히 말하기를, '하늘이 내리는 것을 받지 않으면 오히려 재앙을 입는다'고 했습니다. 군왕은 어찌하여 회계산의 곤액을 잊은 것입니까."

이에 구천이 이같이 말했다.

"나는 그대의 말을 듣고자 하오. 그러나 차마 그의 사자를 거절키가 어렵소."

그러자 범리가 북을 울려 병사들을 전진케 하면서 오나라 사자에게 이같이 말했다.

"월왕은 이미 정사를 집사(執事)인 나에게 맡겼다. 오나라 사자는 급히 돌아가도록 하라. 만일 서둘러 떠나지 않으면 그 죄를 물을 것이다."

오나라 사자가 통곡하며 돌아갔다. 구천은 오왕을 가련하게 생각해 곧 사자를 보내 이같이 말하게 했다.

"나는 군을 용강(甬江)의 동쪽에 안치할 생각이오. 시봉할 사람으로 군의 부부에게 각각 3백여 가(家)를 내리도록 하겠소. 이로써 군이 일생을 편히 마치도록 돕고자 하는데 어찌 생각하오."

그러자 오왕이 이같이 사양했다.

"하늘이 오나라에 화를 내렸으니 조금 일찍 죽든 조금 늦게 죽든 마찬가지요. 나의 종묘사직을 잃게 한 자는 나 자신이오. 오나라의 땅과 신민은 월나라가 이미 모두 취했소. 나는 이미 늙어 군왕의 신하가 될 수 없소."

그리고는 마침내 복검(伏劍 : 칼 위에 엎드려 죽는 것으로 『좌전』은 목을 매어 죽은 것으로 기록)하여 자살했다.

구천은 오나라를 멸한 후 곧 군사를 이끌고 북쪽으로 올라가 장강과 회하를 넘어갔다. 그리고는 제·진 두 나라 제후와 서주(徐州 : 산동성 등현 동남쪽)에서 회맹한 뒤 주왕실에 공물을 바쳤다. 주원왕(周元王)이 사람을 보내 구천에게 조(胙 : 종묘제사에 쓴 고기로 존중의 뜻을 표시)를 내리고 백작(伯爵)의 작위를 하사했다. 구천은 주왕실을 떠나 강남으로 돌아오면서 회하 가의 땅을 초나라에게 주고, 오국이 침탈한 송나라 땅을 다시 송나라에 돌려주고, 사수(泗水) 동쪽의 사방 1백 리의 땅을 노나라에 주었다. 이때 월나라 군사가 장강과 회하 일대를 횡행하자 제후들이 모두 찾아와 하례를 올리며 구천을 패왕(覇王)으로 받들었다.

월왕이 오나라로 돌아왔다가 다시 월나라로 가려할 때 범리에게 이같이 물었다.

"어찌하여 그대가 말하는 것은 그토록 천도에 부합하는 것이오."

그러자 범리가 이같이 대답했다.

"이는 소녀(素女 : 黃帝와 같은 시대에 산 전설적인 神女)의 가르침에 근거한 것입니다. 그래서 한 마디를 하더라도 능히 천도와 합치했던 것입니다. 대왕의 일은『옥문』에 기록된 내용이 그대로 현실로 나타난 것입니다.『금궤(金匱)』의 요체는 이해득실을 재는 데 있습니다."

"참으로 좋은 말이오. 나는 지금 칭왕을 하고 있으나 그 결과에 대해 그대는 상세히 알고 있소."

이에 범리가 이같이 대답했다.

"군왕은 칭왕할 수 없습니다. 전에 오왕이 스스로 칭왕했으나 이는 자신의 신분을 뛰어넘어 천자의 명호를 참칭(僭稱)한 것입니다. 이에 하늘에 변이가 발생해 해가 달 그림자에 의해 잠식되는 일이 일어났습니다. 지금 군왕이 이같이 천자 명호의 참칭을 포기하지 않을 경우 하늘의 변이가 다시 일어날까 두렵습니다."

그러나 월왕은 이를 듣지 않았다. 월왕이 오나라로 돌아와 문대(文臺)에서 크게 주연을 베풀었다. 군신들이 크게 즐거워하자 월왕이 곧 악사(樂師)에게 명하여 오나라를 토벌한 내용의 노래를 지어 부르게 했다. 그러자 악사가 이같이 말했다.

"신이 듣건대 즉사(即事 : 일을 행함)할 때 『조(操 : 堅貞한 느낌을 주는 거문고 곡명)』를 짓고, 공업을 이뤘을 때 '악(樂 : 공덕을 칭송하는 악곡)'을 짓는다고 했습니다. 대왕은 덕행을 숭상하고 백성을 교화하여 도가 있는 나라를 만들었습니다. 도의가 없는 자를 주살하고, 원수를 갚아 치욕을 씻고, 제후들을 위풍(威風)으로 제압함으로써 패왕의 공업을 이루게 되었습니다. 대왕의 공업은 가히 그림으로 그려놓고, 대왕의 덕행은 가히 금석(金石 : 鐘鼎과 碑碣)에 새겨넣을 만합니다. 대왕의 명성은 가히 현관(弦管 : 현악기와 관악기)의 악장(樂章)에 옮겨놓을 만합니다. 대왕의 이름은 가히 죽백(竹帛 : 史書)에 남길 만합니다. 제가 거문고 한 곡을 연주토록 하겠습니다."

이에 곧 다음과 같은 내용의 「장창(章暢 : 공을 칭송하는 노래로 '暢'은 거문고 악곡명)」을 지어 불렀다.

간난(艱難)을 생각하는 것이오   屯乎

지금 오나라를 치려는데 가능하오…   今欲伐吳可未耶…

이때 대부 문종과 범리가 악사가 노래하는 도중에 끼어들어 이같이 이어나갔다.

오나라가 충신 오자서를 죽였네   吳殺忠臣伍子胥

지금 오나라를 치지 않고 무엇을 기다리는가… 今不伐吳人何須

이어 대부 문종이 월왕에게 축주(祝酒)를 올리면서 이같이 읊었다.

황천(皇天)이 보우하니   皇天佑助

우리 대왕이 복을 받네   我王受福

양신(良臣)이 모여 모의하니   良臣集謀

대왕의 덕이라네   我王之德

종묘 신령이 정사를 도우니   宗廟輔政

귀신이 보좌하며 돕네   鬼神承翼

군주가 신하를 못 잊으니   君不忘臣

신하들은 진력하네   臣盡其力

하늘은 창창(蒼蒼)하니   上天蒼蒼

엄색(掩塞)이 불가하네   不可掩塞

미주를 이미 두 잔 했으니   觴酒二升

만복이 무궁하리라   萬福無極

이에 월왕이 묵연히 아무 말이 없었다. 그러자 문종
이 다시 이같이 읊었다.

우리 대왕 현인(賢仁)하니	我王賢仁
가슴에 도덕을 품고 있네	懷道抱德
원수를 멸하고 오나라를 치니	滅讐破吳
고향에 돌아갈 일 잊지 않네	不忘返國
포상에 인색하지 않으니	賞無所吝
모든 사악함이 바로 끊기네	群邪杜塞
군신이 한마음으로 동화하니	君臣同和
만복이 내려 만민이 누리네	福佑千億
미주를 이미 두 잔 했으니	觴酒二升
만세까지 복을 누리리라	萬歲難極

그러자 문대 위의 군신들이 크게 기뻐하며 웃었다.
그러나 월왕은 얼굴에 전혀 희색(喜色)이 없었다. 범리는
구천이 땅에 욕심이 많고 군신들의 죽음을 애석히 여기
지 않는다는 것을 알았다. 구천은 계책이 이미 성공을 거
두고 나라가 이미 안정되자 이제 다시 더 큰 공을 세울
생각으로 귀국할 생각이 없었던 것이다. 그래서 얼굴에
오히려 우려하는 기색을 드러내며 기뻐하지 않았던 것
이다.

범리는 오나라에 있을 때 곧 구천을 떠날 생각을 했

다. 그러나 단지 구천이 귀국치 않고 있는 상황에서 신하로서의 예를 잃을까 우려했다. 이에 일단 구천을 좇아 함께 월나라로 돌아가고자 했다. 이때 범리가 길을 걷다가 문종에게 물었다.

"그대로 떠나야만 하오. 월왕은 틀림없이 그대를 죽일 것이오."

그러나 문종은 범리의 말을 옳지 않게 여겼다. 이에 범리가 문종에게 다음과 같은 내용의 서신을 보냈다.

"내가 듣건대 하늘에는 4시(四時)가 있으니, 봄에는 만물이 생장하고 겨울에는 살멸(殺滅)한다고 했소. 사람에게는 성쇠(盛衰)의 변화가 있으니, 지극히 현귀한 자리에 오르면 반드시 궁곤(窮困)을 향해 밑으로 떨어지기 마련이오. 진퇴존망의 변환 이치를 통효(通曉)하고 그 정확한 이치를 파악하는 것은 극히 지혜로운 현인만이 가능할 것이오. 나 범리는 비록 재능은 없으나 진퇴의 이치를 분명히 알고 있소. 고조(高鳥 : 높이 나는 새)가 이미 흩어져 사라지면 양궁(良弓)은 퇴장(退藏)되는 법이오. 교토(狡兔 : 영리한 토끼)가 이미 사라지면 양견(良犬)은 팽살(烹殺)당하는 법이오. 무릇 월왕 구천이라는 사람은 장경오훼(長頸鳥喙 : 목이 길고 입이 튀어 나옴)와 응시낭보(鷹視狼步 : 매의 눈초리에 이리의 걸음)의 상을 하고 있소. 이같은 상을 한 사람은 환난(患難)을 같이 할 수는 있어도 낙처(樂處)에는 함께 있을 수 없고, 같이 이위(履危 : 모험을 함)할 수는 있어도 더불어 안락(安樂)할 수는 없소. 만일 그대가 그를 떠나지 않으면 그는 장차 그대를 죽이고 말 것이오. 이는 틀림없는 일이오."

그러나 문종은 범리의 말을 믿지 않았다. 월왕이 은 밀히 계책을 꾸미자 범리는 월왕을 떠나는 요행을 얻고 자 했다.

구천 24년(기원전 473) 9월 정미일(丁未日 : 6일), 범리 가 월왕에게 이같이 작별인사를 했다.

"제가 듣건대 군주가 심려하면 신하는 노고를 아끼 지 않고, 군주가 치욕을 당하면 신하는 목숨을 던져 설욕 한다고 했습니다. 이 이치는 한 가지입니다. 지금 신이 대왕을 시봉하고 있으나 화난이 일어나기 이전에 그 싹 을 제거하지도 못했고, 이후에는 이미 닥쳐온 화난을 제 거하지도 못했습니다. 비록 그렇기는 했으나 저는 시종 군왕이 칭패입국(稱霸立國)하는 대업을 이룰 것을 생각 했습니다. 이에 불사일사(不辭一死 : 구천과 함께 오나라로 가는 모험을 감행한 것을 지칭)하고, 불사일생(不辭一生 : 오 나라에서 치욕을 당하면서 살아남은 것을 지칭)했던 것입니 다. 다만 저는 사적으로 전에 오나라에 사자로 오게 된 때부터 줄곧 대왕이 그같은 치욕을 당했는데도 제가 잉 연히 죽지 않은 이유에 대해 생각해 왔습니다. 이에 저는 태재 백비와 같은 간신에게 참훼(讒毀)를 당해 오자서와 같은 꼴을 당하는 것이 두려웠습니다. 그래서 저는 전에 감히 죽지도 못하고 지금까지 잔명을 이어가고 있는 것입니다. 치욕을 참는 마음은 오래 갈 수 있는 것이 아닙니다. 노복이 되어 사역을 당하며 땀이 등을 적시는 수치는 참을 수 있는 것이 아닙니다. 다행히 조종의 신령과 대왕의 위덕(威德)에 의지해 실패를 성공으로 바꿨습니다. 이는 상탕과 주무왕이 하걸과 상주에게 이겨 칭왕의 대업을 이룬 것과 유사합니다. 대왕은 공업을 세우고 치욕을 말끔히 씻었습니다. 이것이 제가 능히 오랫동안 집정의 자리에 있었던 이유입니다. 이제 저는 작별을 고하고자 합니다."

월왕이 크게 비통해 하며 눈물을 흘리자 옷이 온통 눈물에 젖게 되었다. 이때 월왕이 이같이 말했다.

"나라 안의 사대부들은 모두 그대가 옳다고 여기고 있고, 백성들 역시 모두 그대가 옳다고 생각하고 있소. 그러니 내가 그대에게 기신탁호(寄身托號 : 몸과 명호를 의탁한다는 뜻으로 보위를 양위한다는 의미임)한 뒤 그대의 명을 기다리도록 해주기 바라오. 지금 그대는 나를 버릴 생각으로 곧바로 떠나려 하고 있소. 이는 하늘이 월나라를 버리고 나에게 손상을 입히는 것이오. 그리 되면 나 또한 기댈 곳이 없게 되오. 내가 그대에게 내 생각을 얘기컨

대, 만일 그대가 그대로 자리에 있으면 내가 곧 나라를
반으로 나눠 그대와 함께 다스리도록 하겠소. 그러나 만
일 그대가 굳이 나를 떠나고자 한다면 그대의 처자식은
곧 죽임을 당할 것이오."

이에 범리가 이같이 대답했다.

"제가 듣건대 '군자는 오직 시기를 기다릴 뿐이다. 계
책을 세우면서 때가 왔을 때 결단을 내리지 못하고 머뭇
거리는 일이 없고, 죽을 때에도 자신에 대해 회의(懷疑)
치 않고, 마음 속으로도 자신을 기만하지 않는다'고 했
습니다. 이미 떠나기로 한 만큼 처자식이 무슨 죄를 지었
을 리 있겠습니까. 대왕은 덕행을 닦기에 노력키 바랍니
다. 저는 이제 작별을 고하고자 합니다."

그리고는 편주(偏舟 : 작은 배)에 올라 삼강구를 빠져
나간 뒤 오호(五湖)로 들어갔다. 이후 사람들은 그가 어
디로 갔는지 알 길이 없었다.

범리가 떠난 뒤 월왕이 초연(愀然 : 두려워함)히 안색
이 변했다. 이에 대부 문종을 불러 물었다.

"범리를 추격해 다시 돌아오게 만들 수 있겠소."

"이미 추격할 수 없습니다."

"왜 그렇다는 것이오."

그러자 대부 문종이 이같이 말했다.

"범리는 떠날 때 음삼(陰三 : 陰爻로만 되어 있는 팔괘의

坤卦를 지칭)과 양삼(陽三 : 陽爻로만 되어 있는 팔괘의 乾卦를 지칭)을 그린 바 있습니다. 그날 일전지신(日前之神 : 일종의 凶神으로 사람들이 이 흉신을 만나면 죽거나 다침)이 범리를 보호했기 때문에 사람들이 제지할 수가 없었습니다. 또한 오호로 들어갈 때 현무(玄武 : 북방의 太陰之神으로 水神)의 위무(威武)로 나아갔는데 누가 감히 이를 저지할 수 있었겠습니까. 이 신은 천관(天關 : 동쪽의 角星으로 범리가 지난 관문을 비유한 것임)을 지나, 천교(天橋 : 南斗六星의 제5성과 제6성으로 범리가 지난 교량을 비유한 것임)를 건넌 뒤 후면으로부터 천일(天一 : 북두칠성의 제3, 제4, 제5성으로 범리가 머문 곳을 비유한 것임)로 들어갔습니다. 그러자 전면에서 신광(神光 : 신이한 빛)을 가렸습니다. 그를 의논하는 자는 죽게 되고, 그를 바라보는 자는 미치게 되어 있습니다. 청컨대 대왕은 다시는 그를 추격할 생각을 하지 마십시오. 범리는 결코 돌아오지 않을 것입니다.”

월왕은 범리의 부인과 딸을 거둔 뒤 1백 리의 땅에 봉하면서 사람들에게 이같이 경계했다.

“만일 누구라도 그들을 침범하는 자는 천벌을 받을 것이다.”

이어 월왕은 양공(良工)을 시켜 범리의 형상을 청동으로 주조케 한 뒤 이를 옆자리에 놓고 매번 함께 정사를 논의했다.

이때 이후 계연이 양광(佯狂 : 거짓으로 미친 척함)했다. 대부 예용과 부동, 고여 등도 날이 갈수록 월왕과 소원해져 끝내는 조정에 나아가지 않게 되었다. 대부 문종도 내심 우울한 생각이 들어 조정에 나아가지 않게 되었다. 그러자 어떤 사람이 월왕 앞에서 그를 이같이 헐뜯었다.

"문종은 재상의 높은 자리를 범리에게 양보하고 군왕으로 하여금 패제후(覇諸侯)하게 했습니다. 지금 그의 관직은 더 이상 높을 수 없는 자리까지 나아갔고, 작위 역시 더 이상 봉할 것이 없는 곳까지 나아갔습니다. 그런데도 내심 원망하는 마음을 품고 있습니다. 그는 내심 분노를 참지 못해 그 기색이 얼굴에 드러나고 있습니다. 이에 그는 다른 사람이 이를 알아챌까 두려운 나머지 조정에 나오지 않는 것입니다."

후에 문종이 월왕에게 이같이 간했다.

"신이 전에 아침 일찍 상조(上朝)하고 밤늦게 퇴조(退朝)하며 몸을 돌보지 않으면 열심히 일을 한 것은 오직 오나라를 도모키 위한 것이었습니다. 지금 이미 저들이 멸망했는데 대왕은 무엇을 심려하는 것입니까."

그러나 월왕은 묵연히 한 마디도 하지 않았다. 이때 노애공(魯哀公)은 삼환(三桓 : 노환공의 후손으로 춘추시대 말기에 노나라의 실력자로 군림한 孟孫, 叔孫, 季孫氏)이 강대해지는 것을 우려하여 다른 나라 제후의 힘을 빌려 이를 토벌코자 했다. 삼환 역시 노애공이 화를 낼까 두려워했다. 이에 군신이 서로 적대케 되었다. 결국 노애공이 삼환에게 패해 형(陘 : 하남성 언성현 동쪽)으로 도주하게 되었다. 삼환이 다시 공격하자 노애공은 위(衛)나라로 도주했다가 다시 월나라로 망명하게 되었다. 이로써 노나라에는 군주가 없는 상황이 빚어졌다. 노나라 백성들이 이를 크게 비통해 하며 곧 노애공을 영접해 함께 귀국했다. 구천은 문종이 계책을 내지 않는 것을 우려한 나머지 결국 노애공을 위해 삼환을 토벌하는 일을 하지 않았다.

구천 25년(기원전 472) 병오일(丙午日 : 1월 7일) 평단(平旦 : 이른 아침), 월왕이 상국인 대부 문종을 불러 이같이 말했다.

"내가 듣건대 '적편을 알기는 쉬워도 자기편을 알기는 어렵다'고 했소. 그러니 내가 어찌 상국이 어떤 사람인지를 알 수 있겠소."

그러자 문종이 이같이 반박했다.

"슬픈 일입니다. 대왕은 신이 용감하다는 것만 알고 신이 어질다는 것은 모르고 있습니다. 신이 충정(忠貞)하다는 것만 알고 신이 신용을 소중히 여기고 있다는 것을 모르고 있습니다. 신은 실로 여러 차례에 걸쳐 성색(聲色 : 음악과 여색)을 줄이고, 음락(淫樂 : 방탕하게 즐김)과 기설괴론(奇說怪論 : 기괴한 논설)을 제거케 하면서 진언갈충

(盡言竭忠 : 서슴치 않고 직언을 하며 충성을 다함)으로 대왕을 범한 바 있습니다. 신이 역심불이(逆心咈耳 : 심기를 불편하게 만들고 귀에 거슬림)로 인해 죄를 얻게 된 것은 당연한 일일 것입니다. 그러나 신은 목숨을 아껴 말하지 않을 수는 없으니 말한 뒤에 죽도록 하겠습니다. 전에 부차가 신의 공격으로 죽게 되었을 때 신에게 말하기를, '교토(狡兔)가 죽게 되면 양견(良犬)이 팽살되고 적국(敵國)이 멸망하면 모신(謀臣)이 죽게 된다'고 했습니다. 범리 역시 이같이 얘기한 바 있습니다. 어찌하여 대왕은 『옥문』의 제8류(類)를 범하는 것입니까. 신은 이미 대왕의 속마음을 읽었습니다."

월왕은 묵연히 아무 대꾸도 하지 않았다. 이에 대부 문종도 진언을 그만둘 수밖에 없었다.

문종이 상국부(相國府)로 돌아온 뒤 어른의 대변을 받아 정이(鼎耳 : 상국을 상징하는 세발 솥의 손잡이 부분에 오물을 칠한 것은 상국의 지위에 대한 멸시를 상징함)에 채웠다. 그러자 문종의 처가 이같이 물었다.

"낭군은 일국의 상국 자리를 천시하니 왕이 내리는 봉록을 무시하는 것입니까. 식사 때 제수품(祭需品)을 헌납치 않고 오히려 정이를 오물로 채워놓으니 이는 무슨 연고입니까. 낭군의 처자식이 모두 옆에 있는 데다가 일개 평민으로 상국의 자리까지 올랐는데 더 이상 무엇을

바라는 것입니까. 이는 탐람(貪婪)한 것이 아닙니까. 그
것도 아니면 어찌하여 낭군의 생각이 이처럼 혼란하고
어리석은 것입니까."

이에 문종이 이같이 대답했다.

"참으로 슬프다. 그대는 이 일을 모를 것이오. 우리
군왕은 이미 재난을 면했소. 오나라에서 과거에 받았던
치욕을 말끔히 씻어냈소. 그러나 이같이 하여 나 또한 내
가 서 있는 장소를 완전히 사지(死地)로 옮기고 말았소.
나는 9가지 책략을 비롯해 모든 계책을 바쳤소. 이는 오
나라 입장에서 보면 간녕(奸佞)한 짓이나 군왕의 입장에
서 보면 실로 충성스러운 것이었소. 그럼에도 군왕은 이
를 살피지 않고 말하기를, '적편을 알기는 쉽고 자기편
을 알기는 어렵다'고 했소. 내가 설명했지만 군왕은 다
른 말을 하지 않았소. 이는 흉요(凶妖 : 불길하고 비정상적
임)의 징조요. 내가 장차 다시 궁에 들어가게 되면 다시
살아나오기가 어려울 것이오. 이제 그대와 장결(長訣 : 영
원한 이별)을 해야 하니 현명지하(玄冥之下 : 어두운 冥府로
곧 저승)에서나 다시 만나기로 합시다."

"그것을 어찌 알 수 있습니까."

"내가 군왕을 배견했을 때 마침 『옥문』의 제8류를 범
했소. 만일 이때 시진(時辰)의 간지가 일진(日辰)의 간지
를 이기게 되면 군주는 곧 신하에 의해 시해를 당하게 되

오. 이는 난추(亂醜 : 혼란하고 추악함)이니 반드시 양인(良人)을 해치게 될 것이오. 그러나 내가 군왕을 배견했을 때 이날의 간지가 시진의 간지를 이겼소. 그러니 군주가 신하를 살해하게 될 것이오. 내 목숨도 수유지간(須臾之間 : 일순간)에 달려 있는 것에 불과할 뿐이오."

월왕이 다시 상국 문종을 불러 이같이 물었다.

"그대는 음모(陰謀 : 비밀스런 계책으로 문종이 진언한 9가지 秘術을 지칭)의 병법으로 적을 전복하고 적국을 취했소. 9술(九術)의 계책 중 지금까지 겨우 3가지만 사용했는데도 강대한 오나라를 공파했소. 나머지 6가지는 아직 그대가 구사하지 않고 있소. 바라건대 나머지 계책은 나의 선군들을 위해 지하에서 오나라 선조들을 도모하는 데 써주기 바라오."

이에 문종이 하늘을 쳐다보며 이같이 탄식했다.

"아, 내가 듣건대 '대은불보(大恩不報 : 큰 은혜는 보답받을 수 없음)하고, 대공불환(大功不還 : 큰 공은 포상받을 수 없음)한다'고 했다. 이는 대략 이같은 상황을 말한 것이다. 나는 실로 범리의 계책을 듣지 않은 것을 후회한다. 결국 월왕에게 죽임을 당하게 되었다. 나는 그의 선언(善言 : 충언)을 듣지 않았기 때문에 사람의 대변을 상국부의 정이(鼎耳)에 채워넣었던 것이다."

월왕이 문종에게 촉루검(屬鏤劍)을 내려 자진케 했다.

문종이 검을 받은 후 이같이 탄식했다.

"남영(南郢 : 호북성 강릉현 북쪽) 출신 재상이 오히려 월왕의 포로가 되었구나."

이어 스스로를 비웃으며 이같이 말했다.

"이후 백세지말(百世之末 : 각 시대의 쇠망기)마다 충신들은 반드시 나를 들먹일 것이다."

그리고는 곧 복검(伏劍)하여 자살했다.

월왕이 문종을 도성의 서쪽에 있는 서산(西山 : 문종이 묻힌 까닭에 일명 種山으로 불리며 절강성 소흥시에 위치)에 장사지냈다. 이때 정족지연(鼎足之羨 : 천자는 隧道, 제후 이하는 羨道를 만드는데 '정족지도'는 재상의 무덤에 낸 연도를 의미)을 만들었는데, 어떤 사람은 문종이 삼봉(三峰) 아래에 묻혔다고 했다. 문종을 장사지낼 때 누선(樓船 : 층으로 된 큰 배로 일종의 전함)의 병사 3천여 명이 동원되었다. 장사지낸 지 1년이 되어 오자서의 혼령이 해상에서 나타나 서산의 옆구리를 뚫고 들어와 문종의 혼령을 데리고 가버린 뒤 함께 해상을 떠다녔다. 조수(潮水)가 크게 소용돌이치며 좌우를 살피는 모양을 띤 것은 오자서이고, 뒤이어 층을 이뤄 나타나는 파도는 바로 대부 문종이다.

월왕이 충신을 죽인 이후 관동(關東 : 함곡관 이동)에서 칭패했다. 이때 도성을 낭야(琅邪 : 산동성 교남현과 제성현

일대)로 옮기고 주변 관망을 위해 관대(觀臺 : 낭야의 동남쪽 10리 지점에 있는 낭야대)를 지었다. 둘레 길이가 7리에 달해 멀리 동해까지 볼 수 있었다. 구천은 사사(死士 : 敢死之士) 8천 명과 함께 무기를 실은 전함 3백 척을 이끌고 있었다. 얼마 동안의 시간이 지난 후 구천은 다시 현사를 찾기 시작했다. 공자(孔子 : 『좌전』에 따르면 공자는 문종보다 7년 전에 죽었음)가 이 얘기를 듣고 제자들을 대동한 가운데 선왕 때의 아금(雅琴)을 들고 월나라로 가 예악(禮樂)을 연주코자 했다. 이때 월왕은 당이(棠夷 : 棠谿에서 나는 우수한 철)로 만든 갑옷을 입고, 보광지검(寶光之劍 : 명검의 이름)을 패용하고, 손에 굴로지모(屈盧之矛)를 들었다. 이어 사사 3백 명을 시켜 관하(關下)에서 대열을 이루게 했다. 얼마 후 공자가 도착하자 월왕이 이같이 말했다.

"유유(唯唯 : 지당하고 지당함). 선생은 무엇을 가지고 저를 가르칠 생각입니까."

"나 공구(孔丘)는 능히 5제3왕(五帝三王)의 치도를 얘기할 수 있습니다. 아금을 연주할 때 이를 이용해 대왕에게 얘기토록 하겠습니다."

그러자 월왕이 위연(喟然)히 탄식했다.

"월나라 사람들은 성정이 취약하고 우매합니다. 강하를 오가며 산 위에서 살고 있는 까닭에 수레 대신 배를

사용하고, 배의 노로 말을 대신합니다. 돌격할 때는 선풍
(旋風)처럼 신속하고 맹렬하여 퇴각해야 할 때에는 이를
설득키가 쉽지 않고, 싸움을 좋아하며 즐겨 목숨을 던집
니다. 이것이 월나라 사람의 통상적인 성정입니다. 선생
은 무슨 고견으로 나를 가르칠 것입니까."

공자가 아무 말도 하지 않고 곧 작별 인사를 하고 떠
났다.

월왕이 사람을 보내 목객산(木客山 : 회계현 15리 부근)
에서 부친인 원상(元常 : 윤상)의 시신을 꺼내게 했다. 이
는 시신을 낭야로 이장키 위한 것이었다. 3차례에 걸친
굴착 끝에 묘실로 들어갈 수 있게 되었다. 그러나 묘실에
서 표풍(飃風 : 선풍)이 일어나 돌과 모래가 날아다니며
사람을 쳤다. 이에 감히 안으로 들어갈 수 없었다. 그러
자 구천이 이같이 말했다.

"나의 선군은 아마도 옮기기를 싫어하는 모양이다."

그리고는 이내 이 일을 그만두었다.

구천이 또 사자를 시켜 제·초·진(秦)·진(晉)의 네
나라가 나서 주왕실을 보좌토록 명하고, 삽혈(歃血)하여
맹약을 맺은 뒤 떠나게 했다. 이때 진여공(秦厲公)이 월
왕의 명을 좇지 않았다. 그러자 구천이 곧 오월의 장병들
을 선발해 서쪽으로 황하를 건너가 진나라를 치려 했다.
이에 병사들이 모두 이를 우려했다. 진여공도 이를 심려

공자 제자들이 3년상을 하는 그림

공자 사후 제자들은 3년상을 모셨으니, 이는 예를 지키고 스승을 존경함을 표시한다.

공자 강학도

한 나머지 곧 사죄했다. 월나라가 이내 환군하자 병사들이 즐거워하며 다음과 같은 내용의 「하량지시(河梁之詩)」를 읊었다.

다리를 넘을까 다리를 넘을까	渡河梁兮渡河梁
거병하여 진왕(秦王)을 치려 하네	擧兵所伐攻秦王
맹동 10월은 눈과 서리 많으니	孟冬十月多雪霜
엄동설한에 길을 지나기 어렵다네	隆寒道路誠難當
대열이 도강키 전에 진군이 항복하니	陣兵未濟秦師降
제후들이 두려워하며 모두 떠네	諸侯怖懼皆恐惶
명성이 해내를 넘어 먼 나라까지 가니	聲傳海內威遠邦
칭패는 진목공·제환공·초장왕이 했네	稱覇穆桓齊楚莊
천하가 안녕하여 수명이 길어지니	天下安寧壽考長
슬픔이 가고 돌아가자니 다리가 없네	悲去歸兮河無梁

월나라가 오나라를 멸한 후 중원의 모든 나라들은 월나라를 두려워했다.

구천 26년(기원전 471), 월왕은 주자(邾子 : 邾의 군주로 '邾'는 산동성 추현에 위치)가 포학무도하다는 이유로 그를 구류하여 월나라로 끌고 온 뒤 주자의 태자 하(何)를 후계자로 내세웠다.

겨울, 노애공이 삼환의 핍박을 견디지 못하고 월나라로 망명했다. 월왕이 삼환을 치고자 했으나 모든 대부들이 명을 듣지 않으려 했다. 이에 이 계획은 성사되지 못했다.

구천 27년(기원전 470) 겨울, 구천이 침질(寢疾 : 병이 나자리에 누웠다는 뜻으로『죽서기년(竹書紀年)』에는 구천 32년에 구천이 죽은 것으로 나옴)했다. 구천이 죽기 직전에 태자 흥이(興夷 : 『좌전』은 適郢, 『사기』는 鼫與, 『죽서기년』은 鹿郢)를 불러 이같이 당부했다.

"나는 하우(夏禹)의 후예로 선군 원상(元常)의 덕을 입고, 하늘의 도움을 받고, 신기(神祇 : 신령)의 복을 받았다. 이에 궁곤한 월나라 땅에서 초나라와 결교하고 그 힘을 빌려 오왕의 간과(干戈 : 무력)을 깨뜨렸다. 장강을 건너고 회하를 도하해 진(晉)·제 두 나라의 땅 위에서 종횡하자 공덕이 외외(巍巍 : 크고 높음)했다. 이에 여기까지 오게 되었으니 어찌 가히 경계치 않을 수 있겠는가. 무릇 패자(覇者)의 후예들 중 오랫동안 패망하지 않은 자가 거의 없었으니 너는 반드시 근신토록 하라."

구천이 말을 마치고는 이내 죽었다.

태자 흥이는 구천의 뒤를 이어 즉위한 지 1년 만에 죽었다. 이에 그의 아들 옹(翁)이 즉위했다. 옹이 죽은 뒤 그의 아들 불양(不揚)이 뒤를 이었다. 불양이 죽자 그의 아들 무강(無彊)이 즉위했다. 무강이 죽은 뒤 그의 아들 옥(玉)이 뒤를 이었다. 옥이 죽자 그의 아들 존(尊)이 즉위했다. 존이 죽은 뒤 그의 아들 친(親)이 뒤를 이었다. 구천에서 친에 이르기까지 모두 8대가 지났다. 이들은 모두 칭패(稱霸 : 『죽서기년』과 『사기』의 기록은 『오월춘추』의 世系와 다르고 이들이 칭패한 기록도 나오지 않음)했다. 햇수를 합치면 모두 2백24년이나 되었다. 친이 월나라 군주가 되었을 때 백성들이 모두 사방으로 흩어졌다. 이에 낭야를 떠나 원래 오나라 국도가 있던 곳으로 천도했다.

황제(黃帝)로부터 소강(少康)까지 10대가 지났다. 하우가 보위를 선양받은 때로부터 소강이 즉위할 때까지는 모두 6대가 지났다. 이 기간은 모두 1백44년에 해당한다. 소강은 전욱(顓頊)으로부터 모두 4백24년 떨어져 있었다.

황제(黃帝) – 창의(昌意) – 전욱(顓頊) – 곤(鯀) – 우(禹) – 계(啓) – 태강(太康) – 중려(仲廬 : 『사기』의 仲康) – 상(相) – 소강(少康) – 무여(無餘) – 무옥(無玉), 무여로부터 10세 떨어져 있었다 – 무역(無睪) – 부담(夫譚) – 원상(元常 : 允常) – 구천(句踐) – 흥이(興夷) – 불수(不壽 : 翁) – 불양(不揚) – 무강(無彊) – 노나라의 목류(穆柳 : 전력 미상)가 유공(幽公)으로 자신의 명호를 삼자 왕지후(王之侯 : 玉)가 군(君)을 자칭했다 – 존(尊) – 친(親), 낭야를 잃고 초나라에 의해 멸망당했다.

　구천에서 월왕 친(親)까지는 모두 8대가 지난 것으로 칭패한 기간은 통산 2백24년간이다. 무여(無餘)가 월나라에 피봉된 이래 여선(餘善 : 월왕 친)이 월나라로 돌아와 멸망할 때까지의 기간은 모두 1천9백22년간에 해당한다.

부 록

1. 오월 세계표

1) 오나라

周太王—太伯

仲雍⋯⋯⋯壽夢 — 諸樊 — 闔廬 — 夫差
      (586－561) (561－548) (515－496) (496－473)

       餘祭 — 夫槩
      (548－531)

       餘昧 — 僚
      (531－527) (527－515)

       季札

2) 월나라

無餘 — 元常(允常) — 句踐 — 興夷 — 不壽 —
不揚 — 無疆 — 玉 — 尊 — 親

(496 – 465)

2. 오월시대 연표

기원전	춘추연대	사 건
585	周簡王 원년	오왕 수몽(壽夢)이 처음으로 주 왕실에 입조함.
551	21년	공자(孔子)가 탄생함.
544	周景王 원년	오왕 여채(餘祭)가 혼인(閽人)에게 죽임을 당함.
538	7년	초영왕(楚靈王)이 오나라를 치고 제나라의 경봉(慶封)을 죽임.
522	23년	오원(伍員)이 오나라로 도망가고 태자 건이 분송(奔宋)함.
519	周敬王 원년	진나라가 왕자 조를 치고 오나라가 6국의 군사를 격파함.
515	5년	오나라 공자 광(光 : 闔廬)가 주군

		을 시해하고 등극함.
512	8년	오나라가 서(徐)나라를 멸함.
510	10년	오왕 합려가 월왕 윤상을 침.
506	14년	오나라가 초나라 도읍을 함락하자 초소왕이 낙향함.
505	15년	월나라가 오나라를 침. 초나라 신포서(申包胥)가 오나라를 격파함.
504	16년	초나라가 약(鄀)으로 천도하고 왕자 조의 잔당이 난을 일으킴.
496	24년	오왕 합려가 죽음. 위나라 세자 괴외(蒯聵)가 분송(奔宋)함.
494	26년	오왕 부차가 월왕 구천을 회계에서 항복시킴.
485	35년	오자서 죽음. 제도공(齊悼公)이 포씨(鮑氏)에게 살해당함.
482	38년	오왕 부차가 황지(黃池)에서 제후와 회맹함.
481	39년	획린(獲麟)으로 공자가 절필함.
479	41년	공자 죽음. 초나라 백공(白公) 승(勝)이 패하여 자진함.
475	周元王 원년	주경왕이 죽고 그의 아들 주원왕이 즉위함
473	3년	오왕 부차가 월왕 구천에게 포위되어 자결하자 오나라가 멸망함.

| 468 | 周貞定王 원년 | 노애공이 주(邾)나라로 갔다가 월나라로 달아남. |
| 465 | 4년 | 월구천 죽음. |

신동준

1956년 충남 천안 생
경기고등학교 졸업
서울대 정치학과 및 동대학원 졸업(정치학박사)
동경대 동양문화연구소 객원연구원
서울대, 외국어대, 국민대, 덕성여대 강사(현)
21세기 정치연구소 소장 겸 孟坡講院 원장(현)

저서

『통치보감』, 『관중과 제환공』, 『치도와 망도』, 『역사대장정』,
『연산군을 위한 변명』, 『덕치ㆍ인치ㆍ법치』, 『통치학원론』, 『삼국지통치학』

역서

『난세를 평정하는 중국통치학―후흑학』, 『자치통감―삼국지』, 『오월춘추』

논문

「선진 유법가의 치도관과 치본관의 비교연구」,
「역대 대통령 통치행위에 대한 치도론적 비교연구」,
「몽양주의에 관한 치도론적 분석」,
「중도주의 이념정립에 관한 치도론적 고찰」.

조엽의 **오월춘추**

초판1쇄 / 2004년 11월 10일

지은이 **조 엽**
역 주 **신동준**
펴낸이 **여국동**
펴낸곳 **도서출판 인간사랑**
인 쇄 **백왕인쇄**
제 본 **우진제책사**

출판등록 1983. 1. 26.
경기도 고양시 백석동 1178-1, 제일-3호

(411-815) 경기도 고양시 일산구 백석동 1178-1
대표전화(031) 901-8144, 907-2003
팩시밀리(031) 905-5815
e-mail:igsr@Lycos.co.kr
    igsr@Yahoo.co.kr

정가 15,000원

ISBN 89-7418-704-3 03820

※ 잘못된 책은 교환해 드립니다.
※ 역자와의 협의하에 인지는 생략합니다.